婆娑大地

刘醒龙 著

哈尔滨出版社
HARBIN PUBLISHING HOUSE

图书在版编目（CIP）数据

婆娑大地 / 刘醒龙著. —— 哈尔滨：哈尔滨出版社，2020.12
ISBN 978-7-5484-5736-7

Ⅰ.①婆… Ⅱ.①刘… Ⅲ.①散文集–中国–当代 Ⅳ.①I267

中国版本图书馆CIP数据核字（2020）第218435号

书　　名：**婆娑大地**
　　　　　POSUO DADI

作　　者：刘醒龙　著
责任编辑：赵宏佳　孙　迪
责任审校：李　战
封面设计：末末美书

出版发行：哈尔滨出版社（Harbin Publishing House）
社　　址：哈尔滨市松北区世坤路738号9号楼　邮编：150028
经　　销：全国新华书店
印　　刷：鑫艺佳利（天津）印刷有限公司
网　　址：www.hrbcbs.com　　www.mifengniao.com
E－mail：hrbcbs@yeah.net
编辑版权热线：（0451）87900271　87900272
销售热线：（0451）87900202　87900203

开　　本：880mm×1230mm　　1/32　　印张：10　　字数：200千字
版　　次：2020年12月第1版
印　　次：2020年12月第1次印刷
书　　号：ISBN 978-7-5484-5736-7
定　　价：49.80元

凡购本社图书发现印装错误，请与本社印制部联系调换。
服务热线：（0451）87900278

目录

山水 青山绿水是我爱

长　江 ◎ 母亲河 002

长　江 ◎ 天子上岸我登船 009

采石矶 ◎ 自公一去无狂客 015

乌　江 ◎ 乌江不渡 020

醉翁亭 ◎ 醉翁亭遇王黄州 025

水文站 ◎ 水的人文 032

浔阳楼 ◎ 浔阳一杯无 036

青云塔 ◎ 仁可安国 041

洞庭湖 ◎ 又上岳阳楼 045

汨罗江 ◎ 汨罗无雨 049

汨罗江 ◎ 走读第四才子书 052

观音矶 ◎ 怀念一九九八 057

三峡 ◎ 真理三峡 061

三峡 ◎ 迷恋三峡 064

三峡 ◎ 一滴水有多苦 069

九畹溪 ◎ 人性的山水 073

合江 ◎ 合江荔枝也好 076

通天河 ◎ 岩石上的公主 082

金沙江 ◎ 虎族之花 090

曲麻莱 ◎ 吉祥是一匹狼 095

沱沱河 ◎ 上上长江 105

南海 ◎ 我有南海四千里 114

南湖 ◎ 重来 121

赤壁 ◎ 赤壁风骨 125

九寨沟 ◎ 九寨重重 128

天堂寨 ◎ 高山仰止 132

目录

城市 喧闹繁华亦有彩

新　疆 ◎ 走向胡杨 136

贵　州 ◎ 你是一蔸好白菜 144

上　海 ◎ 上海的默契 148

广　州 ◎ 唐诗的花与果 154

武　汉 ◎ 武汉的桃花劫 157

武　汉 ◎ 城市的故乡 162

武　汉 ◎ 城市的浪漫 165

武　汉 ◎ 城市的潇洒 170

武　汉 ◎ 城市的忧郁 173

武　汉 ◎ 城市的心事 175

杭　州 ◎ 给少女曹娥的短信 179

哈尔滨 ◎ 为哈尔滨寻找北极熊 199

石家庄 ◎ 剃小平头的城市 212

西安 ◎ 蒿草青未央 215

宁波 ◎ 滋润 220

丽江 ◎ 在母亲心里流浪 224

黄石 ◎ 水边的钢铁 228

咸宁 ◎ 城市的温柔 232

嘉鱼 ◎ 大功 235

玉树 ◎ 任性到玉树 242

目录

乡野 柳暗花明又一村

江　南 ◎ 茉莉小江南 248

赣　南 ◎ 新三五年是多久 253

江　油 ◎ 铁的白 258

罗　田 ◎ 天姿 264

罗　田 ◎ 灿烂天堂 267

英　德 ◎ 大巧若石 270

涪　陵 ◎ 涪翁至静 273

凌　云 ◎ 这温情是紧要 278

二郎镇 ◎ 天香 282

柘林湖 ◎ 一种名为高贵的非生物 286

小孤山 ◎ 孤山二度梅 290

胜利小镇 ◎ 白如胜利 299

青藏高原 ◎ 会歌唱的高原 303

苏北大平原 ◎ 因为杨 310

山水

一 青山绿水是我爱

长江 ◎ **母亲河**

　　二〇一六年十月二十九日，我在日记中写下这样一句话：一起往崇明岛。到岛的东头，隔着岔江可看到对岸长兴岛上隐约的造船厂和正在建造的大军舰。原计划上近岸的观察站看看，不料赶上涨潮，从入海口里倒涌上来的水将去观察站的小路淹成一条水沟，旁边全是芦苇，只好在水边站一站、走一走。午餐在一处农家乐，有一道叫鱼煮鱼的菜大受欢迎，也就是将各样小鱼配上小蟹和小虾一起煮，味道极鲜美。还有小鱼鲂鲏，上桌一会儿就被抢光了。餐后，一行十人去瀛东公园转了一圈，以为可以看海，后来才知，崇明岛上根本看不到海，看到的都是长江。崇明岛上另有一样东西，是要惊掉一半中国人的下巴——长江源头的青藏高原上极为流行的藏药藏红花，竟然有百分之九十是种植于长江入海口的崇明岛上，剩下的百分之十零星种植于广西等地，但是没有一棵是种植在青藏高原上。

这段文字是我对母亲河长江正式书写的原始。

之前的几个月，我接到《楚天都市报》一位副刊编辑的电话，说有一个机会，可以将长江走透。

听明白消息时，虽然知道自己将要耗时四十天，而且还要当一回"新闻民工"，但我还是毫不犹豫地答应了。一边承诺相关事项，一边为接下来可能面对的困苦做简约设想。与对方探讨的时间不长，自己的设想更短。该探讨的还没有探讨完，我的设想就结束了：对于一个将长江作为母亲河的男人来说，有机会一步一步地从通达东海的吴淞口走到唐古拉山下的沱沱河，不是值不值得的问题，而是所有梦想中，可以触摸，可以拥抱，最应该尽快付诸实施的。

天下大同，万物花开，我最喜欢水。

这些年，我去过世界上的很多角落，只要有机会一定会跳进当地的江河湖海之中畅游一番。一九九五年冬天，在克罗地亚的赫瓦尔岛上小住，客房后门就开在地中海边，风略微大一点，海浪就吹到窗户上了，又恰逢大雪，景致更加动人。那天傍晚我已经将泳裤准备好，只差几步就能跳入地中海，却被同行的长者拦阻住。他们说这可不是开玩笑的事。我也觉得不能开他们的玩笑，于是就放弃了。过后一想，只要自己往地中海一跳，又能怎样呢，无非极快地回到岸上，回到房间里冲一个热水澡。话说回来，我从来不是一个极端任性的人，只要别人捧出真理，我就不会让真理觉得为难。不过，有了这次教训之后，我学会了不等别人拿出真理来，比如在俄罗斯的海参崴，在美国的洛杉矶，还有在祖国的南海，我已经将自己用那当地的柔情之水泡上了。

在崇明岛上，面对万里长江最后的水面，我竟然忘了下水游泳这事。此时已是深秋季节，水上的男男女女已经穿上厚厚的棉衣。很明显这不是游泳的季节，也不是游泳的地方，我脑子里没有丁点与游泳相关的念头，只能表明自己太专注于从最远处流下来的一滴水，在与无以计数的水滴聚集成一条浩大的长江后，如何与大海相融合。

一滴水无以成江河。那最远的一滴水只是个领头者，这样的领头者最重要的职责是与第二滴水合二为一，再与第三、第四、第五，直至数不胜数的水滴融合在一起。至于长江在哪里，长江的入海口在哪里，都不是第一滴水所考虑的。水是实在的，所以水总是往低处流，而不会好高骛远，不去想如何出人头地、高人一等。离开了这种实在，不可能有所谓最远的一滴水。那样的水滴，很可能被一只鸟叼了去喂给刚刚孵出来的小鸟，或者被一头小兽用舌头舔了去成为它排泄物的一部分，还有可能被一朵花承接下来滋润了姿色。许许多多的水滴汇成许许多多的小溪，许许多多的小溪汇成许许多多的大河。如果还只是一滴水，就想着要去大海，是轻浮而不是浪漫，不值得信任与托付。作为一条超级大河，只有出了三峡，经过洞庭湖和鄱阳湖，绕过芜湖、镇江和扬州，才将大海作为最终目标，这样的长江才是伟大而亲切的母亲河。

我不知道自己第一次见到长江时的印象与感觉。

对于一个在长江边出生的人来说，这有点愚不可及。用我们童年的话来说，叫作蠢出大粪来了。

非常遗憾，这不能怪我。

那时，我还在襁褓当中，还在母亲的怀抱中。母亲不止一次抱着我看过长江，也许母亲并不是有意这么做，她抱着我在黄州城边的长江大堤上行走，或者在团风镇外的长江大堤上徘徊，只是有一份工作要做，又没有可以临时托付怀中婴儿的地方。我肯定对着长江哇哇哭闹过，也肯定对着长江没有缘由幼稚无知地放声痴笑过。正因为如此，表面上我对长江没有任何特别表示，长江却对我有着特殊的心授，若非如此，以我后来在山区成长的几十年阅历，偏偏与其他山里人不一样，无论走到哪里，都会对水表现出一种另类的执着。因为母亲在哺乳时，让我吮吸了太多长江的味道！

母亲抱着我站在长江边时，母亲是母亲，长江是长江。

只有当自己有了独立的灵魂，长江才成为我的母亲河。

现在，对自己，对别人只能说说记忆中第一次见到长江的情境。

那时，我刚好二十岁，在一家山区小县的县办工厂当车工，因为被选入县总工会文艺宣传队，有机会参加黄冈地区职工业余文艺会演。第一次回到出生地黄州，也就有了第一份与长江明确相关的记忆。那是一九七六年，那一年的十月被称为金色的十月。会演原先准备在九月举行，九月九日下午我们正在排演时，收音机里传来毛泽东主席逝世的消息，过半数的宣传队员哭成泪人儿，我也想哭出来，但终归只是犯傻发呆。会演因此拖后一个月，终于在十月正式举行。排在前面的宣传队已经演过了，正要轮到我们时，秋天里的春雷一声震响，臭名昭著的"四人帮"被打倒了。虽然是大好事，却也苦了全体业余文艺工作者，先前排演好的文艺节目，多是顺着"四人帮"的语气，一下子都要重写，都要重新排演。此后的演出，各支宣传队的唱词与说辞中，新打倒与旧打倒的，先打倒的与后打倒的，各种说习惯的名词口号与一时还不习惯的名词口号，那些久经训练变得朗朗上口的和本是急就章却也需要马上说顺口的，全部混杂在一起，没有哪个节目不说错话，也没有哪个节目不出洋相。我们入住的招待所与长江大堤只隔一条名叫沙街的小街，沙街背后就是万里长江。十月的长江，水势正猛。没事时，我们就去江堤，看上水和下水的船如何停在黄州江边，也看一边倒地只会向东而去的大水。江水去了，会演也结束了，我们继续回到各自工厂，当车工的还是车工，当钳工的还是钳工，当印刷工的还是印刷工。五年后，我再去黄州，沙街背后的江边已经无法停靠任何船只了，黄州这边要到下游十里才可停船，或者停到对岸的鄂州去。

年轻时，面对三十年河东，三十年河西的变迁，心中怀着太多大江东去的渴望，想念一切书中提及的崇明岛和吴淞口，憧憬长江万里奔腾汇入大海的无比壮丽。一九九九年九月，上海有关方面邀请我创作一部反映浦东建设十周年，重点写浦东机场建设的电视剧。整整一个星期，每天都能望见正在新建的浦东机场外面水天茫茫中的九段沙。浦东机场的一部分是填海而成的，这样的用词无人提出异议。一旦有人说浦东机场外面就是东海时，就会有其他人不答应，那九段沙是长江上游的泥沙淤积而成，也就说明这一片水面还是长江口，不应被称为东海。那一次，我几乎要上九段沙了，但最终没有成行，因为九段沙没有成型，除了大量淤泥，只有极小一块稍为坚硬的陆地，那点陆地只够搭建一处简易棚子，还需要穿上连体橡胶衣裤才能爬上去。正是那一次，那些我所没有见识过的淤泥与细沙，令人怦然心动，想着长江最远的源头，如何用冰水和雪水，将最远的泥沙送到长江入海口，如何一点点地长成偌大的沙洲。让我没有想到的是，只隔半年，二〇〇〇年三月，上海市政府就批准了建立九段沙湿地自然保护区。二〇一六年十月底的这一刻，我来崇明岛，也就十几年光景，当初要穿连体橡胶衣裤才能爬上去的九段沙，已经变成较大面积的陆地，并且在可以望见的将来成为又一座崇明岛，又将生长出某些只属于万里长江的奇迹，如藏红花那般锦绣。

在一眼看不到的漫漫水天处，长江与东海的区隔是长江水文观察五十号浮标。我希望能看到五十号浮标，又庆幸肉眼视力所限，无论如何努力睁大眼睛，也看不清那小小的五十号浮标。那地方距离崇明岛最东端的陆地还有二十几公里。这也就是说，站在长江口的陆地上是永远看不到海的。望不见真的江海分野处，心里反而觉得踏实。

江海同体，水天一色，我是来探索长江之源的，并无送别长江之责，甚至在心里多出一份情感，看着长江如此归于苍茫，忽然发现永恒的意义并非如我们通常渴望的那样绝对令人向往，而希望作为河流的长江，永远只是一条可亲可敬的河流。一旦变成大海，就会离开我们太遥远了。地理书中说，长江三级分岔，四口入海。长江一旦入海，反而会令我们心生不舍。看一眼与长江日夜同在的渔翁，再看一眼从遥远北方飞天而来的黑天鹅，这样的长江，比海洋还美丽。

长江 ◎ 天子上岸我登船

在南京时，正赶上江苏省中青年作家高研班开班，我被邀去聊了一场文学。因为下午就要去金山寺，其间，顺便提及《西游记》中唐僧的身世生平之误。此中秘密有多少人知道？至少那一天听我说话的各位都不知道。二〇一三年秋天，差不多也是这个时候，去吴承恩的故乡淮阴，所见到的人，有讲座上的，也有雅聚时的，说起来同样没有谁知道。离开南京，下午三点左右到达金山寺，江水从不远处苍茫流过。如今的和尚用的是自来水，若是还像唐贞观年间那样，要去江里挑水，这距离是太远了点。

流水不会错，挑水也不会错，时间在流水与挑水中一刻不停地向前也不会错。错的是唐僧出生的时间，是他到西天取经的时间。我第一次发现《西游记》出错时，甚至不敢相信自己的眼睛。唐僧名玄奘，父亲陈光蕊在唐贞观十三年得中状元后，被丞相之女殷温娇的绣球击中，成为夫妻。陈光蕊带着妻子赴任江州，到洪江渡口，不小心上了贼船，艄公刘洪、李彪见色起意，杀了陈光蕊。为腹中骨肉，殷小姐寻思无计，只得被逼顺从。待小玄奘出生后，悄然放进江流，顺水下漂，被金山寺挑水和尚救起。书中说，玄奘十八岁那年，终于报了家仇，才响应唐太宗的号召赴西天取经。《西游记》中那场在玄武门外举行的盛大欢送仪式，竟然还是父亲陈光蕊中状元后娶妻生子的唐贞观十三年。在淮阴时，这话根本无人相信。吴承恩的那些乡党表情，像是多有不屑。《西游记》问世几百年，早先几位权威的评点人都没有提及这些谬误，这就不只是见怪不怪的问题了。

水流千万里，终归有尽头。木盆装着小小玄奘顺水漂流的尽头是金山寺，余下浩荡江水继续向着自己的尽头奔去。那个叫浒浦的极小地方，江水曾经载起一代君王乾隆。江湖普遍传说乾隆曾三下江南，也不知是第几次，乾隆的龙船在浒浦这儿靠岸了。当时天下着雨、刮着风，岸上插着旗帜，上面本写着"浒浦"两个大字，因为风雨，旗帜有所折叠，将浒字的偏旁三点水隐了去。乾隆没有看到偏旁，脱口将旗帜上的"浒浦"念成"许浦"。君王的话，当然是金口玉言，从此天下人，写的还是"浒浦"，读念时，全变成"许浦"。就连现时的各种字典，也要专门记上一笔，说"浒浦"应读"许浦"。

皇帝错了，文化也要迁就。迁就之下，又成全一种文化。

文化人错了，只有一半是文化，另一半则成了笑话。作为文化的那一半，可以勉强设想，吴承恩该不是故意卖个破绽，留下时空之间的某种寓意。成了笑话的那一半，不必多说，人也明白智者千虑必有一失的道理。

如果长江犯错了，会是怎样的情形呢？

多少年来，江河都是按照地球自转法则慢慢地往南岸挪，所以一直以来，每到雨季，长江南岸的险情总是十分吃紧。南京以上，这铁律就是铁律。待过了南京，习惯上被称为江南的这一大片地域，比如扬州那里，江北的漫滩一年下来就会塌陷几百米。反过来，江南的镇江这些年平白无故地生长出大片湿地。在人类文明中，长江这是犯错了。长江自然不肯买人类的账，依然我行我素地犯着人类眼中的错误。长江一任性，人类的麻烦就来，肉眼看得见江堤水岸一片片坍塌，大水深处各种复杂的变化，将能行船的地方变得能让船搁浅，将原来的浅滩变成能使万物陷入灭顶之灾的深渊。

浒浦码头很小，一旁的徐六泾水文站，在与万里长江相关的事物中，名气很大。原因在于这是长江流向大海路途中，人类为长江修建的最后一座水文站。从乾隆皇帝上岸处到崇明岛外临近茫茫大海的长江口第五十号浮标处，小小院落中的二十几位水文工作者，在已与大海没有多大区别的江段上，依着长江的性子，精确地查证并记录长江各种各样的任性痕迹。在天子上岸的浒浦码头，水文工作者们天天都要上船去到江心的水文观测站，做些极为专业的事情。

十月二十九日早上，头一天在这附近水边见面相识的老浦，领着一行人登上他天天都要乘坐的水文站长租的渔船。老浦是在武汉出生的，父辈都从事水文工作。还有一位小张，是典型的武汉姑娘，启蒙在长春街小学，然后就读武汉二中。老浦是"水二代"，小张更是"水三代"。那船头极高，几乎与驾驶台平齐，是典型的出海打鱼的渔船，从浒浦往下，长江风大浪高，一般内河船只吃不消，人在那样的船上也吃不消。在江上待的时间久了，老浦站在船头，如果不开口说些专业术语，与那真的船老大难有区别。

在这船上，人更懂得长江为何是国之血脉。

前一天还风急浪高到无法登船的长江，如今难得平缓一些。正要去看的水文观测断面，在长江上跨度最长的江通大桥下面。南岸庞大的华能电厂，还看得清楚；江北航母主题公园里的航空母舰，只能勉强看到一个黑点。横跨长江的水流观测断面长约五公里，巨轮和小艇首尾相连地在江上穿梭。在实现自动观测之前，若要做一次完整的断面观测，竟要出动二十多艘我们乘坐的这种海船，每条船上需要二十几个人，完全观测需要二十几个小时。在这样的长江上，这样的工作比一个人违规横穿北京的长安街、上海的南京路和武汉的解放大道还要惊心动魄。用所谓潮起潮落、长涨长消来形容长江实在是小家子气。长江在这深达九十多米、宽达五公里的水面上，用从海里涌上来每秒十万立方米的最大潮流，再用从上游流下来每秒十三万立方米的最大径流，从早到晚，两起两落，将万里奔腾而来的雄壮做淋漓尽致的最后发泄。

在长江面前，老浦他们也好，天下人也罢，全部做不了这伟大力量的导演，甚至连观众也是勉强才算合格。老浦自己也说，在如此巨大的水面上，就算一次取十几瓶样水，所得数值也是不准确的。

那天午后，老浦领着一行人去看崇明岛最东端的一处观测站。走到近前才发现，芦苇丛中那条通往观测站的人行小路变成一条水沟。老浦的自信被出人意料涨起的潮水小小打击了一下，但他一点也不懊丧，与长江过招，失算是常有的事，算不了什么。在浩瀚的长江面前，人永远只是不得不谦虚的后来者。观测站一侧，崇明岛与长兴岛之间的江面上，一艘渔船晃晃悠悠地停在那里，船老大和他的助手正有条不紊地将江里的渔网从船舷的一侧收上来，远远看去，像是整理，又像是收获，不一会儿又从船舷的另一边放回江里。老浦说，渔船能轻松收网，说明向上的潮流与向下的径流处在相对平衡的状态，过了这段平衡期，江水向上或者向下流动起来，想要收网就难上加难了。

在最东端的滩涂上有一群黑天鹅，是昨天才迁徙来的。老浦他们说，以往年年都是如此，总会有几只黑天鹅作为先锋，抵达崇明岛，隔两天，大队的黑天鹅就会从天而降。资料里说，天鹅是少数几种可以飞越青藏高原，飞过喜马拉雅山的候鸟。不知道这些大型候鸟中可有到过长江源头的，很显然，飞禽走兽都没有沿着长江迁徙的生活习惯。人也没有，但人的习惯是可以改变的。

在不是尽头的尽头之处，看得见和看不见的潮流如人世间的种种风靡。潮流一来，常常令人把握不住自己。长江因为如此，才将潮流化成巨大物理能量。《西游记》也是如此，用潮流抒发着奇丽人文故事。

《西游记》有所犯错，并不损其五百年人文哺养之功。长江作为天文地理的不朽巨著，后来的一切，能够成为她的合格读者就是莫大的荣誉。长江在不该拐弯的地方拐弯了，在不该泛滥的地方泛滥了，在不该变浅的地方变浅了，在不该有暗礁的地方有暗礁了，都是这巨著的自由与风格。其他万物，注定只是她的诠释者。长江不会在乎有谁在说闲话，有谁在说好听的话，即便是真的错在什么地方，那也肯定是对天下众生的新的启蒙。

采石矶 ◎ 自公一去无狂客

昨夜冷雨下个不停。这是同行的记者说的。

我却一觉睡到天亮，醒来时发现窗外秋野如水晶莹，竟然没去细想，连天连地的水渍是否追随我们，一路铺陈到此。一场秋雨一场凉，一曲情歌一断肠。心里揣着这话，也就揣上了一种极端的情怀。好在这样的极端并不是因为别的什么，而是为着行程前面有"唐名贤李太白"而举世皆知的马鞍山上名为采石矶的去处。

秋雨带来真正的寒意，并不等于秋雨真的冷酷。即将跨过长江时，秋雨连一根细丝也不拖曳，彻底地停下来。谚语说，夏天的雨隔着牛背。谚语从不说秋天的雨，因为秋天的雨就像世事中正气浩然的君子，从不玩那小小机锋使人无以算计，也不玩小鼻子小眼睛的花样任人评说。秋天的雨，一旦下了决心，有长江和没长江都不是问题，过长江和不过长江同样不是问题！就像这一天，分明雾气弥漫，茫茫如烟，轻轻弹一下指头就有不少的雨落下来。毫无疑问，秋雨是那么坚决！当年骑着乌骓站在江边的凤凰山上，不肯上船，不肯过江的西楚霸王也是如此坚决。独自过江的乌骓因不见项羽而在地上打滚终至气绝，留下马鞍化成一座马鞍山。如今名满桂子山的前华中师范大学校长章开沅先生，那一年在校园内镇定如金刚的一句："当校长的只有保护学生，而没有其他！"那风骨儒雅血统，正是出自马鞍山下，采石矶旁。

秋雨不肯过江。过了江就是马鞍山及马鞍山上的采石矶，那是李白的马鞍山，更是李白的采石矶。或许秋雨明白李白不喜欢自己，偶尔写一句"雨色秋来寒"也是近乎敷衍的满肚子不爽。身为诗仙的李白，摆明了对秋雨了无好感，无法与白居易的"秋雨经三宿，无人劝一杯"，杜甫的"雨声飕飕催早寒，胡雁翅湿高飞难"，陆游的"夜阑卧听风吹雨，铁马冰河入梦来"等名篇名句相比。

挥别李白不喜欢的秋雨，望着马鞍山，沿着采石矶，一步不落地走了三个小时。到处是李白概念，说得最多也写得最多的是李白酒后去水中捞月不幸溺亡。很奇怪自己居然将这事与昨晚电视播的红军长征的一则故事联系到一起。红二十五军政委吴焕先牺牲后，副军长徐海东抱着他的遗体号啕大哭，亲手将他脸上的血污擦洗干净，再将自己心爱的军大衣披在遗体上。这样想虽很牵强，但也不是风马牛不相及。

李白的身世也很清楚，晚年李白穷困潦倒，不得不于唐上元二年（公元七六一年）秋天抱病投奔族叔、时任当涂县令的李阳冰，次年病重后，将一生著作全部托付，其六十一岁的人生终以"腐肋疾"（肺脓肿穿孔），永生于当涂。诗仙雅号是后人封赐的，活着时的李白只是个普通人。病入膏肓之际，清水铜盆中的月亮也不一定能看得见，哪有力气喝到大醉，再到溪边、潭边、河边或江边赏月？平常日子中形如枯槁的老男人，连睁开眼皮的力量都不一定有。后来传说，李白是醉后往水中捞月而溺亡，一定是人死之后化作神仙时所为。

二〇一二年，也是秋天，我曾去过皖南泾县桃花潭，于那山水之间细品李白当年所歌，心中很不是滋味。"李白乘舟将欲行，忽闻岸上踏歌声。桃花潭水深千尺，不及汪伦送我情。"平白的话语里，分明含着人到穷途末路时的无奈与无助，哪里是真的感动与友情。唐代宗大历五年（公元七七〇年），晚年的杜甫原本想北归河南，由于贼人作乱，不得不往南逃，行到耒阳，遇江水暴涨，只得停泊方田驿，五天没吃到东西，幸亏县令聂某派人送来酒肉。杜甫获救后写下的那些句子，相比惺惺相惜的李白，二者所言，如何不是异曲同工，悲剧重演？

无论何人何事都不能阻挡我站在采石矶上，遥想当年诗圣和诗仙的强作欢笑、苦中作乐。

不忍心说出苦难，往往是最懂苦难的人。而将苦难变成传说的，才是苦难用非苦难的方式留给千秋万代的真理人性。徐海东亲手将吴焕先的遗容擦洗干净，将自己身上的大衣披在生死与共的战友身上，不只是人与人的情分，还由于徐海东最了解吴焕先的现实与理想。同明相照、同道相益、同情相成、同声相呼、同利相死、同忧相救。作为红军将领的徐海东与吴焕先相同，作为诗人的李白与杜甫相同。至于后来传说，李白感激于汪伦的友情，李白诗意地死于酒后捞月，也是出于一种相同。一代代诗人经历一代代的苦难，一代代的苦难让一代代诗人痛恨不已，才有后来传说中无与伦比的绝美。更何况，就连最普通的市井中人，都不会将苦不堪言的东西神圣化。

面对采石矶，我唯独喜欢清风阁上那副对联的上联"自公一去无狂客"，而不喜欢下联"此地千秋有盛名"！甚至恨不得改其中一字变成"此地千秋有甚名"？

"采石江边李白坟，绕田无限草连云。可怜荒垄穷泉骨，曾有惊天动地文。但是诗人多薄命，就中沦落不过君。渚苹溪藻犹堪荐，大雅遗风已不闻。"记着白居易的诗，我固执地走在所有人前面，用一级级石阶找寻将传说变成史实，又将史实变成传说的墓冢。三个小时并不算长，三个小时又确实很长很长。如果三个小时是准确的，在两个小时五十五分钟时，找寻到的那道长长的笔直如天梯的石阶，突然让人胆怯起来。这种胆怯是行走长江的第一阶段，见过汨罗江下游屈原怀沙，又见过汨罗江上游杜甫享陵后空前放大起来的。因亲眼看见汨罗江怀沙，而再次真正送别屈原；因亲眼看见杜甫享陵，而再次无奈永失杜甫。这窄小的石阶，长长地指向山的高处，如果那里真有一座李白墓冢，还不如学那还在江对岸徘徊的秋雨，不见也罢！

难怪有诗说，秋风秋雨愁煞人。一想到诗是由人写出来的，便不能不想，如果天下有会写诗的秋风秋雨，这秋风秋雨一定会变为贵为诗仙的诗人，哪怕只是古往今来的唯一一位，也能愁煞天下所有秋雨秋风。

秋雨那恋恋不舍的告别，秋雨那羞羞答答的退还，敢是比世人更懂李白之殇、诗词之痛。

乌江 ◎ **乌江不渡**

一声长叹，只为乌江不渡。

离开采石矶和马鞍山，再次跨过长江。

秋风秋雨仿佛等在岸边，甚至就在水线上，久别重逢般扑通一声撞了个满怀。无论怎样旧梦重温，这声长叹和这次不渡，与秋风秋雨毫无关联。

在马鞍山，在采石矶，我意外发现，当年西楚霸王正是站在烟雨迷茫的对岸，面对宽广壮阔的江水做最后的深情伫望，然后……留下一座分明是唐初所建，我和同行诸位几个小时前才晓得，由李白最后投靠的族叔李阳冰于唐上元三年（公元七六二年）篆书匾额的"西楚霸王灵祠"。这一刻我才明白，万里长江流经湖北江陵时，猛然拐了一个九十度的急弯，将大江东去变成大江南去，如此也就没有了江南江北，只剩下江东江西。江水由北向南奔流至石首段之后，才又重新扭头向东。对长江来说，这样的巨变还不是仅有的。从芜湖到马鞍山，长江再次翻转，这一次，浩浩荡荡的江水变成了由南向北。自己设身处地所在，向北奔流的长江之畔，正是项羽不肯过的江东。

车进和县，踏上凤凰山。隔着一片平铺开来的田野，看得见两三里之外的长江。经过一千年的流淌，长江上几乎所有岸线都在不知不觉中向南漂移。正如生我养我的黄州，苏东坡所抒发的大江东去，除去浪淘尽千古风流，也淘尽了南岸的西山石壁，将经典的《赤壁赋》留在北岸一座被人间烟火团团围绕的小山上。这是地球的特性所决定，除了宇宙之力，谁也无法扭转。我用想象东坡赤壁的心情，将西楚霸王灵祠前的原野想象成乌江小吏驾船漂泊的江面。秋雨深深，暮色苍苍，沙沙林叶之上，楚歌有曲，汉腔无调。有肃穆祠堂在此，可以当成霸王模样，只是虞姬她人在何处？那些红叶，那些黄花，那些从树梢十丈处掠过的雨雾风云，连虞姬的鞋袜都不及，连虞姬的裙袂都不是。没有虞姬，项羽忧伤十尺，我等忧伤一丈。

杜牧惋惜项羽不肯渡江，集合江东子弟卷土重来，曾作《题乌江亭》："胜败兵家事不期，包羞忍耻是男儿。江东子弟多才俊，卷土重来未可知。"王安石也在《题乌江项王庙诗》里叹息："百战疲劳壮士哀，中原一败势难回。江东子弟今犹在，肯为君王卷土来？"陆游更用《项羽》来说："八尺将军千里骓，拔山扛鼎不妨奇。范增力尽无施处，路到乌江君自知。"人死如灯灭，像项羽这样如电光石火般了却自己，千百年后还在被人念叨，所表明的并不是奇迹，而是这样的死与不死，关系着每个后来者在有限的生存日子里，如何活着面对命运，如何死得有些形象。

慷慨悲歌，临江不渡！

这样的项羽确实神奇，于后世却不是真的重要。

一直以来不喜欢各种各样的神化，不管是宗教的，还是非宗教的，不管是大人物，还是小人物，不管是他人，还是自我。一切之中，当然包括项羽。项羽说自己是"力拔山兮气盖世"，真的变为神神鬼鬼，那样的项羽就不是今天的项羽。今天的项羽必须面对"时不利兮骓不逝。骓不逝兮可奈何，虞姬虞姬奈若何？"一旦成了神，莲花座上有没有多放一尊泥塑，或者少放一尊铜雕，就不会有太多人在意。晓得奈何，也敢于奈何的项羽，虽死犹生。对这样的项羽再多一百倍的尊崇，仍远远不够。

乌江是项羽的，也是虞姬的。

虞姬之后再没有项羽。

项羽之后再没有乌江。

谁之后没有刘邦？

刘邦之后又没有谁呢？

春秋战国最重要的遗产，是一种名叫贵族精神的东西。

这遗产不属于刘邦。翻开刘邦的个人信用记录，有太多的口是心非、言而无信和出尔反尔。从在乡下混吃混喝开始，刘邦就是一个利益至上者。以刘邦的为人做派，虽然夺得天下，却不属于真正的九五之尊。直到文景之治，汉武盛世，从项羽手中夺取的天下，才变得像模像样。这也应了那句俗话，一夜就能成就一个暴发户，三代才能培养出一个贵族。无论是文帝刘恒、景帝刘启还是武帝刘彻，都只是成功的政治家，而非真的贵族。真正的贵族与贵族精神，早在乌江边的凤凰山上，随着项羽的自刎，而被那群乱兵用刀剑砍得比五马分尸还要粉碎。

由春秋战国积累起来的文化精神，也在公元前二〇二年化作支支简牍，累累铭文，不再存于人的血脉之中，也就难以再在这个世上传承。

刘邦能在鸿门宴上全身而退，后世言说的原因无论有多少种，只有一种是最关键的——全身流着贵族血脉的项羽，举不起那把阴险的丑陋之刀。后来的结局，别人能事先看清楚，项羽自然也能预见。兵败垓下，霸王别姬，乌江自刎，包括为了不再伤害民众与兵卒，曾邀约与刘邦的二人决斗，一切都是他自己的选择。苏东坡后来评说：项籍唯不能忍，是以百战百胜而轻用其锋。项羽不愿忍耐那才是真的项羽。项羽要的就是战争中的百战百胜，因此才不惜一切地在战场上光明磊落地使用自己的刀锋。岂肯沦落到与伪君子为伍，为保存实力，暗地里使尽阴谋诡计的情境。

纵观历史，横看现实，从来英雄不敌恶棍，君子难防小人。

同样纵观历史，横看现实，从来都是英雄永远是英雄，恶棍永远是恶棍，君子永远是君子，小人永远是小人。

英雄与君子在实力强大时，因为要照顾恶棍或小人的利益，反而会产生巨大约束力。反过来，恶棍与小人当道，一定会使自身膨胀到无以复加，从无对他人的丁点顾忌。英雄与君子在对方做到非常完美时，会大大方方地承认自身技不如人，该下野的下野，该殉道的殉道，没有半点拖泥带水。恶棍与小人身处劣势如丧家之犬，也不忘在暗中策划，只要对方一步没有走稳，便像疯狗一样扑上去。用现在的话来说，英雄与君子仰仗领先的实力，恶棍与小人咬定破绽以图逆转。鸿门宴上的项羽享受了强者不可凌辱弱者的孤独求道，乌江边上的项羽挑战了弱者最后沉沦时对生命极限的超越，对人生优异品格的完善。

唐朝一位宰相曾写道："自汤武以干戈创业，后之英雄莫高项氏。感其伏剑此地，叹乌江之不渡。追昔之下，风烟将暮，大咤雷奋，重瞳电注，叱汉千骑……"

相比乌江不渡，今人今世更要叹惜：刘邦身边多宵小，项羽之后无贵族。

醉翁亭 ◎ 醉翁亭遇王黄州

秋季雷暴，在如今似乎难得一见。

十月二十六日上午九点三十分左右，正在陋室门前，忽听见一声秋雷，片刻就大雨如天漏。前一天离开霸王祠时不算太晚，但暮色已十分沉重，一场大雨悬挂在头顶上，眼看着就要倾泻下来。那在霸王祠中导游多年，说起话来不知不觉地染上几丝霸气的女子，甚至说要下暴雨了。延迟到第二天上午才落下来的大雨，让我们不得不改变行程，在霸王祠和醉翁亭之间，增加一应物什均无新建的陋室。并顺应天意，增加了在陋室门前，对那一声秋雷的闻听。秋雷响之前，雨还是大雨；秋雷响过之后，大雨变成了暴雨。

之前没有，之后也没有。独一无二的秋雷如世间一声断喝，让人以为陋室的木门前、照壁后或者碑刻旁，将有某种警醒之物出现。后来的情形证明，在陋室范围内，有作为襄阳少年的刘禹锡，有作为江陵过客的刘禹锡，但都不是秋雷想要给人的提醒。我对刘禹锡的了解，犹如对高三年级班主任般熟悉，他的身世经历在江湖中既清楚又明晰，用不着对他在襄阳与江陵的短暂日常表示诧异。

后来我才明白，真正值得在秋天响一声雷的，是一位黄州故人在与和县相邻的滁州琅琊山上冒雨伫候。

转眼之间，陌生的和县县城，就在暴雨中变成七月武汉。在陋室，不用理睬这可以当成海的暴雨，也抹不掉与荆楚江汉血统的熟悉。"山不在高，有仙则名；水不在深，有龙则灵"的浩然洒脱，"谈笑有鸿儒，往来无白丁"的名士风范，早在跟随母亲投亲靠友时，少年刘禹锡就在襄阳流露出"酒旗相望大堤头，堤下连樯堤上楼"的非凡。刘禹锡日后与柳宗元同为唐朝政治革新的核心人物，革新失败后，同道中人王叔文被赐死。刘禹锡先被贬为广东连州刺史，行至江陵，再贬为现在是湖南常德的唐朝朗州司马。刘禹锡在江陵逗留时相识的诗僧鸿举，得幸获其赠诗，其"乞取新诗合掌看"的句子，那楚人奇美诗情的表现，叹煞多少僧俗好友。

陋室之陋，如果没有《陋室铭》，连两分钟都不招人待见。

《陋室铭》之铭，在于心中。即便外面有暴雨，那些石刻之铭、水墨之铭，也只能使人小有流连。

雨越下越大，前车掀起的公路上的水浪，都能淹着后来的车头。与少年刘禹锡一样，当年欧阳修的父亲去世，母亲也带他投靠湖北当小官的叔父。刘禹锡的叔父在襄阳，欧阳修的叔父在随州。欧阳修从政后，由于遭贬谪，也曾当过离江陵只有咫尺之遥的夷陵（今为宜昌）县令。我后来才知道，那位旧时故人一直等在醉翁亭，却不是醉翁亭的主人欧阳修。车行几十公里，进到滁州琅琊山，终于见到若不是天降大雨，昨天就能见到的醉翁亭，面对园中一副对联，我心里忽然沉沉一动。心一旦动了，就把持不住，仿佛之中的故人立刻替代专程来醉翁亭约会欧阳修的初衷，简直是应了欧阳修写的"醉翁之意不在酒"。如秋雷沉沉一动之心，正像欧阳修接下来所解释的"在于山水之间"那样，滁州也好，琅琊山也罢，包括醉翁亭都不在话下，只在意那幅对联"谪往黄冈执周易焚香默坐岂消遣乎，贬来滁上辟丰山酌酒述文非独乐也"，以及对联中间的"黄冈"二字。

醉翁亭面积不算大，也不算小，亭园内有醉翁亭、古梅亭、影香亭、意在亭、怡亭、览余台、宝宋斋和冯公祠，在这八座去处之外，还有一座二贤堂。那幅对联正是挂在二贤堂内。其意为两任太守皆因关心国事而遭贬谪滁州愤愤不平，又对两位太守诗文教化流传民间深表钦敬。

"黄冈"二字的触动，才如陋室门前不轻不重不惊不诧的那声秋雷。

滁州太守，因贬而来，除了醉翁亭亭主的欧阳修，另一位名叫王禹偁，别号王黄州。苏东坡称他"以雄文直道独立当世，耿然如秋霜夏日"。黄庭坚有诗赞"往时王黄州，谋国极匪躬。朝闻不及夕，百壬避其锋"。还有两句著名诗句"兼磨断佞剑，拟树直言旗"，是王禹偁对自己的刻画。王禹偁与欧阳修几乎有着同样的命运，只是二人生错了时辰。假使王禹偁在后，而欧阳修在前，变为后来者的王禹偁能读到"醉翁之意不在酒"，或许就不会在皇帝面前幽愤得"未甘便葬江鱼腹，敢向台阶请罪名"。生性耿直、疾恶如仇的王禹偁，既得罪同朝官僚，也不讨皇帝喜欢，前两次被贬后，好不容易被召回朝廷，参与修《太祖实录》，又旧病复发忍不住赋诗讥讽权倾当朝的两位宰相。皇帝宋真宗一边感叹其文章，可与唐朝的韩愈和柳宗元并列，一边假惺惺地表示，王禹偁"刚不容物，人多沮卿，使朕难庇"，在大年三十当天，下旨将王禹偁贬为黄州刺史。连年三十和初一都不让在京城过，真正是前无古人，后无来者的奇闻。

唐、宋时期，云梦泽畔的黄州极为荒凉，那些在帝都蝇营狗苟中受到排挤打压的贤能常常被贬至此。王禹偁是公元八九九年被贬到黄州的，比他早五十七年到黄州也任刺史的杜牧，就因为黄州属下等州，唐朝京官都称"鄙陋州郡"，而被视为贬谪。王禹偁时的黄州，荒凉贫穷十倍于后来苏东坡时的黄州。如果不是王禹偁贬来黄州时主持兴建月波楼等，之后苏东坡被贬谪到来时，日子会过得更糟糕。

那在典籍中影响着后人的《黄州竹楼记》正是王禹偁任黄州刺史时，为自己建造的两间竹楼所写："夏宜急雨，有瀑布声；冬宜密雪，有碎玉声；宜鼓琴，琴调虚畅；宜咏诗，诗韵清绝；宜围棋，子声丁丁然；宜投壶，矢声铮铮然……公退之暇……焚香默坐，清遣世虑。江山之外，第见风帆沙鸟、烟云竹树而已。待其酒力醒，茶烟歇，送夕阳，迎素月，亦谪居之胜概也。"千年以来，凡此种种庭院，谁不是按照这样的意境养心行事？

公元九九五年，王禹偁第二次遭贬至滁州，不久又遭第三次贬谪至黄州，公元一〇〇一年于蕲州逝世。六年之后的一〇〇七年，欧阳修才出生，到滁州时已是一〇四五年。博览群书的欧阳修百分之百读过《黄州竹楼记》，同为第二次遭贬至滁州，王禹偁的秉性文章足以令欧阳修感时恨别，心生《醉翁亭记》原旨。

平心而论，同为经典，有的作品风靡千百年，有的作品却"独守空房"，原因并非千差万别，而是文章中的广告语有没有和行不行。欧阳修的《醉翁亭记》，因为一两个句子，加上苏东坡亲笔书录，使得世上有了文章与书法相得益彰的范例，加上确实建得典雅美绝的醉翁亭，因而名气巨大。《陋室铭》也是因为有三两句二十几字脍炙人口而广为流传。公元一〇八〇年才到黄州的苏东坡，与王禹偁到黄州的时间相隔八十一年。王禹偁曾希望"后之人与我同志，嗣而葺之，庶斯楼之不朽也"。可惜就连被贬到黄州当团练副使的苏东坡也只顾筑自己的雪堂，而未顾及王黄州的"斯楼"，致使"斯楼"早早朽去。

王禹偁的《黄州竹林记》，通篇字字珠玑，句句华彩，只是少了任谁都能信口道来的句子，加上所建的竹楼毁于尘世，更无书法刻石摩崖，便只能静静地收藏在典籍里。若得幸有谁读过，三遍之内，就能深得圣心。反过来体味"醉翁之意不在酒"，无论是从前，还是现在，也包括未来，但凡有一百个人学习并应用，心中立意，五十人想着正途，五十人暗藏邪念。有个很逆天的故事，某医生对某病人说，以其病情再也不能抽烟，不能喝酒，不能打麻将。说完之后，又补上一声叹息，一个人只有一生，不抽烟不喝酒不打麻将那活着又有什么意思呢？欧阳修写在醉翁亭上的话，很多时候被理解成类似意思。

话说回来，这也怪不得欧阳修。面对世俗的纠缠，经典往往被丑化得比世俗还糟糕，到头来世俗还是世俗，经典还是经典。在经典面前，世俗不惜使用硬暴力与软暴力。经典从不对世俗来几点硬性标准。我经典的意义在于无法否认其经典性，也不在乎有没有人将其当作经典。我十月二十五日在霸王祠见到的也是这样，英雄就是英雄，而不在乎别人有没有将其当作英雄。

"雨恨云愁，江南依旧称佳丽。"《全宋词》中只存入王禹偁的这首《点绛唇·感兴》。不用细品，不用多想，也不用再去读下面的词句了，凭这一句，就得叫一声，这词写得绝！

天下文人愿意与不愿意都是星月相映。苏东坡不去打理王禹偁留下的竹楼，而专注于自家雪堂，也不是不对。雪堂的意义对后人来说也是莫大的，至少不低于王禹偁的竹楼。星移斗转之事，首先要求彼此都是星斗。《黄州竹楼记》与《醉翁亭记》，正是星斗与星斗的比对，这样的比对并不是随便什么文章就有资格的。此时此刻，冒着大雨，冒着文人口舌之大不韪作这样的比对，实在是因为王禹偁太寂寥。醉翁亭中，二贤堂上，既然有人提起王禹偁，就该经得起后人评说。

真的才情会将天南地北当成不同星斗。在那些小肚鸡肠的家伙看来，江南是贬谪文人的地狱。如果文人真如王禹偁写的"忆昔西都看牡丹，稍无颜色便心阑。而今寂寞山城里，鼓子花开亦喜欢"那种心情与心理，江南就成了真的地狱。同样是王禹偁的诗，如能自觉于"无花无酒过清明，兴味萧然似野僧。昨日邻家乞新火，晓窗分与读书灯"，莫说那时只有一个江南，就是有十个江南，也无一不是天堂。

这一刻，也在江南。

陋室门前听过的秋雷一直没有再重复。

醉翁亭四周冷雨太像清明节气了，我心却定要秋高气爽。

水文站 ◎ 水的人文

又是下雨！又在下雨！

距九江浔阳楼下结束第一阶段的长江行，已经过去三个多月，第二阶段行走开始时，雨水又将满世界弄得湿淋淋的。一样的雨，一样的湿，中间夹着一场不一样的暴风骤雨、惊涛骇浪。像是与苍天有了某种默契，那场大洪水对长江的洗礼，差不多就是第一阶段长江行时从三峡到鄱阳湖这一段。母亲河之所以被称为母亲河，在于她曾载着大水而来，惊吓了她本不想惊吓，又不得不惊吓的自家孩子一样的万物。天下母亲爱孩子从来爱得风调雨顺，但做母亲的总有生气的时候，有时候会冲着自己的孩子，有时候会冲着自己的家园！好在雷暴从来不会太多，再大的雷暴过后，日复一日的雨露甘霖才是母亲河被万世崇拜的魅力。

车过东湖，出了武汉，沿黄州、鄂州、黄石、黄梅，驶过宿松、太湖和安庆，行走痕迹延展之处，曾经有那么多的七月雷霆，那么多的七月怒涛，那么多的七月警报，在十月的一江两岸竟然很难找到其蛛丝马迹。没来得及收获的水稻穗子金黄饱满，是为生逢其时。要在严冬到来之前尽可能多一些收成的晚秋作物青翠欲滴，像是与日月争辉。看得见的荷叶是残的，但与洪水没关系，如若秋天来了还在绽放，那一定不是荷与荷叶的本意。闻得到的菊香是淡的，这也与洪水没有关系，今年的季节全部晚了好一阵，就连桂花都是中秋过去快一个月才芬芳起来。

江南江北秋意正浓，收获如金。水上水下清辉荡漾，舟船如梭。这才是母亲河，就像千家万户里的母亲，一边呵斥孩子，一边惩罚孩子，一边用更加浓烈的母性关爱孩子。

池州的大通水文站，建于一九二二年十月，过去、现在和将来，都是观测流了几千里的长江。这座不知承载了多少地表水流的最后一座径流测量站，集水面积一百七十万五千三百六十三平方公里。该站拥有从一八四二年至今长江下游陆上地形图。从大通往下还有水文站，但测量的只能是潮流，而不是径流了。大通水文站还是万里长江上唯一一座向联合国教科文组织提供长江水情信息的径流控制站。

如此声名显赫的水文站，在当地却鲜有人知。问了几次路，从没有一个人说对，所有导航软件都搜索不到它的名称，错了几次，绕了不少弯路，才在黄昏到来之际，找到这座小小水文站。当然，对于水文站的工作人员来说，也有不晓得当地声名显赫的物什的。闲聊时，说起徽菜是"轻微腐败，重度好色"，他们也一脸茫然，不明白前者是指闻名遐迩的臭鳜鱼，后者是说徽菜极好用大量酱油。

说起来，真的不值得奇怪。几年前，水文站四周还是一片荒滩，如今有了高矮不一的房屋，江边也多了一些钓鱼人。水文站的工作人员站在通往江心的栈桥上，指着江滩上那个在黄昏中独钓长江的男人说，昨天有人在这里钓起一条两斤多重的鳊鱼。又说，昨天站里测得的所有水文信息，是用手机打电话往南京报的。南京那边觉得奇怪，随后打电话过来问为何不用自动上报系统。水文站的工作人员说原因是有两台槽罐车将站外的电线杆撞断了。在这样的环境里，就算说两头牛将电线杆弄断了，也是合乎情理的。

几近荒凉，唯烟波最是知音的小小水文站，所得到的却是半个中国都想知道的与长江相关的权威信息。比如长江流域几个典型的最大洪水年份：一九五四年八月一日，最大流量为每秒九万二千六百立方米，而倍受人们关注的特大洪水年份一九九八年，最大流量为每秒八万二千四百立方米，二〇一六年的最大流量为每秒七万零七百立方米。当读到长江泥沙含量最大值为一九五九年八月六日的每立方米三点二四公斤时，我马上联想到，那一年，正值"大跃进"，全国上下一齐毁林烧炭"大炼钢铁"，自然生态受到严重破坏。当读到长江泥沙含量最小值为一九九九年三月三日，我又不能不联想到，那是三峡大坝截流后的第一个早春。

至于最小流量为一九七九年一月三十一日的每秒四千六百二十立方米，相信也有其合理解释，比如像歌里唱的那样，在随后到来的春天，一位老人在南海画了一个圈。

世事也好，人生也罢，总是这样，于不经意间显现其貌不扬的真理。水文站测量的何止是水文，还有这世界的人文。比如，七月大雨时，有女子在自家小区门口打电话投诉水务局排水太慢。女子的行为招来铺天盖地的谩骂。又比如，一队军人在河堤溃口处抢险，乡亲百姓在一旁围观，所招来的谩骂更加猛烈。却不知这批判的背景早已天翻地覆。当年的乡村，麻袋是公家的，沙土是公家的，树木也是公家的，只要有事，只要有人发话，一切拿来用了就是。今天的情形变了，麻袋在私人商店是有价的，取土的土地受着各种法规的保护，自由生长的树木更是如同生命一样神圣不可侵犯。即便是自家的高级门户，也大不如当年用原木做成的门板，可以卸下来挡上几天几夜水。如今的门户，被水一泡马上变成一堆无用的垃圾。更何况高效的专业机械、科学的抢险手段，早已让曾经的人肉长堤变成十分遥远的童话。

站在大通水文站外那长长的栈桥上，从这里到长江入海口全长有六百二十四公里。很难想象，相距如此遥远，大海还能够用其无与伦比的雄浑，影响大通水文站这里的潮起潮落。特别是天文大潮时，落差可达半米。

天上没有雨了，那雨暂时在长江里泡着。

一江大水，无论春秋，总是要向东流的，一江秋水同样还是向东流。

浔阳楼 ◎ **浔阳一杯无**

浔阳楼是由大江大湖、大山大水堆积起来的历史的遗憾！

除去遗憾，浔阳楼名声就会更小。九江来过多次，浔阳楼旁边那座锁江楼与文峰塔，我都曾上去走了走，近在咫尺的浔阳楼却似无缘一样，一只脚伸到旁边了，也不肯将另一只脚迈过去。在长江边出生，对长江边的一切都有兴趣，偏偏这浔阳楼，总不能留在心里。没有别的原因，全是太不喜欢《水浒传》中的那个黑矮胖子。

第一次读《水浒传》，黑矮胖子这词就令人心生不快。《水浒传》这书本不值得多读，那些人物故事，一遍下来就有七八分印象，再读一遍不仅不会达到九分十分，反而会走向反面，让人越读越糊涂。譬如，为什么要让真好汉晁盖轻而易举死去？这黑矮胖子分明是个吃着碗里，盯着锅里，凡是好处都不想放手的贱骨头，所有本事无外乎玩弄权谋，算计来算计去，反而将自己算计成强盗头，虽然勉强却还是大权在握地做了一百零八名好汉的主子。晁盖是湖口与长江四围博大的原野，当强盗就当强盗，有志愿也只是想当绿林英豪。这黑矮胖子充其量是湖口与长江中间那座在急流之上左右逢源，洪水来了吃洪水，清水来了吃清水的小小江洲。

这一次终于上了浔阳楼，凭栏四望，感觉造化弄人，这么好的景致，在九江做过官的白居易为何非要等回洛阳时才写呢？当初在九江时，为何不将写给本地朋友刘十九的那首绝句"绿蚁新醅酒，红泥小火炉"写在这浔阳楼上呢？更别说那首感天动地的《琵琶行》，如果浔阳楼上的白居易不是题了一首相对平庸的《题浔阳楼》，而是有了这绝妙的《问刘十九》，或者索性用惊天地泣鬼神的《琵琶行》，后来的黑矮胖子，就会心知肚明，自己一没有在这楼上题诗的资格，二没有在这楼上撒野的胆子。

当年黑矮胖子被官府发配来此，看见一座酒楼牌额上有苏东坡大书"浔阳楼"三字，便上楼凭栏举目，"端的好座酒楼，雕檐映日，画栋飞云。碧阑干低接轩窗，翠帘幕高悬户牖。消磨醉眼，倚青天万叠云山，勾惹吟魂，翻瑞雪一江烟水。白蘋渡口，时闻渔父鸣榔；红蓼滩头，每见钓翁击楫。楼畔绿槐啼野鸟，门前翠柳系花骢。"黑矮胖子看罢喝彩的一派江景，如今只是水面窄小了些，雕檐画栋换成了满城霓虹，渔父钓翁野鸟花骢等也各有替代之物。就连黑矮胖子后来凭着酒兴题写反诗的例子，也能从楼后的庐山上找到新的翻版。

那黑矮胖子一杯两盏，倚栏畅饮，不觉沉醉，思想自己三十大几了，名又不成，利又不就，倒被文了双颊，发配到此，如何与家中老父兄弟相见！不觉潸然泪下，临风触目，感恨伤怀。见白粉壁上多有先人题咏，不禁也动了舞文弄墨念头。黑矮胖子喝酒之前的想法，哪有丝毫想造反的意思，所有变故也就是男人的面子问题。为了一点虚荣最后闹得血雨腥风，诸如此类，古往今来数不胜数。

浔阳楼在长江南岸，北岸的龙感湖，古称雷池，那句"不敢越雷池一步"说的就是这地方。在黄鹤楼那里，面对崔颢题诗，李白尚且知道眼前有景道不得。浔阳楼上，若白居易亲笔题写了，能饮一杯无，那黑矮胖子只怕连喝酒的兴趣都无了。再加上相逢何必曾相识，那黑矮胖子也许会醍醐灌顶，邀上花和尚和黑旋风，上五台山做了真的出家人。那样的浔阳楼就会成为黑矮胖子人生的雷池。

因为这些都不存在，黑矮胖子才敢寻思，磨得墨浓，蘸得笔饱，在上面写些文字说，倘若他日身荣，再来重睹一番，以记岁月，想今日之苦。对黑矮胖子的不喜欢，最是他在那白粉壁上写的头两句：自幼曾攻经史，长成亦有权谋。恰如猛虎卧荒丘，潜伏爪牙忍受。这酒后吐出来的真言，直教人脊背发凉，胸口冒冷汗。想想自个身边，若是藏着如这黑矮胖子一般的家伙，不定什么时候就会用那权谋加爪牙，将别个的人生弄得一塌糊涂，在家就会家不安宁，在团队就会团队不安宁，在哪里就会哪里不安宁。最是黑矮胖子力不胜酒时，还记得与酒保计算清楚该付的银子，还将多出的碎银赏给酒保。醉到如此程度，还丁点心计不少，像古人说的久假成性，这黑矮胖子着实太可怕了。

在浔阳楼上，想这叫宋江的黑矮胖子所题反诗之过程，总觉得其人品人格，都远不及庐山上那个写下万言书的大将军。即便黑矮胖子后来觉得不过瘾，又攀上"冲天香阵透长安，满城尽带黄金甲"的天下第一反诗，加以"他时若遂凌云志，敢笑黄巢不丈夫"的俗句子，怎比得了大将军的"谷撒地，薯叶枯。青壮炼铁去，收禾童与姑。来年日子怎么过？请为人民鼓呢胡"！黑矮胖子再怎么说，也不过是为着个人私利，如果管着他的那些人也能抛开个人私利，稍多一点宽容，笑一笑，挖苦几句，讥讽一场，由着他发牢骚去，酸溜溜的话说得再多，也掀不起大风大浪。

事实上，遇上一点事就想着反了的，看上去十分痛快，归根结底于人于己都是一种破坏。成就宏大事业的最好方式是改正变好而非打碎破坏。改变会让世界越来越宽厚，越来越宽容，不会损毁既往与当下社会资源的积累。总是"反了、反了"的，一旦真的反了，必定不分好歹地抢先破坏妨碍反了的一切，而不管历史之下还有休戚与共的芸芸众生。

小人最爱与小人过不去，因为小人与好人过不去时，好人往往会忍受再忍让，让小人闹腾不下去。小人与小人过不去时，小人之间互不相让，各自将最不堪的手段亮出来，一点屁事也会闹到九霄云外。黑矮胖子与对手正是互为小人，才将彼此逼成水火不相容。这样人格低下的反了，其实质与狗咬狗差不多。古往今来，太多反了，没有哪一个反了是百姓获利的。相反，一旦反了，百姓的日子就会陷入水深火热之中。彭大将军洋洋万言，区区六句，没有一个字是为了自己，一笔一画全是舍身为民。这样强烈要求改变才是民族进步的大仁大义。

白居易之所以没有在浔阳楼上写下自己最想写的诗文，一定是预感到身后将要发生之事，早早断绝后来者将自己与那不屑之人牵扯到一起的念头，不使自己名节有惨遭污损的可能。只可惜了苏东坡，无论当初是否真的题写过浔阳楼匾，反正已被人与那黑矮胖子捆绑到一起了，这偏偏是苏东坡最不屑的。想那"天涯何处无芳草"是何等境界，怎么会欣赏因为功名利禄而杀人越货的江湖浪人？

相逢何必曾相识，同是天涯沦落人！没有这般人生际遇，天下有名楼只不过是一种强说。

晚来天欲雪，能饮一杯无？缺了这境界，世间无比酒的招牌是亮不起来的。任凭从前的店小二、现在老板娘如何叫卖，不如且行且珍惜地来一杯啤酒！

青云塔 ◎ 仁可安国

　　小时候生活在山里，总听爷爷说长江的事，爷爷说的那些长江事，重复得最多的是黄州青云塔。爷爷说这些，是希望他的长孙不要忘记自己的家乡在哪里。那时候我是见过青云塔的，只是没有记住，没有记住是因为根本记不住。我最早见到青云塔时是在一岁之前，这样的年纪，哪怕母乳的味道也是记不住的。爷爷说，万里长江在黄州城外绕了一个急弯，这青云塔的修建，是要用高望之物来平复长江弯拐得太急带给黄州城的种种风水不利。

　　这个夏天，沿长江一路走来，只要是大拐弯的地方，总会有人将自己的意志强加于斯，可见爷爷的话是有来头的。

　　青云塔始建于明万历二年（公元一五七四年）。二十岁时，我离开黄州城第一次回来，留在记忆中的青云塔是在城外，三十岁时再次见到青云塔，已经是在城内了。这么长的时间里，却一直没有到这塔的跟前去，直到六十岁了，才走上这青云直上的全楚文峰之塔。年轻的安国寺住持陪着，也不知崇迪和尚是从哪里统计的，脱口说出，青云塔建立之前的明朝，黄冈一带只考中进士四十五人，建塔之后，明朝时考中进士二百七十六人，到清朝考中的进士达三百三十五人。

仰望青云塔，我做了一个加法，将明朝前后的进士加起来，与清朝的进士数相比，二者并无明显差异。为什么还要如此表述，这中间肯定存在另一种东西。

黄州城内还有一座石塔，爷爷在世时从未对我说过它。是我重回黄州之后自己发现的。石塔建在东坡赤壁内，立在闻名于世的二赋堂南墙外。从发现这座石塔起，在公开场合总听人一说石塔与苏轼相关，二说与安国寺相关。与苏轼相关是因为苏轼的到来，旧黄州的陈腐就被新黄州的文采取代。因此黄州人爱苏轼，爱苏轼的诗词书法，并进一步爱上街头飘荡的每一张废纸。而安国寺的僧人又是此中杰出代表，为了爱苏轼，为了爱苏轼的诗词书法，安国寺的僧人每天早上都会上街，将各个角落的各种有字迹的废纸，收集到一起，送到东坡赤壁二赋堂南墙外的石塔里焚烧。所以，这石塔实在是一座古老的焚纸炉。

这样的故事讨人喜欢。但是，有一天，我找到了这个故事的真相。说是真相，其实就是没有真相。没有真相的真相是，这个故事在现实中从未存在过。故事全是那位叫丁永淮的苏轼研究者杜撰的。丁先生之所以要杜撰，也是由于这石塔的真相过于不堪。作为研究者，丁永淮先生从方志史料中找到这石塔的出处，清朝时，黄州城内出了一个放荡的寡妇，因其声名败坏，家族深感耻辱，不得不祭出家法族规将其处死，仍不解恨，就修了这石塔镇着压着永世不许超生。我在黄州与丁永淮先生相处时，听他多次说起这事。丁先生爱苏轼心切，而这石塔不仅建在东坡赤壁之内，更立在二赋堂旁，又不能拆除，这才另起炉灶重新创作一个关于石塔的故事。

在历史与现实之间，长江流水之上，这样的事有许多。譬如三峡中那美妙绝伦的桃花鱼，传说是昭君出塞，离别家乡时，一把眼泪、一把鼻涕哭得很伤心，那流下的鼻涕掉在水中变成了桃花鱼。一位喜欢舞文弄墨的当地人，觉得鼻涕太丑太难看，有损昭君天下第二美女的形象，便改为是昭君的眼泪滴入水中变化的。这样的改变，合情合理，令人敬佩。也有让人恶心的。譬如三国时期的赤壁大战，后人总也免不了追问，在冷兵器时代，曹操的千军万马南下本欲夺取江南吴国都城武昌，即现今的鄂州，却要绕到上游数百里的荒野处渡江，而江那边是更荒的荒野，三国过后多少年才有了地名的赤壁，这一点也不符合冷兵器时代，最经济的战争策略是两军直接面对，兵对兵、将对将、刀对刀、矛对矛地分出胜负。想不到近几年竟有人借着创意经济弄了一个创意，说是当年曹军在此发现一条翻过幕阜山，直插时名柴桑再叫九江的小道，才决定在此渡江。这样的创意也太肆无忌惮，连起码的常识也不要了。放着武昌不攻打，却要翻越拎着打狗棍都难以通过的崇山峻岭去攻打上不巴天，下不巴地，且远在千里之外的柴桑，这也太不把别人脑子当人脑子了。

043

青云塔边，那座因为苏轼而在文学史上留下盛名的安国寺正在有序复建，虽不会回到当年骑马关山门、鸣锣开斋饭的规模，也不会再在寺内设四里凉亭和五里凉亭，苏轼的文学精神却是要恢复其中。苏轼有名句"飞流溅沫知多少，不与徐凝洗恶诗！"恶诗虽然没有恶人那样遭人愤恨，却比恶人更坏，因为这样的坏是披着诗的光彩，最能妖言惑众，损坏人世间的文化伦理底线。在苏轼的黄州，重要的是传承一个"仁"字。无论传说与否，青云塔修建的用意与结果都是为了一方百姓，且不会对任何其他有所妨碍。哪怕将明清两朝数百名进士的出现归功于石塔，也是借石塔之名，彰显文情、文采与文化。二赋堂边石塔故事的修改，也是因为一个"仁"字。一个寡妇哪怕再多几段私情，也是人性使然，断不可为了他人名声而要了她的性命。相反，用石塔来说说黄州城对诗和诗人的喜爱都到了如此地步，才是这座古城和古城所有人的荣耀。不要小看了"仁"字，也不要不在乎"仁"字，更不要有意无意地糟蹋了这个"仁"字。

须知仁可安家，仁可安城，仁可安国。

洞庭湖 ◎ **又上岳阳楼**

这是我第三次上岳阳楼。想来奇怪,每遇楼上道道飞檐、盔顶和楹柱,总会生出初临之感。也许正应了"云江北、梦江南"这句民谚,两湖比邻,文化同属古楚,来湖南,就如同寻根访祖了。

远眺洞庭碧水长天,空怀沧溟辽阔无际。

其实,天下各处名楼,都隐匿有各自沧桑的源起,如同人,都对应着不同的命运。岁月倥偬,时光如尘,多数来历亦真亦幻,却归于一统,或位列神话仙班,或藏于人云亦云。岳阳楼也无法逾越这种宿命。建造年代已无可考究,建楼者更是无从谈起。不过,后世重修者大多为当朝历代精英,早已彪炳典册,有迹可循。至于那建构一梁一栋的工匠,啸聚于精英们的盛名之下,只能成为历史无尽的猜度、疑问,等同虚无。就像身边的洞庭,人只注目湖水的浩渺博大,谁还在意那一点一滴呢?历史的不公正,于此可窥全貌。此为题外话,说修楼人。

溯至三国，史载首修岳阳楼者，是东吴大将鲁肃。鲁肃为人豪侠，谋勇于乱世中，卓尔不群。他早在诸葛亮初出茅庐前七年，就曾预言天下必将三分。历史的残酷，于诸葛亮身上又得以鉴证。煌煌一部章回体小说《三国演义》，把"三分天下"的天才眼光，就这样硬生生移植在孔明头顶，造就了中国文化的智性传统。文化的强大，连历史往往也只能自叹弗如。

鲁肃在当时叫巴丘的岳阳地界上大兴土木，修缮当时未曾得名岳阳楼的城楼，并不出自文化考量，只因战事所需，用以检阅和训练水军。于是，岳阳楼的前身，不图享乐以博美人眷顾而奢靡，也不为王权折腰而浮华。这楼，其沉郁之气，因与战争如孪生兄弟般同时降世，就如此钦定下来了。

时过五百年左右，公元七一六年，岳阳楼等来了真正懂它的人，没落权贵、被贬中书令张说。比之鲁肃，张说对中国文化的影响要小很多，但在武则天主政期和开元年间，张说却是公认的文坛领袖。从现今留存下来的《全唐诗·四月一日过江赴荆州》里两句"比肩羊叔子，千载岂无才"，就可管窥张说并非浪得虚名。张说被贬，祸起仗义执言，不做伪证，敢于当朝顶撞武氏内宠。好在历史总会在阴差阳错间，留下些许幸事。"伪证案"没给张说引来灭族杀身的横灾，却给岳阳楼带来了重生。

谪守岳阳的张说，开始了扩改鲁肃阅军楼的宏大工程。先名旧楼为"南楼"，后正式定名为岳阳楼，整日与一群文人雅士在楼上饮酒作诗，赏湖观景。实在无法想象，一个被贬谪的朝廷命官，一个失败的男人，在洞庭湖上，将这座被雨打风吹、被惊涛骇浪濯洗拍打了近五个世纪的老残楼，修葺整改得如凤凰涅槃重生。如此老残楼，如若修葺之时，不以沉郁为底色和檀木加入打磨、构架，难道会为那道道飞檐、盔顶和廊柱，抹上层层浮光？

"昔闻洞庭水，今上岳阳楼"。湖与楼的相得益彰，如老友故旧，端坐于云谲波诡的中国历史长河中经年交谈，以心换心。浩荡的气势与悠久的内涵，使岳阳楼成为唐以后诗人墨客的心灵栖息地，孟浩然、李白、杜甫、白居易、刘禹锡……或贬谪，或流亡，或失意，或落魄，心怀沉郁之气，饱尝家国悲愤，于此登楼，于此吟诗，于此作赋。至盛唐中业，岳阳楼已然成了传统文化里的特殊符号、意蕴和象征，借以抒发忧国济世的感念、理想。

如此说来，我们的文化、历史，似乎是因贬官们的创造才得以继承。其实也不难理解，贬官失宠，跌宕，孤苦、孤单，以至孤独，恰巧掰开了文化、历史和传统的内核；贬官在外，鹤野云闲，亲近自然，寄情山水。于是，文写了、词赋了，且性情感喟大多真挚。人因文立，文因人诵。历史有了，文化有了，传统也就立起来了。北宋庆历四年春，同是贬官的滕子京，在岳阳楼也是走此老路。谪贬到洞庭湖边的第二年，便集资重修，并"刻唐贤今人诗赋于其上"。大约滕氏觉得自己被贬得不够远，也不够狠，或许自知才华有限，便想起另一位贬友，远在千里之外的邓州地方官范仲淹。

终生未登岳阳楼的范知州，仅凭滕氏遥寄书画一幅，想象，还是想象，就借楼写湖，凭湖抒怀，当然，也只如此经历过从极乐到极忧的贬官，才有了比从未上位的平民和从未下位的权贵更加深刻的忧乐体味，而留下了千古流传的楼记："先天下之忧而忧，后天下之乐而乐！"从此，世间就有了从未有过的洞庭水映岳阳楼的胜景。中国文化的吊诡和奇妙，于《岳阳楼记》里展示得淋漓尽致。

汨罗江 ◎ **汨罗无雨**

时值雨季，气象台预报有雨，肯定会有雨，气象台预报无雨，也有可能下雨。偏偏这一天，气象预报说有雨，却没有下一滴雨。

端午的天很蓝，端午的太阳很灿烂。

汨罗江上，丝毫没有云愁水浊迹象。

甚至相反，江面上旗很红艳，江两岸人很快乐，水清得能将三十几条胜过云霞的龙船变成六十几条。

雨在昨天就下过了，从离秭归、离九畹溪、离乐平里最近的宜昌出发时，大雨便不离不弃一路跟随，直到听懂了我们要来汨罗江。大雨变成小雨，小雨变成大雨，有雨变成无雨，无雨又变成有雨。我们的意志不曾动摇，那雨却开始摇摆不定了，大的时候，惊心动魄，小的时候，润物无声。沿荆江，过洞庭，眼看就要抵达岳阳楼，那雨终于不再如影相随，前前后后的模样太像饮食男女的犹豫不决。雨的样子像是说，故乡已为屈原流干了能够流出的泪水，再无泪水可流。此去汨罗，没有了雨和泪水，该如何表示对故人的痛惜之情？

没有雨，没有雾，没有雷声，只有一声声喇叭在叫，再排演一遍，还有排演时单调沉闷无力的鼓点。此时此刻，还是有雨来临为好，冒着雨，努着力，就没有机会想着娱乐而枉费精神。那些说是为了祭祀三闾大夫的龙船，如果有雨，也就看不见桨手的表情，也就将漫山遍野的雨丝当成从鼓手到舵手整条龙舟的表情，更不可能额外地选择一朵愁云作为我们的心情。

没有苦雨当哭，没有沉雷长啸。

阳光灿烂，暑气飞腾，舞台上有人独唱《离骚》，也有人在领诵《招魂》。

还没有放假，端午小长假要从明天才开始，大小道路上已变得如过年一般车水马龙。汨罗本地，早将端午节当成与春节、清明节同等的必定回乡的重要节日。清明节是要返乡祭祖，春节必定回家团圆。汨罗江两岸村村都有龙舟，每逢端午，青壮男人都会从千里之外赶回来，吃几颗清水粽子，洗一场艾叶汤澡，即便是没有想起屈原，心口之中也没有吟诵诗章，也会纷纷操起木桨，一队队结伙去到江上划起龙舟。汨罗江上"宁荒一年田，不输一轮船"的节日精神，想必相同于"慢啭莺喉，轻敲象板，胜读离骚章句""荷香暗度，渐引入陶陶，醉乡深处。卧听江头，画船喧叠鼓"，宋时人们尚且如此，又如何要求今日今时！

这是第一次来汨罗祭拜屈原，我有理由让自己显得肃穆，相同的原因，我无法让自己尽是娱乐之心。如果能读得屈子祠墙上的碑刻，就会发现托寄三闾大夫灵魂的屈子祠，也有被淫僧沾染的时候。这或许正是屈原的宿命，精于政治而被政治所毁，因为忧国忧民而死于忧国忧民。那漫漫之路哪里是求索，分明是君子舍身。同样的端午，本是因祭祀而成节日，又因为节日被拖累为满天满地的喜庆。

天不下雨也罢，只要心里湿润也行。谁会将两千三百年前的悲伤，用一滴泪水流到如今？连天地都不过如此，否则这时节，就该是雷鸣电闪、暴雨倾盆。龙舟再多也载不起屈塘中的悲壮，粽子连天仍不及屈塔耸立的意蕴。从唐玄宗开始，八大帝王不断追封屈原为忠烈侯、忠洁清烈公，直至被清康熙尊为水仙尊王，身后获得如此厚待，竟与孔子平齐。与华而不实、好大喜功的皇帝相比，以个人之品格到屈子祠前三叩六拜九揖，聊表襟怀已是了得，如若真要当真，还不如转过身来，用心雨之笔写下心语：

八帝追封，纵然与孔圣齐名，不如离骚总问天；

千载竞渡，只为个忠魂沉冤，从此汨罗永怀沙。

汨罗江 ◎ **走读第四才子书**

在陌生的山水间行走，突如其来地遇见先贤，是一种极为特殊的事件。那感觉与滋味不是兴奋，也不是震撼，完完全全是一种在今生遇见自己的前世，在前世遇见自己的今生般的错愕。汨罗江上游的平江离武汉不算远，有几位朋友的老家正在那里，平日相聚，从未听他们说过。而我到岳阳的次数在去过其他各历史名城中算是最多的，每次到岳阳无论是见到文坛朋友，还是其他什么人，包括那些家在平江的人，都不曾提及杜甫于公元七七〇年去世后，就安葬在一山之隔的平江。这一次来汨罗江下游访端午、祭屈原，在岳阳住下后，忽然听人说起，就像被某种东西触动神经，仿佛心中不敢相信，又不能不相信，有那么一阵子，不知说什么好，然后还要反问："这是真的吗？"

中华文化中更有一种备受尊崇的传说，凡是天造地设由东向西的河流，命中注定不会平凡。譬如湖北枣阳的滚河，在曾随国号谜一样气氛下，随手从擂鼓墩大墓发掘出来的曾侯乙尊盘、曾侯乙编钟等一系列的国宝器物，就惊世骇俗了。汨罗江也是一条由东往西流淌的大河，仅仅屈原怀沙投江就足以流连于历史，再加上死于斯葬于斯的诗圣杜甫，不要说汨罗江将居何等地位，这天空的雀鸟、地上的禽兽、水里的鱼虾，都会平添许多文气。

五月初五，刚刚在汨罗江上祭屈原。

五月初六，又溯汨罗江源参拜杜甫。

只在那墓前稍一伫立，心头疑问、世上疑云，忽然尽数散去。墓前三五尺见方的一池洗笔泉水，像慧眼一样将千古文章、百代人世映照得一清二楚。虽然这也是历史，但与历史大不相同。对望之下，横一道小小水纹，正是感时花溅泪；竖一条微微风波，实为恨别鸟惊心。长草荒荒，小路弯弯，田舍重重，苔藓满满。不是秋风茅屋，也非寒士草堂，一心一意尽是与苍生相关的苍茫。

天地精灵，既不能言说，也无法为文，所能做的也就是将其精粹托付给配得上天地信任之人。所以，天下文章但凡出类拔萃的，必定是贯通天地、气质自然。杜甫灵寝处，冷清得有些过分，正好印证除了杜甫只有天地的那种地位。四周是那种专属于原野的清净，看不见俗不可耐的故意展览，也没有发现无意遗落的诗词文章。目光所能读到的唯有"唐左拾遗工部员外郎杜文贞公"等文字。虽是初夏时节，四周充满暑气，脚下青砖的缝隙里，仍在冒着直达骨子的阴凉，宛如杜甫一生的阴郁。

公元七六七年，杜甫从瞿塘峡乘船而下时，还能抒写"无边落木萧萧下，不尽长江滚滚来"。宋时有人曾说此两句十四字，写出了八层意思：他乡作客一可悲，万里作客二可悲，经常作客三可悲，正值秋天四可悲，身怀疾病五可悲，晚年衰病六可悲，更兼多病七可悲，重阳节孤独登台八可悲。身为少陵后来者，当知杜甫身后事，这样的追溯与对照，多少有些牵强，多少也有些道理。及至公元七六八年到七七〇年，那情怀中的豪迈，就被命运的悲怆彻底逆袭。短短两年湖湘经历，就只能与李白天人相隔地写着"凉风起天末，君子意如何"。分明那方世界是无法活着抵达的，还是要问个清楚，"鸿雁几时到，江湖秋水多"。"文章憎命达"的境况，"魑魅喜人过"的现实，放在现今时日也是如此，天下哪有真写文章的人是官运亨通财源滚滚的？地上哪有暗箭不伤人的？这样的文字就是想做别的诠释也做不了。最是那句"应共冤魂语，投诗赠汨罗"，简直是一语成谶！世间通常习惯暗示他人，像杜甫这样，除了自己将自己当成诗文赠予大江大河，那些记得诗并热爱诗的人，哪敢有此念头？若是谁有，无疑会触犯天条。

　　十年之后，若有怀想，还可以当作惋惜。百年之后，任何一种怀想，都是不道德的！千年诗圣，只落得举家投亲靠友，更有苦雨相逼，人在船上，船却一连十日无法靠岸，最后还要对他人的施舍千恩万谢。早前远在皖南秋浦河上的李白，何尝不是如此，吃喝人家几天，临走时还要咏叹，那酒肉款待之情，比桃花潭水还要深！李白有情唯有杜甫能解。李白既然先杜甫而去，杜甫之心就只有凭空托寄给凉风鸿雁、江湖秋水了。

识时务者为俊杰，不认时务者为圣贤。那个叫李林甫的，因识时务，了解皇帝秉性擅长投其所好，用一个野无遗贤的说辞，将好大喜功的唐玄宗奉承得晕乎乎。不必去怀想这些人若知道，被他们屏蔽在金榜背后的杜甫，日后成了圣贤，会做何感想。看着这楚天云水伤心处，这满山荒草泪横流的小田村，用春天的一株兰、夏天的一滴露、秋天的一群雁、冬天的一坡雪，连续起汨罗远水，就会明白，一个屈原怀沙投入一条向西流淌的江，尚不能避免屈原与楚国的悲剧在杜甫与大唐身上重演，那就需要用杜甫与屈原的灵魂叠加，以强化汨罗江，强化天地留给后人的道德、文章、节义的警示。否则这向西流淌的河流，就失去存在的理由。

明末清初的金圣叹，被尊为中国文学第一评论家，他从经史典籍、诗词歌赋、戏曲小说中选出六部书，认为是千古绝唱。这六部书是"一庄（《庄子》）、二骚（《离骚》）、三史（《史记》）、四杜（杜甫之诗）、五水浒、六西厢"。金圣叹称它们为"才子书"，也叫"天下必读才子书"。年少时，对诗仙李白与诗圣杜甫之不同甚至很不以为然，后来才察觉出其中的分野。将自己的每一个文字都用作世人疾苦的一部分，自然要比春花秋月来得重大。曾经有人这样说，杜甫的诗，后来被人各得其所，学成六种模样，孟郊得其气焰，张籍得其简丽，姚合得其清雅，贾岛得其奇僻，杜牧、薛能得其豪健，陆龟蒙得其赡博。果真如此，从幕阜山发源的汨罗江，就是杜甫从活着到永生的清楚无误的象征。

苏轼有词"大江东去，浪淘尽，千古风流人物"，眼前天地境况分明是汨水西流,屈杜遗志何时休?

永生的杜甫墓有些荒凉,到访的人很少。太忧国的人譬如屈原,国家会给予纪念。太忧民的杜甫,本当由民众来纪念,可是民众都去哪里了呢?"饥借家家米,愁征处处杯"的杜甫,"亲朋无一字,老病有孤舟"的杜甫,饿着肚子走遍半个中国的杜甫,难道还有更为不堪的圣贤吗?从屈原到杜甫,相隔一千零四十八年,难道这汨罗江还要再过一千年,再有圣贤流落同千古,才会明白人世最重要的是什么吗?

观音矶 ◎ 怀念一九九八

一个人行走的足迹，往往就是历史的足迹。

这是一九九八年八月下旬，我在簰洲垸写给簰洲垸的一句话。

一晃就是十八年，站在荆江大堤上，想起这句话，身后就是世间闻名的观音矶，说是世间闻名，是因为它的险。这险在枯水季节是奇葩的意思，在风平浪静的日子代表美到出其不意。一旦洪水猛兽来了，这险就连艰险都不是，而是险恶，或者是阴险。天上下着大雨，我想光着头冒着风雨走一走，每次才走上几步，就会有同行者抢着将雨具放在我的头上。我是将荆州的雨当成老朋友，是那种在一九九八年夏天不打不相识的老朋友。

长江的荆江段在观音矶面前绕了一个巨大的急弯。水文站的资料显示，今年雨季以来从长江武汉段开始的下游水位涨得很快，荆江这儿与平常年份差不多。水文专业上的差不多，可以理解为既不是枯水也不是洪水的相对正常的水情。在雨幕的打扮下，站在观音矶，眼前相对正常的水情也分明暗藏着滚滚杀机。

十八年，正好是一段青春和成长。记忆中的生龙活虎依旧是当年模样，装满记忆的脑子上面却被霜雪覆盖。一九九八年夏天的长江，活脱脱是一个恶魔，那么多的军队，那么多的人民，用了那么多的方法才最终将其制服。因为付出太多，人人都有一种死里逃生的感觉。荆州当地的一位女子说，那一年她才五岁，半夜时分，跟着大人站在街边，送别参加抗洪抢险的子弟兵时，见到大人们都是热泪盈眶，她虽然什么也不懂，也跟着大声地哭喊，像大人们一样，舍不得子弟兵们离去。

在那时的文章里我曾经写道："如果没有一九九八年夏天的经历，很难让人相信，一场雨竟会让一个拥有十二亿人口的泱泱大国面临空前的危险，以至于不得不让这支士兵数量几十年来一直雄居世界首位的军队，进行自淮海战役以来最大规模的战斗调动，而他们的搏杀对手，竟是自己国土上被称为母亲河的长江。在去嘉鱼的公路右侧，江水泛滥成一片汪洋，让人情不自禁地想起亘古神话中的大洪荒。从北京来的一位资深记者告诉我，有关部门已将《告全国人民书》起草好了，如果洪水失控便马上宣告。这位记者心情沉重得说不下去，同行的人好久都在沉默不语。当我们又是车又是船地来到簰洲垸大堤上，面对六百三十米宽的大溃口，心脏顿时不堪负荷，一时喘不过气来。那轻而易举就将曾以为固若金汤，四十多年不曾失守的大堤一举摧毁的江水，在黄昏的辉照下显出一派肃杀之气。这时，长江第六次洪峰正涌起一道醒目的浪头缓缓通过。正是这道溃口，让小小的嘉鱼县，突然成了全世界瞩目的焦点。正是这一点让济南军区某师的几千名官兵在二十一小时之内奔行千里，来到这江南小县，执行着比天大还要天大的使命……"

嘉鱼与观音矶隔荆江而相对，那里的江堤也叫荆江大堤。

那里的江堤一点也不比观音矶这里安稳，因从清末以来的多次溃口，情况紧急时，就近取材，用一层芦苇一层沙土进行堵口，而后又没有清理，便将就着在这样的基础上对江堤进行加固。一九九八年夏天连续两个月的高水位，将江堤内部因为这些芦苇腐烂后形成的筛子一样的空洞打通了，形成一个接一个致命的管涌。在簰洲垸时，军报的朋友送我一套迷彩服，上面挂着中尉军衔，在全部由军事记者组成的队伍中，我按军衔走在队伍的最后，直到任务结束时，领队的大校才发现这个秘密。当然，他们都说我太像年轻的中尉了。

中尉都是年轻人，年轻总是让人开心，让人能够想象自己还有能力没有被发现，就像一九九八年荆江两岸的士兵们最流行的两句话：用汗水洗去身上的污垢，当一个受人尊敬的好兵；多吃点苦，将来做人有资本！

那一年的八月二十一日上午九点整，我正在这支部队采访，突然来了紧急命令，才五分钟时间，五百名官兵便驱车直赴发生险情的新街镇王家垸村。面对他们的又是一个罕见的管涌，它在离江堤一千五百米的水田中，直径达零点七五米，流量为每秒零点二立方米。发现时，它已喷出一千多立方米泥沙。水田里的水有齐腰深；

管涌处,离最近的岸也有几百米,而离可以转运沙石料的地方有上千米。那一带是血吸虫感染区,五百名官兵没有一个犹豫全部在第一时间里跳进水中。我有幸与淹没在水中的稻穗一起,目睹官兵们用血肉的身躯铺成了两条传送带,泡在水中,将两百多吨堵管涌的沙石料全部运到现场,直到下午两点才上岸喝水吃饭。接下来又奋战到第二天凌晨六点二十分,才将险情彻底排除。也是第二天,所有报纸无一例外地都只让人从那句"两千多名解放军战士参加了抢险"的语言中,感受到曾经存在过一种超越常人的英勇。

今年的雨很大,几个小时前,水文专家从江流中取出的那罐水已变得很清了,罐底沉淀的泥沙清晰可见,说是只有正常年份泥沙含量的十分之一。这样的情境很容易让人忘记一九九八,以及历史上与一九九八相同的许许多多的一九九八。长江会不会忘记?长江当然不会回答,但长江一定会在某个特定的时刻用特定的方式,考验着过去的考验。所以,观音矶前那貌似平静与平安的江水,是不可能无条件信任的。哪怕这江水还会进一步变清,还会进一步乔装打扮成小桥流水人家。长江就是长江,大有大的难处,大有大的变化,大有大的魅力。我崇拜这样的长江,哪怕她会在不经意间给世界带来巨大的麻烦。

三峡 ◎ **真理三峡**

对三峡的神往总是每个男子汉的梦想。在许多年里，我和许多人一样，饮着或没有饮着长江水，都要想象上游奇妙的所在。曾经无法意识男人与三峡的相逢，实在是生命中不可回避的毕生缠绕与碰撞，只以为那是一处美丽风景，而不知那是人生中一次至关重要的约会，一次生命的相邀。也曾经许多次错过对三峡的拜访，那是因为自己总在想以后还会有机会的。那些邀我的人都为这种错过一次次地惋惜。我也浑然不觉这一切都是冥冥之中的定数与安排，一如浅薄地对他人说，长白山天池、神农架草甸、青岛海滨可以作为弥补。待到时光终于将我推到三峡面前，我才恍然大悟，明白自己先前的错过是多么可惜，而别人的惋惜马上显出我对命运的无知。感谢上苍！三峡对于我现在是一种朝拜，一种洗礼。在往后的人生中，此番朝觐当会受用无穷。

还不到深秋，红叶只是星星点点。半坡枯草，半江冷水，半山风阵，映衬着偶尔跳跃而出来的娇艳，愈发让人沉醉难释。

置身船的水上、车的地上和脚的山上，无论是凝固的还是流淌的三峡，都在我可望而不可及的高处。每一次凝眸对视，最终都让人羞愧地低下了头。我似乎才知道，三峡是无人能懂的。人说是刀削斧砍的连绵绝壁，何如对它的轻蔑；人说是牛肝马肺的峡谷怪石，何如对它的糟践；人说是神女的大岭雄峰，何如对它的猥亵。我只读懂了人们的不懂，余下的也是一派迷茫。我猜测过，那林立如织的绝壁会不会是谁家男人摊开了的坚强意志？我也曾揣摩，那银光泛泛的浪滩碧影幽幽深潭会不会是哪个女孩长久蕴含着的绵绵情愫？这些念头一旦萌生，我就发觉自己的无可救药。能及时地对三峡说声"对不起"吗？然后仍要继续往下怀想：三峡是永恒生命的一处波澜，是灵魂流浪的一次垒砌，是用每一个人的血与肉做成的，它不相信思想与智慧，唯一仰仗的是情爱、仁慈与激越。不如此，又怎能年年不老，岁岁春华。

从没感受到山与水如此地交融一体，而不显半点勉强。依恋是依恋，牵挂是牵挂，映衬就是映衬，碰撞就是碰撞。山让人呼喊坦然，呼喊雄奇；水让人吟咏沉静，吟咏纯美。我不好形容这是天作之合。

三峡或许根本就不在意这些，它一直冷冷地看着我和我们，仿佛在心里说，这就是那些总在张扬着一得之愚的人吗？三峡就是这么随意地说出一个个世间的真理来，它面对的只是一个个生命，一篇篇爱情。它不面对功名或功业，哪怕它们也能指向千秋。功名也好，功业也好，都是它身上的秋叶，有的红了，有的黄了，有的落了，而经年的已化作泥土了。人世的忙忙碌碌确实很俗气，甚至想到要将一些人的才华镂刻在三峡上。三峡不在意，它不痛苦也不欢喜，就像一只小虫忽然在身上歇了一下脚。倒是后来人一场场地感到汗颜，如同自己在做着玷污。三峡用那万劫不灭的岩之躯，对每个人做着生命沧桑的见证；再用那空谷流云的思之壑，复对我们诉说热爱其实是一座看不见但感觉得到的高山，对她的攀登可能更难，因为她没有路，无论什么形式的途径都没有，唯有用心情步步垫起自身。

　　在险峰与断崖之畔，三峡向我们陈列着昔日山与岭的碎骨遗骸。挺立着的是生命，烟飞烟散陨灭了的弃物也曾是生命，正是因为各种各样的毁灭，才诞生了不得不作为风景的雄伟。不经意的三峡真理，藏在岩缝里。岩猴将它抓起来，塞进嘴里，填起鼓囊囊的腮帮。别处的真理，特别是思想家的真理能够这样吃吗！大山大岭、大江大水、大风大气，浩荡而来的三峡本该是天赐的精神。山有山言，水有水语，问题是我们如何体验、如何学习对它的参悟。

　　作为人，我们真小气！面对三峡，这是唯一正确的认识。

三峡 ◎ **迷恋三峡**

再次来到三峡。

这是第几次来到这里，记不清楚了，唯一清楚的是每一次与三峡相逢，都是一次情怀与思潮的碰撞。

长江一万里，大岭九千重，能奔涌的自然奔涌而来，会伫立的当然相守相望。还有一万一万又一万，像我这样的人，毫不吝惜从青丝到皓首的光阴，一次又一次乘风而来，看不够满江的桃花汛。一回又一回顺水漂泊，拥抱起漫天红叶而归。

来到三峡的方式越来越快捷，拥抱三峡的方式越来越舒适，从最熟悉的武汉为另一个点，将三峡连接起来的时间，即便是从汽车时代算起，也有了从漫长的两天两夜，到如今的只需三四个小时的巨大变化。在这种改变的过程中，从三峡工程截断亘古江流至今的时间算起来一点也不长，很奇怪曾经冷冰冰的山一样、海一样的钢筋混凝土建筑物，竟然悄无声息地从我这里获得了某种感情。

对三峡的迷恋无外乎那举世无双的山水，以及想看透与这得天独厚的山水密切相关的现代化工程的计划与实施。因为来得太多，因为来得太多生发的深情，因为深情而对天赐山水肯定会消失的惆怅，因为惆怅太多，必须排遣而又无法排遣，所以只能使用得幸天赐的抱怨为出路。可以想象的原因还有一些。这一切原因都还看得见摸得着，哪怕有少数原因变淡了，也还在记忆的边缘小心翼翼地游走。

我的小猫小狗一样的童年，我的海枯石烂不可改变的日常起居吃喝口感，我的审美趣味，我的思哲基点，我的视野偏好，我的话语体系，我的一切构成生命的非物质元素，早就决定着我会将个人立场建立在纯粹自然一边。比如我是那样讴歌，只生长于老青滩岸边的香也香得醉人，甜也甜得醉人的桃叶橙，本是普通的几株果苗，偏偏遭到雷击，枯了半边，活了半边，然后就变异出世间绝无仅有的果中极品。比如我是那样抒情，只生长于老归州外鸭子潭中的桃花鱼，本是昭君出塞前洒在香溪中的一滴泪，年年江水涨起，淹得无踪无影，再大的江水只要退去，那婀娜多姿的桃花鱼依旧从雷霆袭过、龙蛇滚过、恶浪翻过、洪峰漫过的江底飘然而至。比如我是那样惊叹，年年桃花汛期，那些要去金沙江产卵的鱼群，冲不过江中的急流，便聪明地沿着江边礁石阻击后的细水缓流向上游进；更聪明的三峡儿女，排着队站在细水缓流旁，轮番上前用手里的渔网舀起许多健硕的鱼儿，再用这些鱼儿晒满两岸的江滩。比如我是那样敬畏，江边那被炭火熏得漆黑的老石屋，比老石屋还黑的老船工，至死不肯去儿子在县城的家，只要说起现在的江，现在的船，老船工就会生气地大声嚷嚷，这叫什么江，这叫什么船，一个女人，一边打着毛线，一边飞着媚眼都能开过去，这不是江，也不是船！老船工的船是必须手拿竹竿站在船头的船，老船工的江是船工手中竹竿在礁石上撑错半尺就会船毁人亡的江。比如我是那样赞美，一排排船工逆水拉着纤绳，拖着柏木船不进则退，退则死无葬身之地时，那些被称为滩姐的女子，一边唤起船工的名字，一边迎上前去，挽着某位船工的臂膀，助上一臂之力，等到柏木船终于驶过险滩，那些滩姐又会挽起船工的臂膀，款款地回自己的家。这些旷世的奇美，早已被钢筋混凝土夺走了，砌在十万吨现代建筑材料的最深处，见过的人还能有些记忆，没见过的人纵使听得倾诉一百遍，也是枉然。

　　站在我站过多次的神话般世界最大的船闸旁！

　　站在我站过多次的高高的坛子岭上！

　　站在我站过多次的巨大得令人震惊的大坝坝顶上！

　　站在我站过多次的亿万年沉潜江底的岩石旁！

　　我真的太惊讶了，大江流水，高山流云，一切都在蓝天朗日之下，我居然对用三千亿元人民币打造的三峡工程有了一份由衷的感情。

　　好像只是回眸之间，亲爱的三峡，也许是经历了太多的流言，才使人想为她抱一点不平。寻着长江大桥、长江二桥、二七长江大桥、白沙洲长江大桥和天兴洲长江大桥下从未有过的清凌凌的江水，再一次来到三峡，是九天来水驯化了钢筋混凝土的庞然大物，或者是钢筋混凝土的庞然大物习惯了九天来水，每年一二月份，这仿佛天作之合的大坝与水，就会千里奔驰到上海，去挤压从东海涌入的咸潮。三四月，这温情之水又会加大流量去温暖万里长江的每一朵浪花与漩涡，让每一条怀春的鱼儿早些做那繁衍后代的准备。进入雨季，要做的事谁都知道。防完洪水，就该满负荷发电了。接下来的冬季，当美丽的洞庭湖太过干涸，当鄱阳湖露出湖底石桥，便是最多流言攻讦的时候，殊不知往年这种季节长江过水流量不过两千几百立方米/秒，亲爱的三峡为了保证通航，已补充水量到五千几百立方米/秒。这比自然还温馨的种种，真个配得上人称亲爱的情感。还要为左岸电站那八台进口的七十万千瓦水力发电机而感动，不只后来的右岸电站的十八台同等量级的发电机完全由中国工厂自己制造，还以此为基础制造出世界上无人能造出来的更大的发电机。

　　我对三峡的亲爱的感情，源于自己十八岁时，受县水利局委派主持修建一座名叫岩河岭水库的小水库所学到的专业知识。当全世界的自媒体都在疯传三峡工程面对战争可怕后果的威胁时，我知道那是不可能的，哪怕是二十万吨级的原子弹直接命中大坝坝身，三峡之水也不可能像自来水那样直接冲击到武汉与上海。亲爱的三峡更准确地告诉我，最坏的结果是，那些溃坝后产生的洪水会在枝江县城以上形成新水库，然后，那水就会沿着长江河道，继续由万里长江第一洲的百里洲分成两股江水，依着千万年来的习惯流向下游。

　　我曾经发现三峡的可爱,如今再次发现三峡的可爱。

　　人总是如此,一旦发现,就会改变。不是改变山,也不是改变水,而是改变如山水的情怀,还有对山水的新的发现。

三峡 ◎ 一滴水有多苦

一滴水在一只干瘪的下巴上晶莹地闪烁着。

一位老人感觉到了它的分量，伸出虬痕斑驳的手，仿佛从砂砾中寻到一粒玛瑙，轻轻捋下水滴，小心翼翼地捧起来，送到自己的唇边。

关于水，这是我记得最为细致的细节。记得她的地方，是在新滩，那是三峡中最险要之所在。下船后跨过晃荡不已的跳板，再穿越所谓码头上的十几块巨石，才有一道人工开凿的石阶通往位于半山腰的小镇。老人就坐在石阶上。因为枯水，又因为老人的手过于苍老，那石阶，愈发显得太高。坐在石阶的三分之二高处的老人，拿着一只不知用过多少次的旧矿泉水瓶，半瓶净水映照出一江浊浪，她却丝毫没有诗中所形容的饮马长江的样子，目光浑浊涌动的全是干枯燥渴。

去过多少次三峡，我已经记不太清了。主要是不愿意一一细想，总觉得只需记住那份天底下独一无二的大江大水就够了。譬如我们每天睁开眼睛都要面对的许多日常世俗，有多少是能长久地留在心里而永世不忘哩！是否记得去过三峡的次数真的不重要。那些一辈子活在三峡里，从没有离开过的人，难道可以说他们只到一次三峡吗？所以，一个人除了永生与某个地域相生相守外，在不得不有来有去的时候，重要的是对这一类与灵魂有约的事物刻骨铭心。

或是逆水行舟，或是顺流而下，这是一般人去三峡惯用的方式。最初的时候，我也是这样尝试的，后来，之所以弃舟楫而登陆，行走在陡峭的大江两岸，在于我见到了这位将自身挂在陡峭江岸上的老人，以及这样一滴挂在宛如用江中礁石刻成的下巴上的净水。老人双肩上的背篓里装满了故事，有她自己的，也有别人的，还有与任何人都不相干，只属于眼际里唯一的峡江和数不清的高山大岭中的苦乐情殇。

浩荡的大江，浩荡的大水，浩荡的大船，一个人用尽游历的目光也只能看到三峡的雄奇瑰丽，也只有懂得了背篓，才能懂得乡间的苦砺亦即这山水般荡气回肠。在那些三峡大坝截流前所剩寥寥无几的年份里，这样的背篓给当地女人平添了更多的忧伤。每每与她们相遇，看得见那一双双的眼神，其中复杂，宛如高山上绝不放过天上落下来的每一滴雨水的无底天坑。曾经在心里闪过这样的描写，背篓之于三峡中的女人，是秀目，是玉乳，是美臀，出门时双肩不负背篓的女人是不完整的。还进一步认为总也不离女人肩上的背篓，是人在这样的山水之间得以养育与繁衍的子宫。无论如何看，在表面，在一江两岸亘古不变的背篓仿佛是山里女人肌体的一部分。就像那位坐在石阶上的老人，人坐在第一级，背篓垫在第二级，同时靠着第三级。不管外来者如何看，她自己分明是在享受着一份人生的惬意。

与空荡荡背篓相依相偎的老人，不错过一滴净水的老人，在江边，当然会有自己的追忆。她将过去的一切从山上背下来，又将一切的过去从江边背回去。无须多问，从一滴水里就能知晓，老人年轻时同所有女子一样，嫁到别人家，满三朝的那天早上，就得背上背篓，从高高的山上下来背一桶水回家，如此多日，直到练就了一滴不漏的功夫，才算得上是婆婆的媳妇，丈夫的女人。那时候的新娘子才敢在丈夫面前笑一笑，再放心大胆地在丈夫的怀里做一回真正的女人。

只有走在那破碎的山路上，才晓得紧邻长江的这些大山是如此的害怕干旱。半个月不见雨水落下来，那些大大小小的天坑就会比人还焦渴，张开大嘴拼命地吮吸着有可能变成水滴的每一丝潮气。女人们纷纷背上背篓，出家门一步一步地沿着陡峭山崖下到江底，将水桶灌满后放进背篓，然后又一步一步地爬向突然变得远在云端的家中。

有一天，一位女子背着水走到一处山崖下，忽然听到头顶上有一群家畜在吼叫。女人晓得那些畜生闻到了水的气味，不敢往上爬，等了许久，畜生们不但不肯离开，最渴的一头牛等不及了，竟然一头闯下崖，摔死在女人面前。天要黑了，女人开始哭泣着往这必经之路上爬，她明白接下来会是何种局面。刚刚露头，家畜们就冲上来将她扑倒，背篓里的江水全部泼在岩石上。牛、羊和猪，拼命地将自己的长嘴巴贴上去，吸啊吸，舔啊舔，舌头磨破了，岩石上变得血红一片也不见它们有片刻歇息。

又有一天，一位刚刚出嫁的女子，从那高高的山上急匆匆地下来了。见到江水，女子忙不迭地将焦黄的脸洗成让男人见了心爱心疼的嫩红，又用梳子蘸着江水将蓬乱的头发打理得一丝不苟。将全家的饥渴背在肩上的女子，从早上下山，天近黄昏时才到家门，她一高兴，忍不住叫了一声。她没说我回来了，而是说水回来了。那一刻，她放松了警觉，也是因为太累，不太高的门槛突然升起来许多，脚下一绊，一路没有泼过一滴的水顿时没了，泼在地上，青烟一冒，转眼之间就只有门前青石板的低凹处还有一点水的残骸。看着一家老小趴在青石板上舔那积水的样子，女子一声不吭地拿上一根绳子，将自己吊死在屋后的树林里。

新结识的本地朋友说这些事情时，目光一直盯着江南岸的高山大岭。想要从那些自然的皱折中找到散居的人家，唯一的线索是炊烟。后来的一个五月天，我独自再次来到这一带时，连接江水与陆地的石阶上仍然有背着背篓的老少女人在攀行，我没有找到那颗挂在老人下巴上的水滴，却看到了更多如水一般的汗珠密布在女人的前额上，不时地，女人伸手抹下一把，重重地摔在石阶上。一阵叭叭地响传来，那是江水上涨时拍拍打打的声音。

那天黄昏，我走向无人的水湾，与眼前早早黑下来的大山一道泡在冰凉的水中，感觉中那些高不可攀的去处变得更加遥不可及。相对于一座山，无论从何种角度去接近，所能抵达的只能是她的背影。一滴水也是如此，无论如何想象她有多苦、有多深和有多宽阔，到头来所能记下的唯有那一点点的背影。

九畹溪 ◎ 人性的山水

夏天带给一个人的最大变化是性情。有冷雨也好，没有冷雨也好，只要是夏天，谁敢说自己的情绪仍旧一如秋天的浪漫、春天的激荡？只有山水如是！在山水面前，人的夏季如同穿过空谷的清风，用不着躁动的喧嚣，也用不着迷惘的委顿。峰峦上厚厚的绿，是一种难得的沉思；流响中潺潺的清，则是一番久违的行动。正是这样的夏季，让我由衷地想到，假如没有那个独立于人类许多遗憾行为之外而延续自然意义的九畹溪，人性的范畴，或许就要缺少一些季节。

在我的记忆里，长江三峡是不会不存在的。几年前，由于长篇小说《一棵树的爱情史》的写作经历，我曾多次出入于此。这样的写作，总会让我理解许多文字以外的存在与不存在。譬如那座只存在于历史与记忆中的三峡，除了多多少少的传说还能让我们闭目徜徉，扪心想往，所有正在使人亲眼目睹、亲临其境的风景，早已成了人与自然共同拥有的一份无奈。在历史中读三峡，是何等伟大，何等雄奇！曾经的水是无羁的，曾经的江是魔幻的，曾经的峭壁敢于蔽日问天，曾经的男女惯于驾风戏浪。真正的三峡是有生命的。只有当我们察觉到这一点时，这种自然风采中的俊杰，才会通过一个个心灵通向永恒。只可惜，昔日一次次咬断船桅的活生生的浪头，在现代化的高坝面前无可救药地变得平淡无奇。只可惜，昔日一场场考验男性胆略女性意志的水道，在迈向平庸的舒适里心甘情愿地消沉了自我。空荡的水天上，只有去那遥远得早已看不见摸不着的境界，才能聆听浩浩荡荡的桡夫子们的歌唱。繁茂的世界里，任我们如何深情搂抱那如神迹的纤夫石，也无法感受到所有滩姐都曾留下过的怀抱的温暖。

宽厚的过去文化，孕育了幼小的现在文明。渴望成长食欲过盛的现在文明，反过来鲸吞作为母体的过去文化。历史的老人，为什么总是以这样的方式来教导青春年少的时代哩！

一直以来，我用我的写作表达着对失去过去文化的三峡的深深痛惜，并试图提醒人们，眼际里风平浪静波澜不惊的三峡，在人性的天平上，是深受怀疑的。不管有没有人附和，我都要坚持。这是一种人文操守，也是不可或缺的人文责任，哪怕它何等的不合时宜！我这多年的情绪，直到那条出入西陵峡，名叫九畹溪的河流被发现，才得以平缓。平心而论，紧挨着西陵峡的这条河流，能够完好如初地保留至今就是奇迹。这样的奇迹出现在时时刻刻都有人文的和非人文的景观灭绝的今天，本身就能获得不可磨灭的意义。

三十六里长的有情之水，用那三十二滩急速的飞泻，张扬着仿佛已在山水间绝迹的豪迈。还有三十二潭满满的温柔。很显然，如此盈盈荡荡，早已不是一条溪流与生俱来的，那所有的承载更多是从不远处大壑大水中移情而来。人文情深，天地当会浓缩。若思三峡，当来九畹。乘一瀑清泉，飞流直下，耳畔里时时飘来古韵民歌，还有哪里找寻得到？这样的时刻，沉浸其中的人性，才是最有幸的。除了直接地，赤裸地，狂放地表达自己的欣喜，在自然界最有魅力的一侧面前，作为人，还能做什么哩！虽然有些小巧，虽然有些玲珑，对于早已习惯今日生活的人，怀着对三峡的情思，享受着九畹的仅有，除了感官的满足，还不应忘记：这一切全是我们的幸运！

合江 ◎ **合江荔枝也好**

沿着长江行走,所见所闻,与水一样源源不绝的是诗和诗一样的文化。那些与众不同的物产,越是独一无二的,越是无限制接近诗和诗一样的文化。二〇一七年五月六日,我从宜宾跨过长江和金沙江抵达云南昭通后,在下榻的市委党校对门那家名叫"闲云野鹤"的小店里吃晚饭,发现菜单上写有藕汤,就以为肯定不行,并笑话他们竟敢在湖北人面前卖弄藕汤。店家则反复推荐,还指窗外藕塘,说全是自己栽种。我看那水面真有荷叶片片,就答应了。待藕上来,先看那藕,全是八个眼的,以为更不行。想不到尝了一口后,汤不怎么地,那藕竟然还行。湖北人吃藕,一定要挑九个眼的,若是有条件,更要挑那一枝藕有十三节的。只有这样的藕才是好藕,是真正配得自己胃口的藕。一方水土养一方人,一方人最珍爱这一方的文化。作为黄冈人,我必须认定最好的藕是上巴河的,而不管还有没有人坚守在蔡甸的藕汤罐前,以及仙桃的藕汤锅边。

藕这物什没有荔枝精巧，也不及荔枝甜润。用诗来说，最多也就一句出淤泥而不染，还不完全是说藕的，藕是得了便宜卖乖，沾了替自身抛头露面的莲花的光。

从涪陵开始，直到宜宾，一路惦记着的荔枝就不一样了。仅仅杜牧说上一句"一骑红尘妃子笑，无人知是荔枝来"，就不知惹出多少爱恨情仇。何况苏轼也跟着说："日啖荔枝三百颗，不辞长作岭南人。"都知道，一颗荔枝三把火，荔枝这东西容易使人内火上升。年近六旬的苏轼还没有将死之心，只是用恨不得一天吃三百颗荔枝的想法，将这小小尤物捧场捧到极致，可以将命运的悲欢离合像剥下来的荔枝壳，吃剩下的荔枝核那样弃为无物。看上去是在说荔枝，其实是在与命运争个高下。

十几年前，曾经去到岭南的增城。那地方是苏轼去过的。苏轼第二次遭贬时，在那一带停留一阵，并常有友人以荔枝相赠。那地方，那心情，尝到荔枝，别说苏轼，换了谁都会吃什么都甜，闻什么都香。我去增城时，那地方刚刚为一种名为"挂绿"的荔枝珍果举行拍卖活动，一颗名为"西园挂绿"的荔枝拍出了五万五千元的高价，成为全球最昂贵的水果。第二年再度举行的相同拍卖会上，一颗重十八点八克的西园挂绿荔枝，更是拍出五十五万五千元的天价。这用钱来表达的疯狂，与苏轼当年用诗写就的疯狂大不一样，而是与更接近汉朝时，不得不由皇帝颁布诏书予以禁止的疯狂差不多。《后汉书·和帝纪》有明文记载："旧南海献龙眼荔枝，十里一置，五里一堠，奔腾阻险，死者继路，时临武长汝南唐羌，县接南海，乃上书陈状，帝下诏曰：远国珍馐，本以荐奉宗庙。苟有伤害，岂爱民之本。其敕太官，复勿受献。"这件事，苏轼在《荔枝叹》的自注中交代得更清楚，汉和帝时，交州也就是现在的广东、广西、海南等地为进贡荔枝龙眼，十里设一个驿站，五里设一个瞭望台，为赶时间，不顾路途险阻，拼命传送，像传递紧急军事情报一样，人累死了再由别人接着赶路。身为临武长的唐羌，上书说明情况，和帝于是颁下诏书，将进贡荔枝的事免了。明朝万历年间，还有事接着疯狂：由于荔枝名声太大，那些好事者趁着新果上市，纷纷索要。明末王士性所著的《广志绎·西南诸省》有记载："涪州妃子园正德年间尚有荔枝，万历时地方官以献新扰民，始根而绝之。"地方官无计可施到只能将荔枝斩草除根，才能让那些将荔枝当作牟取私利捷径的人断了念想，真是要多疯狂有多疯狂。书中所言涪州，已与岭南无关，而是长江上游的涪陵，就这一带的荔枝产地来说，包括了合江与泸州。

二〇一二年七月，我第一次到合江，得知此地盛产荔枝时，眼盯着满树的果实，仍然不敢相信自己所面对的。即到闻听当年杨贵妃所吃荔枝不是来自岭南，而是出自涪陵、合江和泸州一带，更是瞠目结舌。这一次，再来到合江，满地荔枝树只见绿叶，不见花果，没有现成的美味，使人对其美妙凭空想得更多。不受欲望羁绊，我竟然有些相信了，仿佛听见当年红尘一骑，马蹄声声，从以合江为中心的荔枝产区出发，踏上通往长安的子午官道。

荔枝真的是个尤物，身为尤物最要紧的品质是必须有与众不同的娇贵。

岭南的朋友中几乎人人都说过，当年有快马驮着一捆树枝，上面的荔枝故意暂不采摘，到长安了，才从树枝上摘下来，用此方法保证新鲜。我只说过一次不可能，因为与果实相比，树叶太容易枯萎了，不仅不能保鲜，甚至还有可能倒着从果实中汲取营养，这也是乡村种植行业的基本常识。那些朋友及朋友所代表的故乡中人，越是听不得杜牧写的荔枝、杨贵妃吃的荔枝不是来自岭南，现实情况越是让他们觉得荒诞不经：岭南荔枝不管怎么好，在唐代的交通条件下，两千多公里的距离，是没有办法在三五天之内运送到长安的。

合江这里，多年来，民间一直流传着一种荔枝保鲜法，传说就是当年为杨贵妃运送荔枝而发明的：把刚摘下来的荔枝放进新砍伐的竹筒内，两侧用湿泥巴封住，用竹子能保持较长时间的气息，延长荔枝的保鲜期。还有荒谬的，关于杨贵妃是哪里人，共有虢州阌乡（今河南灵宝）、蒲州永乐（今山西永济）、弘农华阴（今陕西华阴）、蜀州（今四川成都）、容州（今广西容县）五种说法。与籍贯定不下来不同，杨贵妃的父亲杨玄琰曾担任过蜀州司户是板上钉钉的事实。杨贵妃的童年在四川度过，那时风气家里不可能没有产自近处涪陵、合江或泸州的荔枝。正是在四川吃过荔枝，杨贵妃才对荔枝依依不忘，而重温童年美味当然是最令身心愉悦的事情。

苏轼想做岭南人时，已是第二次遭贬谪，这一次贬谪比上一次严重。苏轼用自身才华的边角料也能判断出；情况大为不妙。前次贬到黄州，苏轼还怀着朝廷收回成命的希望，这一次只怕是要做一去不回的绝望打算。都到此种地步了，对日后必须朝夕相处的人说点好话软话，也是人之常情。狂放到曾让唐玄宗身边宠臣高力士脱靴的李白也有放下身段的时候，在长江下游的秋浦河上，为他人写些酬庸句子。也是因为对酬庸的不甘与无奈，加上提起故乡人事，受怀乡之心影响，苏轼才会笔锋一转，情不自禁地写出"欲食林甫肉"的咬牙切齿文字。

"永元荔枝来交州，天宝岁贡取之涪"，用此对比同是苏轼的诗句，"日啖荔枝三百颗，不辞长作岭南人"，太能证明诗人性情妙在不太确定，也能证明诗人论事笨在不会精确。这不是苏轼头一次如此说话了，在黄州时，他随口一吟，"人道是三国周郎赤壁"，就将完全有可能是大破曹军之地的黄州赤壁，弄成只是听别人说的，而给后人留下魏蜀吴三国时期最著名的疑案。当然，这也不能太怪苏轼了，毕竟他也是后来人，不是亲历者，只要不是亲身经历，那就是道听途说了。如此来看，苏轼也算是真性情。

当然，活在传说中的岭南人，也是在选择性遗忘。

苏轼分明说得很清楚，他是眉山人，从小到大生活在这一带，很清楚永元年的荔枝来自交州，天宝年间，那些进贡给杨贵妃的荔枝，都是取之于涪州等地。等到苏轼想做岭南人时，并没有具体事实，只是表达嘴馋，天天都想吃荔枝，尽量将自己嘴馋时的样子写得很有诗意，也很传神。这一点，司马光的《资治通鉴·唐纪》有明注："自苏轼诸人，皆云此时荔枝自涪州致之，非岭南也。"

夫有尤物，足以移人。

长江之长，长江之大，足够生产层出不穷的奇珍异宝。比如难得一见的白鳍豚和中华鲟，还有天鹅洲上成群结队的麋鹿等。阮元的《岭南荔枝词》说："岭外传书唐伯游，风知露叶汉宫秋。如何天宝年间事？欲把涪州换广州。"再珍贵的宝物，也不能落到唐天宝年间担任宰相的李林甫那类人的手里，成为谄媚求宠的尤物。如此荔枝才能够在北纬二十九度的合江等地，继续做着万里长江上受人喜爱的尤物。

通天河 ◎ 岩石上的公主

历史的某些篇章在不同时期出现不谋而合，有针对天翻地覆的大事，也有关于鸡毛蒜皮的琐事。越靠近主流，越难逃如此宿命。这就像做了长江的支流，哪怕只是支流的支流，哪怕只是源流的源流，纵然藏在青藏高原深处做了网状河源也难以独善其身。长江上掀起大风大浪，长江上吹拂和风细雨，不管是对大境界的崇尚，还是对小玲珑的怀想，都会受到影响。

出西宁城，穿过湟源，翻越日月山，横跨倒淌河，在海拔四千七百米的玛多县城深刻领受高原对人的强烈窒息，人无法不对高原做出强烈反应时，不由得联想一千四百年前文成公主在此与松赞干布第一次见面，种种反应，定会更加强烈。再沿温泉、花石峡，站上巴颜喀拉山，蹚过清水河，来到当地人习惯称为结古巴塘的玉树。

也是读书多了的缘故，每每听人提及文成公主，心里并没有真的在意。待见到有研究者著述称道，霍的一声心动后深以为然。无论是作为玉树地区政治经济文化中心的结古老镇，还是在花草无边无际、牛羊无边无际的巴塘草原，但凡是用声音作为媒介的，谈吐也好，歌唱也罢，不出三句，必然会出现"文成公主"四个字。

到玉树的第一站自然是通天河。

通天河边，让人不能不伫立怅望的地方叫勒巴沟。

站在勒巴沟口，用那一路风尘、半生荒唐的双眼，注视被远远近近的冰川雪山之水冲刷得足够深邃的通天河。如果没有那细软白沙与粗犷岩石勾勒出来的水渍线，通天河一定会将从清波之上，直至高到天边的峡谷全部当成河床。站在通天河边，很容易将那迷离的紫色花和黄色花当成水中游弋的一群群小鱼儿，生长在山坡上的一丛丛沙枣灌木在白云下面晃荡，简直就是雪花波浪之下的青苔。至于白云，不仅仅与雪浪异曲同工，还似那最显万里长江魅力的碧空孤帆远景。

站在通天河边，手把当今，心怀千古，勒巴沟前的通天河水，看样子是做不到清纯见底的，不是不清洁，也不是清洁得不够，无论怎么看，河水都是清洁的，有足够的品质，惹得人想趴在水边喝他个三下五除二。反过来，无论怎么看，河水又是无法令人完全放心的，有足够的理由，使得人不敢将掬在手中的河水一滴不漏地送进口腹之中。

勒巴沟与通天河连通处，天生一副渡口模样，其最重要的时刻是自大唐都城长安远道而来的文成公主登临。文成公主原本是大唐皇室远支宗室女，贞观十四年（公元六四〇年），太宗李世民封其为文成公主。此前的贞观八年，唐藩正式建立联系后，藩王松赞干布向大唐提出了迎娶公主的请求，被唐皇太宗婉拒。此前，大唐为了与西北友邻亲和，几乎有求必应，不惜嫁出去十几个公主，独独嫌弃吐蕃。这让松赞干布有些气急败坏。松赞干布一方面错误估计形势，想趁机蚕食大唐疆土，另一方面也有向唐皇炫耀实力的意思，一时间举兵二十万进攻松州，虽然被大唐军队一击而溃，第一个目标没有实现，第二个愿望却顺利达到。到了贞观十五年（公元六四一年），松赞干布再次遣使来到长安，向唐太宗谢罪，携五千两黄金和大批珍宝，重新提出请婚要求。这一次唐皇太宗慷慨应允了，将受封才一年的文成公主远嫁吐蕃，成为藩王松赞干布的王后。

天下渡口，一半用于送别，一半用于盼望。

送别的送到情深处，人人注定要成为落花流水。

盼归的盼到绝望时，个个免不了会化为孤山独崖。

万里长江，从吴淞口开始，水流两岸，留有多少望夫石和望郎崖，最著名的神女峰，也是对夫君与情郎最著名的相思守望。

文成公主辞别家人，离开长安的日子有人记得，长途跋涉多久，何时到达通天河的时间，只知道还是贞观年间，却不知是哪一年、哪一月和哪一日，更不知道是高原反应，还是旅途劳顿，从这渡口起岸登陆的文成公主，同样久久伫立，长长回望。时间长久了，就和天下痴心女子一样，将自己变成了只有用石头才能表达的纪念。

不同之处在于，文成公主将自己画成画，雕刻在身后岩石上。

不同之处还在于，文成公主痴心而望时，夫君就在身边，她将自己画成画像，雕刻在身后岩石上，仍旧有夫君依依相伴。

一个贵为明珠的大唐皇家女子，将自己的容貌勒石留下，有的是向佛之心。

身为大唐皇家公主，远嫁他乡，将自己的容貌与夫君同时雕刻在通天河边，是否还有不便言说的其他深意？比如让水中倒影托寄通天河向东，到金沙江，再到长江，或是由乌江起水，沿着几十年后，为应对李家那位著名媳妇的著名馋嘴，而快马加鞭运送荔枝的子午官道，翻过秦岭重回长安。也可以继续顺流而下，穿过瞿塘、巫峡和西陵三峡，再过洞庭湖口，望见龟蛇二山之后，半拥左岸，转入汉水，跟随去往长安的官船民舫，逆水漂流回到长安。女子貌美倾国倾城也还是女子，心性柔情似水也非真水，却这般担起国家和亲重责，若是日日思家，夜夜想娘，非要用比风霜更摧残人的泪水将自己洗成一块瘦削的石头，更加于事无补。

几十年后，同为大唐公主的金城公主，在通天河边伫立时，一定凝望过岩石上的自家先辈姑姑。再到勒巴沟深处，膜拜在大日如来佛像前，更是由惦记自家先辈姑姑，引申到深深忧虑自身命运。金城公主如是下令加盖大殿，护着神似自家先辈姑姑的大日如来摩崖佛像，同样是在护着自己的前程与命运。

与文成公主一样，金城公主也是宗室女出身。不同的是，文成公主在松赞干布向大唐求婚之前就被封为公主。金城公主则是在藩王赤德祖赞于神龙三年（公元七〇七年）三月向大唐请求联姻之后的一个月，被唐皇中宗下旨封为公主的。更有不同的是，金城公主老早就是唐皇中宗的养女，景龙四年（公元七一〇年）正月，唐皇中宗命左骁卫大将军杨矩护送金城公主入吐蕃。中宗亲自渡过渭河到始平县设宴百官，命随从大臣赋诗为公主饯行。席间中宗谈及公主年幼即将远嫁时，不禁唏嘘涕泣。同年二月，中宗将始平县改名为金城县，将百顷泊改名为凤池乡怆别里，并赦免当地死刑以下囚犯，免百姓赋税一年，由此可见中宗对金城公主的不舍之情有多深。

在通天河边站得再久也要离开，有文成公主在前，后来的金城公主显然明白，画在岩石上的女子是天下与她们命运相同的女子，雕刻在岩石上的公主足以概括诸如此类的公主。沿着勒巴沟往巴塘草原深处走，现在的路可以让汽车飞驰而过，当年能骑马前行就十分了得了。文成公主在巴塘草原学会了十分了得的骑马技术，也教吐蕃人纺织、建筑、耕种，还有饮食、礼佛、服饰和歌舞。学会骑马的文成公主，可以骑马进藏时，就让手下画匠在崖壁上画了一幅自己的肖像作为纪念。几十年后，同样沿着唐蕃古道走进勒巴沟的金城公主，命人依着自家先辈姑姑的画像，雕刻在崖壁上，再修盖庙宇加以保护。这时候的金城公主从自家先辈姑姑那里参透了公主和亲的大义，在庙堂内的山崖上，雕凿出九尊彩色佛像，正中的大日如来佛身披唐时盛装，透露出的也是唐代女性风韵。多少年来，从吐蕃人到藏传佛教徒，嘴里念着六字真言，心里赞美的是文成公主。相比通天河边、勒巴沟口，文成公主对自己的雕像，又令人有一种前所未有的喟叹。

春秋五霸，战国七雄；两汉共二十九帝，享国四百〇五年；大唐共历二十一帝，享国二百八十九年；北宋南宋上承五代十国下启元朝，共历十八帝，享国三百一十九年；明朝共传十六帝，享国二百七十六年。不算其他积弱朝代，仅仅上述强权雄治时期，一群群嫔妃，为一代代帝王养育不计其数的女儿。那些著名王宫，如咸阳宫、阿房宫、长乐宫、未央宫、洛阳宫、大明宫等，其间居住了多少公主，即便是专事此类管理的宦官太监也心中无数，再者就算册簿上记着公主名字，排除书写优良、装帧精美，本质上与无名小卒默默无闻的家谱没啥两样。一本本典籍，一朝朝史记，如若提及公主，多是后宫倾轧、偏殿血腥、枕上香艳、裙下荒淫，除此之外，再难得见公主名声。一幕幕乡戏，一道道传闻，多是借公主之名，普及珍奇异宝，说些风土人性。唯独和亲公主，人人青史留名。

据《唐藩古道志》记载，文成公主与之后的金城公主进藏和亲后，也即唐贞观八年（公元六三四年）至唐武宗会昌六年（公元八四六年）的二百一十三年间，唐藩互遣使臣一百九十一次。唐朝出使吐蕃六十六次，其中一年中遣使两次的有八年。吐蕃出使唐朝一百二十五次，其中一年中遣使两次的有十四年，遣使三次的有六年，遣使四次的有三年。使臣们的任务是通好、和亲、献物、会盟、报捷、朝贺、报聘、报丧、吊祭、请互市、迎送僧、求诗书、求医、求匠等。来往的使臣从几十人至百余人不等。那段时间也是汉藏两地历史上少有的和平光景。

通天河边的勒石画像简洁无繁，看不出香腮凝怨不等于芳心无愁。

勒巴沟深处摩崖石刻仪态大方，清清楚楚的高贵并不表明没有人性卑微。

再好的女人也不是人间力量的全部，人间力量是为了让女人变得更好。

再好的公主也替代不了国家的实力，国家实力绝不是为了使公主更加养尊处优。

西施若没有以身许国，王昭君若不通好胡人，貂蝉若没有连环大计，杨玉环若无长恨之歌，古来四大美女谁也成不了千载美人。所以，做美女容易，只需要笑也可人、愁也可人、病也可人就行。做美人却难，在美女素质之外，还要求识大体、懂大局、留大德才有机会。青史留名的公主，可以不是美女，也可以不是美人，但必须是身为公主做了公主本该做的、绝大多数公主又不愿做的事。公主之事，事事在朝廷与国家。达官显贵的儿女，也当如此，若能比其他人更明了民众疾苦大于自身疾苦，民众利益高于自身利益，长江两岸，每一条河流，每一座山沟，就将会拥有自己的文成公主。

二〇一〇年四月十四日的大地震，导致玉树的土地上没有一所完整的房屋，没有一座不受损坏的寺庙。紧挨着文成公主庙的勒古寺，更是损坏到没有一面站立着的墙。同在一座山上的文成公主庙却是玉树土地上仅有的奇迹，所依靠的山崖没有掉一块石头，没有出现一道裂缝,文成公主庙的里里外外、上上下下,不要说没有任何损坏,就连那插在佛像前纤细的藏香只是像往常一样落下一些本该落下的灰烬,供奉在佛前的酥油灯,仅仅如同有风吹来那样,闪烁两下火苗后,便归于平静。

勒巴沟翻译为汉语是"美丽沟",文成公主被吐蕃人尊称为甲木萨,意思是汉地来的女神仙,不是神仙又怎么能千百年来一直活在通天河边的岩石上?

天地有灵,当会如此善待这位活在岩石上的公主。

金沙江 ◎ **虎族之花**

　　沿金沙江向上走到一个叫石鼓的纳西族小镇，通向水边的石阶下就是万里长江第一湾。

　　下了车，还没到达江岸，我心中忽然生出一种思路，想起下游几十公里处的虎跳峡，之所以如此雄奇，想必是受到这第一湾称号的刺激，也想被冠以万里长江第一峡的美誉。还有容不得任何主观臆想的事实，又因为从青藏高原奔腾而下的怒江、澜沧江、金沙江，在号称世界地质奇观的横断山中，形成地球上找不到第二例的三江并流。到了石鼓这里，伴行多时的金沙江，突然丢下怒江和澜沧江，独自转身，实实在在，丝毫不差地拐了个一百八十度大急弯，从本来的正南方向，变为正北方向。人在跑得最快时突然转弯，也会产生头脑想到了、身体跟不上的剧烈扭曲。一条携带万顷波涛的大江，潮头与潮尾的差异更大，好不容易全部跟将上来，在兔子急了也咬人的道理下，借虎跳峡做一次情性的大爆发就是必然的了。

　　小镇一处街角旁，一位专卖用各种山中猛料制成各种天然猛药的纳西族老人，佩戴着一件不起眼的饰物，上面绣有"虎族之花"四字。我用手机拍下来，发给这一带的几个作家朋友，才知"虎族之花"是纳西语"剌巴"的汉译，而"剌巴"则是当地纳西族人对石鼓小镇的称呼。

　　所以，石鼓小镇是名副其实的虎族之花。

　　金沙江将自身转折处选择在虎族之花，也只有虎族之花配得上如此转折。

　　虎族之花处，金沙江水梦，如此梦想正是为着奔向万里长江。

　　历史与自然是这个世界上最默契的一对，相比嫡传父子、百年夫妻、同胞兄弟，有过之而无不及。自然变迁会让鬼哭神泣，历史转折处也免不了惊天动地，而后留下各自的虎族之花。

　　在乌江畔，就曾遇上历史转折时留下来的如虎族之花般的不朽身影。

　　乌江水不算清，也算不上浊，一座山映在江面上，影影绰绰，亦真亦幻。在山连着山的倒影上，分明还有一种身影不是倒映在水中，而是以天造地设的方式出现在所有倒影之上，让本该使人心醉得万物花开的倒影，成为一种与时宜不相合的突兀。这样的倒影不能被称为倩影，那是万般无知带来的一种轻薄；也不能说成是英姿，那也只是相比无知略好一些的浅俗。幸好后来能在金沙江畔，得幸天恩，赐我以虎族之花，否则也会因为找不到合适的词汇而无地自容。

到达赤水后，能将江河望穿的还是那从乌江开始一路跟随的虎族之花。

这虎族之花般的身影叫中国工农红军，曾经有十万之众，万里征尘尽染，来到乌江与赤水的只有一万余人。热的血为赤，铁的血为乌。余下九万，用浓的血染透赤水，用铁的血铸就乌江，再伴以熊熊大火与滚滚硝烟，深深铭刻在包括乌江和赤水在内的源流之上。没有强渡乌江的就不是红军，没有四渡赤水的也不是红军。乌江强渡了，赤水四渡毕，长江上游注定要为历史留下一个个别样的经典，长江上游还会用自身创造的前几个经典，再造出更加伟大、更加不朽的经典。从乌江到赤水是这样，从赤水再到金沙江又是如此。

中国工农红军十万将士，将生死存亡的转折托付给乌江、赤水和金沙江，太不像历史的选择，而应当是苍天在上的一种过于残酷的诗意的安排。金沙江在石鼓这里成就万里长江第一湾后，江水从向南流改变为向北流，此后虽然免不了还有这样那样的艰难险阻，却是春水满江越来越浩荡。红军将士在冲破这些天堑以后，心中怀着的理想星火，天天都在向着宏伟目标无限接近。

没有虎族之花的怒江和澜沧江，不曾转弯，也没有掉头，而是顺着各自习惯了的大峡谷，轻松自如平平淡淡地往滋润的南方去了。金沙江到了石鼓。石鼓之地真有石鼓，是汉白玉雕刻的，上有一道裂纹，战乱年代裂纹久开不合，和平时期裂纹久合不开。金沙江到来时，从不发出声响的石鼓山崩地裂地响了一声，仿佛一声召唤，偌大的江流说掉头就掉头，想转弯就转弯，硬生生地将向南的流水，一滴也不落下地改为尽数往北。

传说若要石鼓再响，除非金沙江不再逆行向北，重新径直往南。继续与怒江、澜沧江携手并肩，成就事不过三的三江并流。一九三六年四月二十五日，金沙江流水如往常一样该惊涛骇浪处依旧惊涛骇浪，是波澜不惊的照常波澜不惊。没有任何预兆，连白云下最敏感的飞鸟，岩泉边最灵醒的獐子都没能提前知晓，那汉白玉石鼓说响就响，仅仅一声，石鼓小镇就沸腾起来了。

一位被誉为金沙江第一船工的老人，曾经在石鼓水文站工作，老人每天早上都会绕着汉白玉雕刻的石鼓走上一圈，再绕着小街纵横的石鼓走上一圈，直到一百零四岁那年才停下脚步。行走的时候，老人会在嘴里含一坨生羊油，不知情的人将此当成老人长寿的秘诀。能有资格称为金沙江第一船工，并非因为老人长年划船在金沙江上测量水文，而是年轻的时候，划着木船，帮助红军渡过金沙江天堑。一九三六年四月二十五日这天，一万八千多名如虎族之花的红军将士来到了万里长江第一湾。石鼓响起来后，他和别的船工一道拿起船桨，用七条木船、二十只木筏，在沿江六个渡口向东横渡，将红军一船船地送到金沙江对岸。人多船少，当船工四天三夜没休息，又冷又饿时，老人抓起一坨生羊油塞在嘴里，等到大队红军全部运送到金沙江对岸后，得空回味生羊油的特殊奥妙，自此形成独一无二的养生方式。

待如虎族之花的大队红军北上去远，虎族之花当地人才想起来，石鼓已响过多时，传说中金沙江会掉过头来重新与怒江和澜沧江三江并流的预言为何没有兑现？骨子里人人都是虎族之花的中国工农红军与虎族之花不期而遇，万里征程中，每一步都是雄韬伟略，大智大勇。金沙江何须再改变！有虎族之花的红军，将会改变比金沙江更加源远流长的历史，在这样的长河里，金沙江再来十次大转弯也是可以忽略不计的。

曲麻莱 ◎ 吉祥是一匹狼

实在没有料到,这一次会遇上狼。

"小心遇上狼"这句话,小时候经常听到。长辈们这么说话,完全是出于一种习惯。他们所说的狼,是一切危险的代名词,甚至包括跌倒与摔跤,是否真的遇上狼并不重要。所以,小时候听长辈说狼时,整个就是著名故事《狼来了》的家庭生活版,如果将小时候觉得害怕的动物排出名次,狼的位置肯定排在老鼠后面。

在抵达曲麻莱之前,也曾走过各种各样荒僻野险的地方。偶尔想到狼,几乎全是对某些人事的感觉,鄙视其人其事,或狼狈为奸,或狼心狗肺,或狼子野心。真的是如此,用不着脑子多想,就能得出与真理相差无几的结论。狼很稀少,狼事也很稀少,多的是那些如狼似虎者做的如狼似虎事。

曲麻莱是县名,去往长江源头的计划行程里,原本没有这一站。

到玉树后,先是在当地作家的活动上,介绍玉树州的文联主席时，提起这个地名。我有些没记住，过后问别人，说那个县名有三个字，对方说那就是曲麻莱了。玉树地区所辖六个县，其余称多、杂多、治多、囊谦、玉树等县名都是两个字，只有曲麻莱县县名是三个字。关键因素还在于，长江北源楚玛尔河，在曲麻莱县境内汇入通天河。对方还说，已安排好让我们去到在通天河边放牧的牧民家看看。从长江入海的吴淞口一路走来，多是以各地水文站为重要节点，在青藏高原上，能与择水而居住的牧民有所交往，这机会并不是说找就能找到的。

治多县的人也插进来，也要我们去，说治多县才是长江北源的最源头。我们都路过治多县城了，终归没有停下，不只是时间问题，还有或许涉及某些大政方针的问题。比如他们迫不及待地告诉我们，自己的一位县长曾在本县县域之内被外来的警察扣留了三十六个小时，最后还是由省政府出面与相关方面沟通才得以释放。说起来，县长是在做本分工作，上面来了专业人员要考察长江北源，县长带着客人过去，被也是在工作岗位上值守的以唐古拉山山脊为省界的邻省派驻的警察拦截下来了。县长大吼大叫，掏出工作证，证明自己是治多县的县长，说我在治多县管辖范围内履行宪法职责，行使行政职权！县长带人硬闯时，同样是在执行公务的警察毫不客气地将其扣下了。说起来，这也是在西宁时三江源国家公园管理局负责人痛心疾首提及的那份尴尬。当年唐古拉山南坡的那曲地区闹雪灾，为了支援兄弟省份，唐古拉山北坡的玉树地区，允许山那边那曲地区的牧民越过山脊，到玉树这边放牧。多少年下来，那些受邀过来的客人倒变成了主人，毫不客气地将真正的主人拒之门外。凡事一旦与利益挂钩，就有变质变味的可能。这些年，三江源地区成了自然保护区，国家一年年加大资金投入力度，各种人为的冲突更加频繁。

都说狼的领地意识极强，狼对领地的拼死捍卫，完全建立在生存必须得到保障的基础之上。人的领地意识看上去没有狼那么明显，但骨子里却比狼有过之而无不及。狼只在自己的领地里，维系着生殖权和生存权，没有其他欲望。人就不同了，只要能想到的东西，就会想着法子弄到自己手里，而不管这东西是不是自己的。欲望虽然是人类发展的最大动力，同时也是妨碍人类发展的最大破坏力。

在三江源地区，狼的任何欲望都要受到尊重。

相反，任何人为的欲望都会给三江源地区造成万劫不复的灾难性后果。

离开玉树，沿着通天河一路往前走。玉树在通天河下游，曲麻莱在通天河上游，我们的行走必须是逆流而上，越接近曲麻莱，越接近可可西里，情况越不同寻常。汽车一如既往地向前奔驰，不时地，通天河像抓住什么机会似的，哗哗流淌着并驾齐驱。同一条通天河，有时很蹊跷地变得很纤细，转眼之间便又恢复到汤汤模样。通天河终于在河中心创造出一座铺满高原沙棘的小岛，远远看去，就像是藏羚羊那黑黑的秀目。过了这小岛，就不怕治多县的朋友追着要我们回去了，因为路旁赫然立着曲麻莱县的标示牌。

对于曲麻莱之辽阔，我来过以后才知道，汽车在可可西里长驱直入大半天，无论是路边的指示牌，还是手机上的导航显示，仍在其境内。在玉树时就知道再过两天的七月二十五日就是当地赛马节，等我们到了曲麻莱，才明白其盛况，后悔何不将行程往后推迟两天。整个县城除了从内地来的建筑工人，街面很难见到当地人，县委宣传部的副部长说都到玉树看赛马节去了。宣传部共有三个人，只留下他在家值班，部长带着仅有的科长去了玉树。我们说笑，行走长江以来，从未有当地宣传部全体人员都出面迎接的，这也算是受到最隆重的欢迎了。

这一刻的曲麻莱是如此，没有赛马节时的曲麻莱想来也差不多。去通天河边牧民家的路上，天上飞翔的黑鹰、地面掠过的红隼远远多过人。如果与那些或奔走或觅食的珍稀黄羊和藏野驴相比，此时此刻出现在草原上的人简直要反过来被当成珍稀动物了。

是太阳西下的时候了，高原上飘起了牛粪燃烧的特殊醇香。

从县城出发，车行六十公里才到达父亲的名字意为英雄、儿子的名字意为金刚的牧民家中。

我一点也没有瞧不起他们家那一千多只美人般的羊儿的意思，相反，当比英雄更胜一筹的金刚骑着摩托车像越野赛车手一样冲上屋后高高的山坡草场，赶起铺天盖地的羊群，让那毛茸茸的整面山坡在偏西的太阳下浪漫地飘动起来，着实令人诗兴高涨。我也不会对金刚的美丽妻子挤牛奶的风韵没有兴趣，那身美丽到极致的藏族服饰配在标致的身材上，还有脸上迷人的高原红，足以影响一个人往后的审美。我更不会不满那片面积达数万亩的草场略显沙化与贫瘠，在连年少雨的自然条件下，英雄与金刚坚持让他们家的羊群数目保持在一千头上下，一有多出便行宰杀，反而使草场生态有所好转。

我迫不及待地想要知道通天河在哪里。在他们家门口，有一条干涸的草原小溪，如果这就是通天河，那就太恐怖了。幸好，当我终于有机会发问时，叫英雄的父亲扬起手中的抛石绳，指着太阳底下的远方说，在那里。

在辽阔的草原上，这一指至少有好几公里。

说他们家在通天河边，是因为在他们家和通天河之间，再无其他人家。

在长江源头，不要说雪山边、草原边，就是一只羊边、一头牛边，那距离与空间，就足够感叹。汽车翻过几道沙岗，驶过几道沟坎，前车扬起的沙尘落下后，一片宽阔的水面终于出现了。

这中间有羊也是英雄和金刚家的，有牦牛也是英雄与金刚家的，有草地有沙岗也是英雄与金刚家的。那些总在这一带盘旋觅食的鹰和隼，那些总在这一带来回踱步的狐狸与黄羊，不是英雄与金刚家里的，反而将英雄与金刚当成自己家里的。

在山上，英雄用抛石绳抛出的石子，可以从一面山坡抛到另一面山坡。在草地，英雄用抛石绳抛出的石子，可以从羊群的这边抛到羊群的那边。在通天河，英雄一连三次抛出的石子，都只能勉强到达离水线不远的水边。英雄既没有说自己是英雄无用力之地，也没有说自己是英雄迟暮，只是一次次地盯着石子落下时溅起的水花，终于不再做新的尝试。往上游去不远就是长江北源楚玛尔河入通天河的河口。过了那河口，再往上就是万里长江的正源沱沱河了，大概是草原宽阔的缘故，作为上游的通天河反而比快要流成金沙江的通天河宽阔许多。也不知那水底都有些什么，本该平静的宽阔水面一点也不平静，看不出有何必要，也分不清什么原因，除了我们，再无任何打扰的河水，生生地涌起各种各样的浪花。

曲麻莱当地的一位诗人写过这样的话：坚硬的冰／封冻了河水吟唱的季节／／藏家人用通天河边的细沙／在冰面上／写下一行行诵文／／当春风来临／一声声信念的祈祷／化成流动的经声／漂向天涯和海角。

此刻，我们的手机上不断响着长江中下游各地面临四十度高温天气的预警铃声。通天河水终归要流经武汉，最终由上海汇入大海，到了那些地方的通天河水，将山作嘛呢石，以水当转经筒，有了夏天的体会，也只能等待转世。真的转世了，回到通天河了，面对雪山冰川，火焰山一样的经历，同样会转世成为一种幽默笑谈。都七月中旬了，最低气温才六摄氏度、最高气温不会超过十六摄氏度的通天河，从不给诗人抒写夏天的体会。前几天，这里还飘着雪花，过几天说不定还会落下雪雹，外面的牛羊从来不曾换下绒装，屋里的火炉从来不曾断过粪火，还要夏天干什么呢？能用细沙在通天河的冰面上写诵文，拥有这样一个冬天，足以胜过用一百个无法写成诗的夏天。如此浪费，如此奢侈，如此不珍惜，如此没才华，还不如让冰雪的冬天多来一些。

我将手机上的天气预警消息摁出来，递给英雄看，又递给金刚看。

像是受到某种惊吓，他们提议是时候该返回了。

我以为这中间隐瞒着某种忌讳，试着问过几位陪同者，对方都坚决地摇了摇头。

汽车车头一转，我们就离开了通天河，翻过一道又一道沙岗，曾被我痛苦地误以为是通天河的那条小溪又出现了。就在这时，一只狗一样的动物出现在沙石道路的右边。由于沙尘太大，我们乘坐的越野车一直与当地的前导车保持着五十米左右的距离。那狗一样的动物从容不迫地从右往左越过我们的车头时，我突然想起来，不由自主地大叫两声："狼！狼！"车上的人也像是猛醒过来，司机也下意识地踩下了刹车，大家一齐叫起来："是狼！是狼！"

毫无疑问，一匹大灰狼就在我们眼前，不紧不慢地穿过沙石路，轻轻跃过道路旁那浅得不好意思称为排水沟的水沟，又毫不费力地蹿上水沟边的陡坡。陡坡上面是很绵延、也很曼妙的沙丘，以及沙丘最高处的沙岗。那些沙粒全是由唐古拉劲风从通天河中吹上来的，那匹狼在上面似走又似跑，看看离沙岗岗顶不远了，回过头来看了我们几眼。狼离沙岗岗顶更近一些时，我以为它会再次回头看我们几眼，哪知它再也没有做任何表示，用在我们看来绝对均匀的速度，越过沙岗岗顶，将那灰色的身影掩映到正对着我们的霞光里。

我们在通天河边逗留了四十分钟。那匹狼要么是在我们前往通天河边时，站在高高的沙岗上观察过；要么是在我们的车队从那地段经过时，躲在道路下方深深的小溪里，悄悄地喝着水。总而言之，我们这一行无疑受到了它的蔑视。所以，它连一分钟都不愿意多等，坚持按照自己的行走节奏，该穿越我们的车队时，能踏出花来的四蹄，一点也不拖泥带水。

　　这时候，第二和第三辆越野车从后面追上来，车上的人探出头来问怎么停车了。听说遇见狼了，他们还不相信，第一个人问了，第二个人还要问，接下来的第三个人依旧重复问，"是真的吗，真的是狼吗？"回到英雄父亲与金刚儿子的家，那父子俩都在前导车上，他们先于我们发现那匹狼，不仅确认了我们的发现，还说他们家牧场周围有好几匹狼，这是其中的一匹。这一次轮到我发问了。这个疑问从一开始就有了，我不明白凡是藏区的牧民，家家都会养上几只藏獒，为什么他们家连一只狗也没有。当父亲的英雄笑一笑，什么也没有说。父亲不作声，哪怕儿子是金刚也会学着不肯回答。好在有别人告诉我，藏区牧民特别相信，遇见狼是一件很吉祥的事。养了藏獒，不到万不得已，狼就懒得来了。不养藏獒，是为了给狼的出现提供方便，也为自己经常看见狼提供方便。理所当然，吉祥想来光顾他们家也就方便多了。

　　当天晚上，依然是从当地诗人的诗作中读到的：前方有几匹狼出现／走走停停消失在山间／传说／途中遇狼是平安的吉兆／我们为此兴奋无比／高诵祈福颂词／感念神灵庇护。诗人没有在诗中说起，如果狼从一个人的右前方往左前方走过去，那就更加吉祥了。

　　我完全不用细想也清楚，这是自己第一次遇见狼，而且只是在可可西里最边缘，只是在长江源头的咫尺处。那匹狼用当地藏家人最喜欢的方式，从我们的右前方走向我们的左前方。我没去问别人，只是回忆自己，回想自己，这样的吉祥对自己意味什么？这一想，我心里一惊，赶紧掏出手机，拨打自己最熟悉的那个号码。电话拨通后，我对着那边说，如果不是刚刚遇到狼，我险些忘记今天的日子。吉祥的狼让我想起二十年前的前两天，自己在大连遇上的那场空难。也想起二十年前的今天，因为那场空难而出现最吉祥的遇见。

我还清清楚楚地记得一句俗话："狼若回头，必有缘由，不是报恩，就是寻仇。"到目前为止，那匹狼是我这辈子在野外环境中见过的唯一的狼。它原本可以从前导车前走过去，却没有那么做，因为车上的英雄与金刚，与它相遇的机会如同左邻与右舍。它还可从临时车队的第三辆车前，或者第四辆车前由右向左走过，也会成为需要纪念的吉祥。但是，它偏偏从第二辆车前走过，偏偏让我第一个发现。在充满转世与轮回的可可西里，或许上辈子曾经有过让狼一代代不曾忘记的善举，而使那匹灰狼必须与我发生这样的交集。

从通天河边回到曲麻莱县城，夜里我吸上了此前数次上青藏高原从未吸过的纯氧。只是几下子，昏昏沉沉的脑子就彻底清醒起来。长江中游的大别山区很久以前就没有狼了，狼的故事一直没有间断，最有名的是，夜里走山路，如果有什么东西突然从后面拍一下自己的肩膀，千万不要贸然回头。因为有可能是狼。只要人一回头，狼就会一口咬住人的喉咙。如此，我为自己和狼虚构了一个与吉祥有关的故事。很显然，狼要袭击一个人时，最好的方法是从身后发起。狼从谁的身前经过，意味着狼对谁没有企图攻击的恶意。至于从右往左，也是大大有利于人。狼从右边来，右手拿着武器刀具的人自然更加方便应对。除去人与狼的对垒中的种种不利因素，剩下来的当然是对人有利的吉祥了。

这些年，说狼事的人越来越多，信仰狼性的人也越来越多，将狼性在人性中的缺乏当成人性最大缺陷的人同样越来越多。在此种背景下的时下人文，盲目的自由与盲目的自我，确实有如狼似虎的极大改变。说狼事，讲狼性，目的只是让生命过程变得凶猛一些，让人间意义变得残酷一些，那绝不是真正的狼。真正的狼，应当是保持住狼性的吉祥一样的存在。

从唐古拉山到通天河边，人世间的俗事并没有太多。三江源一带成为国家公园是一件大好事，如果以为三江源国家公园是第一家真正的国家公园，接下来就会有太多利益可供争抢，那就等于回到了视狼为恶狼的原始。要做到真的将遇见狼认为是吉祥，只有那样才是三江之源源远流长的国家民族大义之所在。

再好的事只要错过了，就什么好也不是。

吉祥原来是某种几乎错过。

沱沱河 ◎ **上上长江**

终于来到从一开始就想来的地方。

终于将这处叫沱沱河的地方尽收眼底。

然而，面对长江源之所在，我想不起来需要说些什么。

我感觉不到兴奋，反而觉得十分忧伤，是真的达到十分级的忧伤。事实上，遇见那匹狼的一刹那，藏在内心深处的这种滋味就彻底暴露出来。

从二〇一六年六月六日开始，沿着长江行走，前后四个阶段，那匹狼的出现，标志着此番行走已到终极。曾经设想，在长江源头，如果有一朵雪莲花，那就将雪莲花作为长江上自己走得最远处的美丽记号；也曾预感，在长江源头，如果有一块冰碛石，那就将冰碛石作为长江上自己脚步最高端的坚硬存在；还曾想到，在长江源头，哪怕只是一根草，也要将其珍藏起来，种在心里，成为矢志不移、生生不息的力量。

沿着通天河，以及顺便横穿长江北源楚玛尔河，再沿着沱沱河，长江源就在那里，我们这样的万里奔走到底想看什么，并且最终看见了什么？如果不问，那就没有问题。如果问了，也会有问题永在。如果问了又问不出答案，那才是我所坚持的必须走上一万里，直抵长江源头的意义。

所以，长江之源可以是地理源头。

所以，长江之源可以是科学源头。

所以，长江之源可以是文化源头。

多得看不过来的黄羊，离得不远不近。有一次，终于有一只雄性黄羊在公路旁边站着，我们都将汽车停了下来，黄羊才像慢跑的女人那样优雅地走下路基，回到公路旁边的草原。黄羊看着我们，我们也看着黄羊，黄羊肯定没有从我们的眼神里看出狼的什么，我们却从黄羊的目光中看出一种狼的存在。

还有那离得有点远的地方，那对黑颈鹤。黑颈鹤从来都是两两成双地出现，这世界若有人敢说自己看见一只黑颈鹤，任何人都可以放开胆子指责其为骗子。这人间法则与自然法则在可可西里也不例外，高原草场宽阔得让人不好意思称之为宽阔，哪怕在此复活一万只霸王龙也没有领地之争的问题。两只黑颈鹤宁肯视广阔草原为无物，非要像先天性连体那样紧紧挨在一起，虽然看不见它们的眼睛，但是从只要一只低头，另一只必然抬头的身姿里可以感觉到狼的存在。

那些体形傲娇的藏野驴，是这块土地上难得被其他动物超越的长跑冠军。这家伙的后肠发酵效率较低，必须吃掉很多草料才能维持庞大的身躯，一天内吃掉的青草，相当于三只山羊。遇到有事时，藏野驴极其擅长假装很高贵，假装好温顺，引诱那些无心者或者别有用心者靠近后，突然用身体冲撞，用四蹄猛踢。那从高贵到无赖的变化，也是与狼一样的存在。

在长江源地区，百灵鸟一类的小型鸟类居然学会躲在鼠兔的洞里避超强的紫外线，避免冰雹、暴雨的袭击，鼠兔则依靠鸟类的机敏作为警报。如此生存技能，也是拜狼所赐。

曾经听说青藏线大堵车是世界上最著名的堵车，亲眼所见加亲身经历，仅仅限于堵车的程度，已不足以形容其雄伟壮观，一百公里长的公路上，蜿蜒着不计其数的大型货车，只要将它们换成砖石，毫无疑问，那就成了可可西里荒原上的一道新的长城。若是换成流水，何尝不是由沱沱河而来，抑或向着沱沱河而去的新的支流。而我们的小小车队，仗着人熟路也熟，用四个小时换来在高原荒野中奔突二十公里的行为，抵达以保护藏羚羊著称的可可西里自然保护区索南达杰救护站，无异于一群可可西里狼在自己领地里肆意妄为。

关于藏羚羊，虽然全世界都在传颂美名，长江源头的藏家人并无好的言语。藏羚羊的脸非常黑，被认为是魔鬼养的动物。既然主人是魔鬼，藏羚羊的品行自然好不到哪里去。每到发情期，那统领十几只母藏羚羊的公藏羚羊，就会百倍警惕地防范其他公藏羚羊对所属母藏羚羊的骚扰。然而，这并不代表公藏羚羊真的愿意付出与牺牲，不定在什么时候，公藏羚羊就会突然以肛门冲着母藏羚羊们，并且用蹄击地，曲尾低头，发出轻蔑的叫声，意思是自己不再愿意统领母藏羚羊了，母藏羚羊们可以自动解散，去投奔其他公藏羚羊。公藏羚羊如此，母藏羚羊也好不到哪里去。在自由狩猎时期，无论何种性别的藏羚羊，一旦发现猎人瞄着别的藏羚羊，非但不会发出警报，还会悄悄躲在别的藏羚羊身后，让它们替自己当炮灰，直到猎人的子弹打光了，才撒腿狂奔。藏家人最讨厌藏羚羊的懦弱与阴险，别的动物，两相争斗赢者通吃。藏羚羊是截然相反，两只公羊决斗，通常死的总是赢家。输的一方打输之后会撒腿跑开，赢的一方不肯罢休地追将上去，而那本来输了的藏羚羊会瞅准时机突然回头，用尖锐的长角一击致命，将本是赢家的藏羚羊刺死。面对拥有如此奇葩本领的藏羚羊，十匹老狼加在一起苦思冥想，到头来也只能满面羞愧自叹不如。

在索南达杰站休整的过客很多，不过大家都很礼貌，就在外面的小院里站一站、照相、上卫生间，偶尔也会有人进到走廊上探头探脑张望几眼。忽然间，这种与可可西里荒原相配匹的宁静被打破了。几乎没有任何客套，两位中年男子架着一个小伙子闯进来，身后跟着的几个妈妈级的女人嘴里不停地嚷嚷着："哪里有氧气！"我多看两眼，就能读懂那些人还有一句没说出来的话：这小伙子快不行了！那间屋子里只有我一个人，我不得不告诉他们，到目前为止，自己也只见到几个志愿者。说话时，先前见过的几个志愿者轮番过来了，他们应该是见得多了，不是有人说今天没有供氧，就是有人说站里没有医生，只有口服葡萄糖。望着那小伙子几乎失去意识的惨状时，一位跟随进来自行坐在角落的女士，其模样也越来越不行了。我告诉他们，我们有医生。随队的医生这时正好进来了。我朝他说的话还没说完，医生就转身回到车上，拿出相关仪器，夹着手指一测，小伙子的血氧只剩下非常危险的百分之五十，心率却达到在这种海拔高度上同样非常危险的一百二十。一番紧急处置之后，小伙子的血氧上升到百分之七十，心率下降到一百一十。医生松了一口气，并嘱咐旁边的中年男人，马上掉转车头回格尔木，就不要有任何其他想法了，说着又去处置角落里的那位中年女子。这时，一直在旁边淘气的小男孩忽然说，爸爸，你不是说自己喘不过气来吗？那父亲模样的男子，看着小男孩什么也没有说，眼圈就红了起来。隔了一会儿，才犹豫着请医生也帮他检测一下。医生用仪器刚一触碰中年男子的手指就几乎叫起来："你是不是喘不过气来？"中年男子轻轻点一下头，眼睛里分明挂着一颗泪珠。医生也顾不上别的，直截了当地表示，现在什么也不要想了，赶紧下高原，回格尔木去。三江源的高度与景观，无不展示自然界伟大的脆弱，在这里行走的人所展现的却是渺小的脆弱。不知道情况正在好转的小伙子有没有看见父亲的这颗眼泪，按医生的说法，父亲当时的处境远比儿子的情况危急，做父亲的却坚强到可以搀扶着儿子四处找人急救，自己还能不做任何应急反应。这也是藏羚羊那难得一见的又一种品质，迁徙时，遇到较大的河，大藏羚羊就会在流水下方排成一行，用长角扶着当年生的弱小藏羚羊安全涉水。

这一次，我见识了，在高原上，人与人之间的扶助不需要任何感谢。医生要离开，我们这支小小队伍里有两个人出现严重高原反应，需要他来处置。那两车从北京来的旅友也忙着准备返回格尔木，顾不上多说一句其他的话。当然，这也像索南达杰站救护的那些小藏羚羊，等到八九月，它们长大到能随大队藏羚羊回到过冬草场时，在放归的那一刻，小藏羚羊们同样只记得远方的自然，撒开四蹄欢腾而去。应该相信并赞美人们将爱护藏羚羊作为职业素养，如果人们对自己所做的关于藏羚羊的一切不求回报，人就应该更加善待人自己。

不知其他人有没有读懂这可可西里、这长江源头上发生的悄然一幕。

无论保护长江源的自源资源有多重要，都不应当成为漠视个人生命的理由。

我们的心若不净，即便是长江之源的格拉丹东冰川，也难称为净土。

在通天河畔听见过一件真事，那户牧民也许就是英雄与金刚的邻居，因为有一回发现一窝狼崽，就将它们给杀了，自此以后，这户牧民不管是迁到冬季草场，还是夏季草场，总会有一只母狼如影相随。直到某天早上，这户牧民发现自家的羊被狼咬死了一百多只，一百多只死羊中，只有一只羊身上的肉被吃掉，其余的只是被咬死，并没有掉一块肉。这之后，那只母狼就再也没有露面。这样一个关于狼与人的故事，仅仅作为复仇的范例，将是对生命禁区中人文资源的视而不见外加滥用。那只母狼给人类上了一堂什么是存在的哲学课。在海拔四千五百米以上的地区，那种以血偿血、以牙还牙、一报还一报的逻辑是行不通的，想要狼活得精彩，就得让两只狼崽的价值相当于一百只羊。这就如同我们想要获得长江源头的一滴水，就必须珍惜从金沙江到吴淞口的所有长江之水。

我们若是不懂长江源头为何不肯开放最艳丽的红花，就会误以为那开在永冻土上的紫色绿绒蒿真的是在学习薰衣草的审美。

若我们的欲念过于贪婪，将万里长江之水当作上苍慷慨的礼物，长江源头的第一滴水，就将是肃杀的警示。

还有这对第一滴水命题的争吵与纷扰，既真有如此一滴最早的水，那滴水也从来就不属于我们！

在长江源，最初的那滴水是献给太阳的。

最远的那滴水是献给月亮的。

最高的那滴水留给了带头飞过唐古拉的斑头雁。

最重的那滴水已经被野牦牛踩进格拉丹东冰峰。

最快的那滴水属于海拔六千六百二十一米处的雪雹。

最慢的那滴水属于海拔五千三百九十五米处的雪花。

最清的水是冰舌上融了三次的那一滴，除了冰舌谁也得不到。

最纯的水是雪窝里冻了三次的那一滴，除了雪窝谁也不属于。

最香的那滴水不是公獐腺囊中的分泌物，而是公獐吃后化为分泌物的草叶上的一滴露。

最美的那滴水不是琥珀形成时的亮树脂，而是亮树脂渗出的相关树木上的一点汗。

最红的那滴水是藏羚羊分娩时留下的胎血。

最雄浑的那滴水是雪豹为延续生命的精液。

最诗意的那滴水全用于卓乃湖。

最历史的那滴水离不开库赛湖。

最玉洁冰清的那滴水是所有雪山冰川上的每一滴水。

最曼妙婀娜的那滴水是所有河流水泊中的每一滴水。

最柔情蜜意的那滴水在确保黑颈鹤的至死不渝。

最铁石心肠的那滴水变成血滴挂在刚刚结束打斗的野牦牛犄角上。

还是在长江源,一个女孩出生后的第三年,家里人给她过三周岁生日,别人送金银首饰珍珠玛瑙做礼物,说是留给她将来出嫁时用,老祖母只送她一只出生才三天的小羊羔,也说是作为将来的嫁妆。十几年后,当年其他人送的金银首饰珍珠玛瑙是多少还是多少,是多大还是多大。老祖母送的那只小羊羔长大后,不断生出新的小羊羔,新的小羊羔长大后又生出更新的小羊羔,如此一年年生长。等到女孩要出嫁时,家里请了十几个小伙子,才将老大一群羊赶到婆家去。而别人送的金银首饰珍珠玛瑙还是先前的样子。

长江源头著名的主人没有在我们面前露面的就剩下那位雪豹了。

或许雪豹就是那个三岁女孩,或许雪豹就是那只出生才三天的羊羔,或许雪豹同时既是那小女孩,也是那小羊羔,这要到小女孩长成大美人,小羊羔变成大羊群,雪豹才会出面将长江源的意义呼啸于天下。这一刻,我们只能想象,长江源不是别人送给我们的金银首饰珍珠玛瑙，长江源老祖母送给我们的是出生才三天的小羊羔。小羊羔命定可以长成偌大的羊群，须知出生才三天的生灵是不可能没有风险的。

吉祥如狼！

灾难如狼！

狼最懂得狼！羊最懂得羊！

一滴水最懂得一滴水，一条江最懂得一条江！

一切的源都是一样的，我们真的懂得我们的源，那时候我们也将真的发现并永远拥有长江之源！

南海 ◎ **我有南海四千里**

天章南海，人文三沙！

在南海，为三沙纪念馆题写这八个字时，内心非常诧异！

迄今为止，母语中的"海"字，写过无数次，真正面对这与人类相生相伴的关键景物时，却没有写一个字。与自己相关的这个秘密，曾长久埋藏在心底，不想对别人说，甚至都不想对自己说。我理解山，即使是青藏之地那神一样的雪山冰峰，第一眼看过去，便晓得那是用胸膛行走的高原！我见过海，在北戴河，在吴淞口，在鼓浪屿、花莲、高雄、泉州、香港、澳门、青岛、三亚、葫芦岛、海参崴、仁川、芭堤雅、赫瓦尔岛、大突尼斯、纽约和洛杉矶，面对海的形形色色以及形形色色的海，心中出现的总是欲说还休难以言表的空白！

这个夏天，到南海的永兴岛、石岛、鸭公岛、晋卿岛、甘泉岛、赵述岛，再到满天星斗的琛航岛，漫步在长长的防浪堤上，一种从未有过的东西，随着既流不尽，也淌不干的周身大汗弥漫开来。分明是在退潮的海水，丝毫没有失去固有的雄性，那种晚风与海涛合力发出的声响，固然惊心动魄，但那些绵绵不绝，生生不息，任何时候都不会喘一口气的巨浪，才是对天下万物的勇猛！包括谁也摸不着的天空！包括谁也看不清的心性！包括大海及巨浪本身！天底下的海，叫南海！心灵深处的海，叫南海！防浪堤是一把伸向海天的钥匙，终于开启了一个热爱大海的成年男人关于大海的全部情愫！

拥抱大海或让大海拥抱，这是梦想，更是胸怀。

七月四日正午，从只有零点零一平方公里的鸭公岛上，纵身跃入南海的那一刻，一朵开在海浪上的牡丹花，冷不防蹿入腹中。哪有海水能畅饮？只是咽下这牡丹花的那一刻，心情很爽快。这世上最清澈的海，这海里最美丽的蓝鱼儿，这鱼儿中最柔情蜜意的彩色亲近，这亲近中最不可言说的沉醉！因为高兴，就必须承认，这是自己喝过的最可口的海水！

四千里长的中国南海，每一朵海浪都怀有千钧之力，每一股潮水都有万夫不当之勇。偏偏还有一处独一无二的，任谁都会觉得可口的泉水井。橘红色的冲锋舟将一行人送上甘泉岛滩头，走几步就能从沙砾中踢出西沙血战时击爆过的机枪弹壳，看几眼就有老祖宗生命印记的陶瓷残片映入眼帘。待到从老水井里打起一桶水，呼呼啦啦喝个痛快时，那种渴望宛如想痛痛快快地饮下万顷南海。我是喝过了，喝过了还难解心中焦渴，便抱起那只桶，将整桶水浇在头上，那一刻真个是水往身上，心往天上。偌大的南海，上苍竟然只有这丁点的赐予，再多一点的淡水也不肯给。

曾经写过好水如天命，这一刻又明了，天命亦可成为好水。

多年前，偶然读过一段文字，说是在解放军兵种中，除了陆海空和二炮之外，还有"第五兵种"。身处南海才晓得，这兵种的最高统帅是一名下士，所率领的只有屈指可数的四名士兵。下士和他的队伍被称为雨水兵，其唯一使命就是在别人盼望风和日丽时，蓄意反其道而行之，盼望老天爷天天来一场暴风骤雨。风刮得越猛，雨下得越大，他们越是高兴。这些全世界独一无二的雨水兵自成立之日起，十五年间，用尽各种办法，在永兴岛上收集上苍赐予的雨水一百二十万吨。依照水库容积规定，装下这么些水，需要一座中型水库。在中国人的眼里，南海再大再深，每一滴海水都不是多余的。在南海的雨水兵心里，更是抒写成南海天空上的每一滴雨都不是多余的。

面对这样的甘泉，一个人的情感会因丰富到极致而将其当作天敌，怀恨的理由当然是抱怨其太少。南海的天敌是什么？那个风高浪急的暗夜，我们在前往永兴岛的"三沙一号"上熟睡时，有贼头贼脑的舰船正在我船航线附近游弋。对此恶行当可同等鄙视吗？

在赵述岛却有一种明目张胆的天敌。向南的海岸线上，礁盘像是有半个海面大，下水才走两步，就捡到一只疑为天物的彩条球体贝壳。事实上那是海星钙化后极薄的外壳。赤着脚小心翼翼地蹚过海水中密密麻麻的海星，在天敌横行的海底，仍旧生长着一丛美丽如琥珀的珊瑚。偏西的太阳照着海水，被阳光透露的海水浸润着珊瑚，仿佛神话的珊瑚反过来用一身的灿烂，还南海以漫无边际的霞彩。

珊瑚灿烂，珊瑚的天敌海星也灿烂，同样从海水中捧出来的海星的天敌大法螺也一样的灿烂。美是丑映衬出来的，爱是恨打造出来的，南海所有的灿烂无比，命中注定要由天敌激荡出非凡的审美格局。就像琛航岛上十八烈士大理石浮雕的壮丽，是与天敌的西沙之战所匹配。

此刻，南海星斗遥远。太过遥远的南海，反而不似任何时候都是遥不可及的别处。只需站在海边，哪怕是最不起眼的一颗星，都会是世上最深情的人正在家门口深情伫望远方。身处星星散落一样的小岛甚至是小小的小岛上，用这个世上最清纯海水洗过的目光，与同样用这海水洗过的星星相互凝视。譬如美济礁居委会的八十二岁老人与美济礁的相望，谁也不觉得对方渺茫，谁也不觉得对方垂老。用能看清三十米深海的目光，看什么东西都是美妙，看任何人事都是天职，看每一朵浪花都是神圣。所以，在最黑的夜，只要有一丝云缝，南海的星斗们也绝不会错过，即便那云缝只够容纳一颗星，那就用这颗星来闪耀整座南海。

真的不想再提那些热门的太平洋岛屿了！南海的海滩洁白如塞外瑞雪，又像故乡丰收的白棉花。这样的海滩只能是白云堆积起来的。即便用脚踏了上去，再用胸膛扑了上去，也不愿相信，这是海水与海沙随心所欲的造物。除了天堂，无法想象还有哪里比得了这一片连一片，每一片都令人不忍涉足，一湾接一湾，每一湾都有比另一湾美不胜收的海滩。哪怕是只有零点零一平方公里的鸭公岛，只要开始行走，就会沉醉于扑面而来的万般美妙，丝毫感觉不出自己的双腿正在围着只够隐藏一对，最多两对情侣隐私的小岛绕行。或许天堂建筑师的灵感，正出自对南海诸岛的复制。或许干脆放弃什么天堂，对于人的想象来说，还有什么东西能够超越南海的恩典呢？对人的情怀来说，还有什么比南海更能使人心性皈依呢？

还有那海水，这世界所有现成的话语，都不足以用来表现她的气韵与品质，唯有那渔民平平淡淡地说，做一条鱼，不用奢求做一条青花鱼，也不用奢望做一条红花鱼，能在这海水里做一条奇丑无比的石头鱼便是前世修行的福报。毫无疑问，南海就是一门宗教，唯有使自身回归普通与平凡，尽一切可能不出狂言，不打妄语，不起邪念，不生贪欲，才能保证自己不会在那海天之下羞愧得抬不起头来。没有如此宗教，哪怕变成一只丑陋的沙虫，也会无颜面钻进沙土之中。

神圣之于天下的意义，不必彻底理解，但不可以没有敬畏在心头飘扬。

一顶竹编帽就能倍感荫凉的恩情。

一棵椰子树就能消解生存的绝望。

礁石再小撑起的总是对大陆的理想。

水雾再轻实在是甘霖对酷旱的普降。

用不着太多，只要看见一只玳瑁在南海中翩跹的样子，就会明白幸福为何物；只要看见一只手从南海中悠然伸起来，将一件物什放进水面漂着的容器里，就会懂得如何得幸收获。一道雷电与一只海鸥在南海上的意义是不同的，雷电是肆意暴虐，海鸥在抒发自由。一只小小舢板与一艘航空母舰在南海的地位是相同的。航空母舰再庞大，也由不得其耀武扬威。舢板虽小，尊严无上。

一九九二年发表的中篇小说《凤凰琴》，以及随后的长篇小说《天行者》，写了深山小学校，用笛子与二胡演奏国歌升起国旗。一直以来，此景象都是乡村教育的经典写照。曾是赵述岛上仅有的那对夫妻居民，对着大海一边唱着国歌，一边升起国旗。这样的画面没有成为南海的经典，夫妻俩作为升旗手，将自己锻造成一根钢制旗杆，十六点八级的超强台风"蝴蝶"也不能吹倒，这才是神圣中的神圣。三沙的人，真个是出海如同出征，安家就是卫国。在中国的南海，被越南人非法关押一年的这位丈夫说，做渔民的，有时候就像一条鱼，海才是我们讨生计最好的去处。他说的其实是一种诗情：我在天涯我就是天涯！我在三沙我就是三沙！我在南海，我就是中国的南海！

用一把渔网向着最宽阔的海面，哪怕它是唯一一把渔网，南海的渔民也会美滋滋地撒下去，即便那海面视渔网为无物，也要用这渔网来打捞南海的历史与现实。

用一根钓线钓起最深的海沟，只要有一根钓线，南海的鱼钩就会坠入其中，即便那水深不可测，那鱼重达千斤，也要用这一头连着大海，一头连着人心的丝线传达南海的灵魂。

在最猛烈的海浪下，只要有一丝踏实，南海的海沙们就会勇敢落地，即便那地方只能安放一粒细沙，那就用这粒细沙来界定茫茫海天。

一个人来到南海，不只是做每一粒海沙和每一朵海浪的主人，也不只是做一座海岛和一片海洋的主人，而是为了与每一粒海沙，每一朵海浪，每一座海岛，每一片海洋，成为兄弟。如此才有赵述岛上那座兄弟庙，其传说与道德的主旨是：船上没有父与子、海上不分叔与侄，上了船，出了海，所有人都是患难兄弟。海有海的哲学与审美，海有海的叙事与传奇。不进入大海，就无法理解一滴水。理解了南海的一滴水，才有可能胸怀祖宗留下的南海。

流火的七月，歹毒的台风即将袭来，却暂借船头一片平静。南海之事，一天也耽搁不起；南海之美，每一样都刻骨铭心。如是写下这诗句：

长城长到天姿几？

永暑永兴永乐知。

我有三沙四千里，

不负南海汉唐旗。

南湖 ◎ **重来**

最苍茫那句：知音去我先，愁绝伯牙弦！那一年，我夜宿这湖边，秋月初凉，清露微香，偶然得获此诗此意。并非月移花影的约定，前几天，重来旧时湖畔，天光似雪，水色如霜，心情被雁翼掉下不太久的寒风吹得瑟瑟时，忽然想起曾经的咏叹，沧桑之心免不了平添一种忧郁。

一段小小时光，配得上任何程度的纪念。

高山上，流水下，知己忘我，琴断情长。在此之前，记得与不记得、知道或不知道，都与别处物种人事相差不多。因为过来，因为看见，风情小俗，风流大雅，便镂刻在凝固后的分分秒秒之间。能去地狱拯救生命的，一定要知其何以成为天使；敢于嘲笑记忆衰减、相思偾张的，并不清楚往事如何羁押在尘封的典籍中泣不成声。弱枝古树，前十年红尘际会；旧石新流，后十年灵肉相对。整整二十载过去，草木秋枯，留下的唯有松柏傲骨。

一种离去的东西被长久怀念，定是有灵魂在流传。

临水小楼依旧以水清为邻，流星湖岸还在用星光烛照。

此时此刻，听得见当初水边浅窗内纸笔厮磨沙沙声慢。

斯情斯意，孤独倚涛人可曾心动于咫尺天涯切切弦疾？

兰亭竹掩，梅子霓裳；珊瑚红静，紫霞汪洋；泛舫荷野，邀醉雁霜；有曲琴断，无上嵩阳；廊桥情义，渔舟思想；细雨诗篇，大水文章。

那些用白发蘸着老血抒写的文字，注定是这个人的苦命相知。马鸣时马来回应，牛哞时牛来回应，如若幻想马鸣而牛应，抑或牛哞而马应，只能解释为丰草不秀瘠土，蛟龙不生小水。鲍鱼兰芷，不箧而藏。君子小人，怎能共处？譬如，黄昏灯暗，《挑担茶叶上北京》的字与字中，有心鸣冤，无处擂鼓，让相知变成面向良知的一种渴盼。譬如，黎明初上，《分享艰难》的行与行里，两瞽相扶，不陷井阱，则成了相知的另一番凄美景象。天下心心相印也好，惺惺相惜也罢，莫不是如此。

凄美不是催化知音的妙方，而是莫非凄美无以验证。那些自扫门前雪的饮食男女，不管他人瓦上霜的市井贵胄，只求一己活得舒坦，还要知音典范作甚！如此想来，子期伯牙定非伶官，那年头善琴者必是君子！世事重来何止琴瑟共鸣，那些天将与之、必先苦之之人，是将命运做了知音。世态百相中天将毁之，必先累之，任他不可一世，终不及草芥一枚，这才符合万般知音中的人伦天理。所谓国色何须粉饰，天音不必强弹，是将人世做了人格的知音。所谓播种有不收者，而稼穑不可废，是将品行做了世道的知音。

沉湖纵深处，芦荻飞天，为铭记鬼火能焚云梦。

江汉横流时，洪荒亘古，以警觉贼蚁可决长堤。

天知地知、你知我知本质是阴险虚伪，知天知地、知你知我倾诉的才是心声。

愿做情痴自然会与红颜知己相遇，深陷情魔少不了聚合狐朋狗友。大包大揽、大彻大悟、无所不知、无所不晓的相知者肯定从未有过，否则颂为知音始祖的伯牙怎么无法预测子期命之将绝？俞公摔琴，流芳百世，如心血之作遭人谬读便愤然焚书，肯定会成为现实笑料。钟君早去，遗恨无边，若身心受到诋毁就厌世变态，会错失自证自清的良机。沧海混沌，不必计较些许污垢，更不可以此否定其深广无涯。世人都在叹息钟俞二君，殊不知二位一直在为刚愎矫情的后来者扼腕。历史总在寻觅知音，却不在意知音或许正是能开花则开花、不能开花便青翠得老老实实的那棵草。

一丝一弦，山为气节独立攀高。

一滚一沸，水因秉性自由流远。

依随千古绝唱旧迹，续上肝肠寸断心弦。知音之魂，在山知山，在水知水，在家须知白石似玉，在国当知奸佞似贤。

留恋才思泉涌的二十年前，尊崇老成练达的二十年后，用十个冷暖人间，加上十个炎凉世态作相隔，前离不得，后弃不得。如果忘掉夹在中间这个叫"我"的人，被二十个春夏秋冬隔断的此端与彼端，正如湖心冷月相遇霜天红枫，深的大水与薄的冰花，肯定无法阻挡两情相悦、两心相知。人孤零零来到这个世界时，从未签约保证朋友多多、处处春暖、处处花开，也从未有过公开告示其孤苦伶仃似落叶秋风。天长地久的一座湖，也作不出才子佳人锦绣文章承诺。而我，在与这湖最亲密的时候，日后且看且回眸的念头也曾难得一见。人之所在，唯有时光是随处可见又无所追逐的终极知音。只可惜指缝太宽，时光也好，知音也罢，全都瘦得厉害，到头来免不了漏成一段地老天荒。这时候，静是唯一的相知，偌大一座湖，偌大一面琴，鸳鸯来弹，织女来弹，柳絮鹅绒来弹，鸿鹄来听，婵娟来听，雨雪雷电来听，还有那些思念、那些重来！

（附记：一九九五年国庆节后在南湖边武汉职工疗养院小住半月，于十月九日完成中篇小说《分享艰难》写作，紧接着于十月十六日完成《挑担茶叶上北京》写作，前者成为学界多年以来重要的研究课题，后者荣获第一届"鲁迅文学奖"。）

赤壁 ◎ **赤壁风骨**

拜谒东坡赤壁，最早是在一九八四年春天。

其时还住在山里，因陪同外省两位文学前辈而搭乘长途客车前来古城黄州。那一次，我们沿着一条清静的道路缓缓前行。清静的路悄然通向一扇朴素小门，门后石壁苍红，正在偏西的太阳，诗意地将人带到二赋堂前。景象分明很陌生，心里却有一种仿佛是与生俱来的熟悉。几年后，有机会来到这路旁某文化单位工作，父母来小住，才晓得，自己就是在这路旁一所普通房舍里出生的。

从这以后，不记得来过多少次。在黄州的几年间，因为相隔几百米，不用挪步，站在窗后，就能将越来越沧桑的东坡赤壁揽入情怀。再往后，我这过客一样的黄州之子，又一次离别去远。偶尔有机会回来小住，不只是深情牵挂，重要的是为文之人，面对古来宗师，在品格操守上再行受戒。

要进二赋堂，须得迈过那道高洁门槛。

这样说，无非是怀想此地可曾光彩照人。坡仙显圣处，早就是用简易素洁来辉照霓裳万方。虽然听不绝大江东去风流浩叹，清凉赤壁与清凉东坡，才是地理人文的天作之合。正是有此一段天下无双的合璧，汤汤鄂东五水，才没有写成一部从头到尾的天灾人祸血腥乱世史。一段落寞寂寥，百代宏阔高远。心灵品格关乎历史品质。称为古老也不够形容筑城久远之黄州，岁月城池被新王朝猛将毁了又毁，又被旧皇族顽军烧了又烧！闻风而起的暴众与运筹帷幄的官兵，更将鄂东之地涂炭多少，败坏江山何止千年？东坡之前，一江两岸散落的莫不是社稷碎片；东坡往后，五水其间破碎依旧，所散落的更有家国的灵肉诗情。

天造地设，从九天降一滴甘露到某片树叶，谁敢事先料定归宿！

当年孤鹤横江，惊涛卷雪，哪会相信小小乡谚：河东三十，河西三十！水天往南，沧桑向北。涓涓细流的宿命，同样是茫茫大江之茫茫真理？亘古长河，流尽性情之水。烟云过隙，激浪无痕。一声吹断横笛，吹断的还有江涛，空凭许多乱石流沙、枯苇残荷，铺陈在诗词清流与天才赤壁之间。滩涂浅水，虾蟹横行，龟鳖招摇，终不过是风尘之数，成不了风流！

果然是东去大江了！不比将帅之争以胜败结论，王者旗下万骨横陈。诗文哲理以心灵为天下，以真理为至尊。前者极欲统治生命，后者唯愿生命力不断推陈出新。美学是无须雨露的滋润，风雅是掩映文哲的经典。赤壁之水源流五水之上，赤壁之楼风范古城四围。黄州以远各自拥有如苏子东坡的奇迹：黄侃、熊十力、闻一多、胡风、秦兆阳等，风骨挺拔几乎构成中华晚近以来的精神圣界。圣哲其深，才情其远，分明风骨相传。本是山水的壁垒，能傲然立世，不只是鄂东学子后续之造化，亦在于诗情弟子不以先师风雅而附庸，才有东坡赤壁真如圣迹，无以落下坡仙之外半笔污墨。一江流远，唯楚有才，鄂东为最。其言所指，当然是在风华与才情之上，沿袭楚狂屈原的孤鹤与长虹般气节。

鄂东之地，物产中能傲视古今的是人之风骨。

有风骨的大地，拒绝生长邪恶奸佞。

生于赤壁，生长于赤壁，生生不息于赤壁，都是大道与大德的天赐。有此人文质量，一江五水终将获得清洁与丰饶。

九寨沟 ◎ **九寨重重**

　　有些地方，离开自己的生活无论有多远，从这里到那里又是何等的水复山重不惊也险，一切十分清晰明了的艰难仿佛都是某种虚拟，只要机遇来了，手头上再重要的事情也会暂时丢在一边不顾不管，任它三七二十一地要了一张机票便扑过去。重回九寨沟便是这样。那天从成都上了飞往九寨沟的飞机后，突然发现左舷窗外就是雪山，一时间忍不住扭头告诉靠右边坐着的同行者，想不到他们也在右边舷窗外看到了高高的雪山，原来我们搭乘的飞机正在一条长长的雪山峡谷中飞行。结束此次行程返回的那天，在那座建在深山峡谷中的机场里等待时，来接我们的波音客机只要再飞十分钟就可以着陆了，但大约就在这座山谷里遇上大风，而被生生地吹回成都双流机场。有太多冰雪，有太多原始森林，有太多无法攀援的旷岭绝壁将这条航线挤压得如此容不得半点闪失。也只有在明白这些以壮观面目出现的东西其实万般险恶之后，才会有那种叹为观止的长长一嘘。

几年前，曾经有过对九寨山地一天一夜的短暂接触。那一次，从江油古城出发，长途汽车从山尖微亮一直跑到路上漆黑才到达目的地。本以为五月花虽然在成都平原上开得正艳，遥远得都快成为天堂的九寨之上充其量不过是单春。到了之后才发现，在平原与丘陵上开谢了的满山杜鹃，到了深山也是只留下一些残余，没肝没肺地混迹在千百年前的原始森林和次生林中。我看见五月六月的九寨山地里，更为别致的一种花名为裙袂飘飘；我相信七月八月的九寨山地，最为耀眼的一种草会被名为衣冠楚楚；而到了九月十月，九寨山地中长得最为茂密的一定会是男男女女逶迤而成的人的密林。

我明白，这些怪不得谁，就像我也要来一样。天造地设的这一段情景，简直就是对有限生命的一种抚慰。无论是谁，无论用何种方式来使自身显得貌似强大，甚至是伟大，可死亡总是铁面无私地贫贱如一，从不肯使用哪怕仅仅是半点因人而异的小动作。所以，一旦听信了宛如仙境的传闻，谁个不会在心中生出用有生之年苍临此地的念头？每一个人对九寨沟生出的每一个渴望，莫不是其对真真切切仙境的退而求其次。谁能证明他人心中的不是呢？这是一个自问问天仍然无法求证的难题。千万里风尘仆仆，用尽满身的惊恐与疲惫，只换来几眼风光，领略几番风情，显然不是这个时代的普遍价值观，以及各种价值之间的换算习惯。以仙境而闻名的九寨山地，有太多难以言说的美妙。九寨山地之所以成为仙境，是因为有着与其实实在在的美妙，数量相同、质量相等的理想之虚和渴望之幻。

九寨沟最大的与众不同，是在你还没有离开它，心里就会生出一种牵挂。这种名为牵挂的感觉,甚至明显比最初希望直抵仙境秘密深处的念头强烈许多。从我行将起程开始,到再次踏上这片曾经让人难以言说的山地,我就在想,有那么多的好去处在等待着自己初探,却要在这么短的时间里重上九寨山地,似这样需要改变自己性情和习惯行为,仅仅因为牵挂是不够的。人生一世,几乎全靠各种各样的牵挂来维系。其中最为惊心动魄的当数人们最不想见到,又最想见到的命运。明明晓得它有一定之规,总也把握不住。正如明明晓得在命运运行过程中,绝对真实地存在炼狱,却要学那对九寨山地的想象,一定要做到步步生花寸寸祥云滴滴甘露才合乎心意。

牵挂是一种普遍的命运,命运是一项重要的牵挂。与命运这类牵挂相比,牵挂这片山地的理由在哪里?直到由浅至深、从淡到浓,用亲手制作的酥油搽一辈子,才能让脸上生出那份金属颜色的酡红,与玉一样的冰雪同辉时,于心里才有了关于这块山地的与美丽最为接近的概念。

再来时已是冬季。严冬将人们亲近仙境的念头冰封起来,而使九寨沟以最大限度的造化,让一向只在心中了然的仙境接近真实。冬季的九寨沟,让人心生一种并非错觉的感觉:一切的美妙,都已达到离极致只有半步之遥的程度。极目望去,找不见的山地奇花异草,透过尘世最纯洁的冰雪开满心扉。穷尽心机,享不了的空谷天籁灵性,穿越如凝脂的彩池通遍脉络。此时此地与彼时此地,相差之大足以使人瞠目。从前见过的山地风景,一下子变渺小了,小小的,丁点儿,不必双手,有两个指头就够了,欠一欠身子,从凝固的山崖上摘下一支长长的冰吊儿,再借来一缕雪地阳光,便足以装入早先所见到的全部灿烂。

人生在世所做的一切,后果是什么,会因其过程不同而变化万千,唯有其出发点从来都是由自身来做准备,并且是一心只想留给自己细细享受的。正是捧着这很小很小,却灿烂得极大极大的一块冰,我才恍然悟出,原来天地万物,坚不可摧的一座大山也好,以无形作有形的性情之水也好,也是要听风听雨、问寒问暖的。从春到夏再到秋,一片山地无论何等著名,全部与己无关。山地也有山地的命运,只是人所不知罢了。前一次,所见所闻是九寨沟的青春浮华。不管有多少人潮在欢呼涌动,也不管这样的欢呼涌动会激起多少以几何方式增长的新的人潮。在这里,山地仍然按照既有的轨迹,譬如说,要用冬季的严厉与冷酷,打造与梦幻中的仙境,只有一滴水不同、只有一棵草不同、只有一片羽毛不同的人迹可至的真实仙境。

人与绝美的远离,是因为人类在其进行过程中越来越亲近平庸。能不能这样想,那些所谓最好的季节,其实就是平庸日子的另一种说法?不见洪流滚滚激荡山川的气概,就将可以嬉戏的涓涓细流当成时尚生活的惊喜。不见冰瀑横空万山空绝的气质,便把使人滋润的习习野风当成茶余饭后的欣然。当然,这些不全是选择之误。天地之分,本来就是太多太多的偶然造成的。正如有人觉得机会,进到了众人以为不宜进去的山地,这才从生命的冬季正是生命最美时刻这一道理中,深深地领悟到,山有绝美,水有绝美,树有绝美,风有绝美,在山地的九寨沟,拥有这种种极致的时刻已经属于了冬季。

天堂寨 ◎ 高山仰止

人不能在都市里居住太久。太久了就会被满街满巷里窜动的浮华气焰迷糊灵性、堵塞胸怀，错把一些人按另一些人的意愿堆砌的塔楼大厦当作了伟大与崇高。

还有一个简单的理由：走出都市，人的心情会好起来的。

当我沿着久违了的西河，走向那座高山时，夏日的清风就开始浸润那干渴的灵魂。风是从那座高山上落下来的，沿着林隙与沟壑，穿过瀑布与流泉，然后顺着河谷一点点地将砂岩吹成卵石，又将卵石拂成细沙，接着便在那个叫石头嘴的小镇旁边轻轻地呼唤着我们。我们要去的那座山，在这里已非常清晰了。它是大别山的主峰，叫天堂寨，如今又叫吴家山森林公园。望见它的那一瞬间，我们突然沉默下来，连随行的几个孩子也停止了嬉闹，所有脸庞迎着奔来胸怀的西河，齐齐地将目光转向左侧。落暮时分，那片山太大太高了，高高大大的雄姿这时给予人的更多是神秘。对这样的神情我很熟悉，五岁时我曾在镇外的河滩上对不远处的大山做过许多次仰望，那种光屁股满地跑着不知羞的时候，我能想什么？无非是那里有老虎、豹子、灵猫、香獐和娃娃鱼等。我相信那时自己一定有过要爬上那托地擎天的大山的念头，就像我现在想的一样。

我们沉默得越来越深，大山的神秘也就越来越深。车灯亮着两只热情的眼睛，一进森林公园大门，就替我们发现一只站在路中央的乖得像小孩一样的果子狸。接下来当然是大人小孩的一片欢呼，那声音从山谷里返回后，便多了几分雄浑。如果没有夜色，这就同第二天在路边一条条山溪里发现许多小娃娃鱼的情形一样。高山的灵魂是不会改变的，无论何时何地。就像给我们带路的那个年轻的林工，在上山和下山的途中，大方地推开一扇扇虚掩着的家门，从容地找出茶水给我们喝了，又依样将那些门掩好，还说用不着道谢。山里的一切都是一样，谢与不谢都不影响它的品格。

还不到半夜，住处就被绵绵不尽的林涛淹没了。涛声忽远忽近、忽强忽弱，禁不住心潮起伏，隐隐约约地真有些漂泊浮荡的感觉。黑漆漆的山野有时也会出现短暂的空寂，就像停了电的城市。没有电的城市夜晚，率先消失的是许许多多的奢侈，紧接着就会是那些本来就不靠谱的矫情。站在住处的阳台上，不管有无林涛掠过，分明什么也看不见的视野里，一切都实实在在地浮现在眼前，是林涛让高山在暗淡无光的夜晚凝聚成亘古不变的形象。遥不可及的山的轮廓线上，一处瞭望塔微缩成钻石般的亮点，在这样的情形下，它几乎是整座大山、整座森林公园的全部所在。

沉默还在弥漫着，原以为天亮了，阳光普照下森林和山会有它的别样沸腾。哪怕是七月流火、八月流金，依然搅不动、化不开稠墨泼就的有意无言的山水画卷。或许山也在印证心静自然凉的古训，沉默之中，习习凉风不时送来些许躲在远处的秋意。

仰望高山我才明白，沉默也是一笔无与伦比的财富。

一步一步地，大家都在向上走，向山上走。如锦被一般铺成的天堂云雾，天池一般的九座井泉，以及神奇神妙的石鼓，都是跋涉者的得意之处。那挂天瀑、登天梯、啸天狮、观日台，还有龙门峡、鹰嘴岩，等等，却是峻险难越。有人问，待爬上山顶会是什么样的心情。这话一直无人回答。不是无话可说，而是大家心里都明白，即使是站上眼前的大别山峰巅，也还会觉得近处或远处尚有更高的山峰。这是我们在别处攀登主峰的体验，天堂寨也不例外，踏上那海拔一千七百二十九米的高度，明知是制高点，可对面的那道山峰似乎比脚下的更高。

城市

喧闹繁华亦有彩

新疆 ◎ **走向胡杨**

去新疆，第一个想起的便是胡杨。飞机在天上飞，我竭力看着地面，想从一派苍茫中找寻那种能让沙漠变为风景的植物。西边的太阳总在斜斜地照着地面上的尖尖沙山，那种阴影只是艺术世界的色彩对比度，与长在心里的绿荫根本无关。山脉枯燥、河流枯竭、大地枯萎，西出阳关，心里一下子涌上许多悲壮。

夏天的傍晚，终于踏上乌鲁木齐机场的跑道。九点多钟了，天还亮亮的，通往市区的道路两旁长着一排排白杨，空气中弥漫着浓浓的瓜果清香，满地都是碧玉和黄金做成的果实，偌大的城市仿佛是由它们堆积而成。来接站的女孩正巧是鄂东同乡，她一口软软的语言，更让人觉得身在江南。事实上，当年许多人正是被那首将新疆唱为江南的歌曲诱惑，只身来到边关的。女孩已是他们的第二代，他们将对故土日夜的思念，化作女儿头上的青丝，化作女儿指尖上的纤细，还有面对口内来的客人天生的热情。或许天山雪峰抱着的那汪天池，也是他们照映江南丝竹、洞庭渔火和泰山日出的镜子。客人来了，第一站总是去天池，就像是进了家门歇在客房。照一照镜子，叠映出两种伤情。

天苍苍，野茫茫，风吹草低见牛羊！这些古丝绸路上诗的遥想，有足够的理由提醒那些只到过天池的人，最好别说自己到过新疆。

只体会到白杨俊秀挺立蓝天，也别说自己到过新疆。

小时候，有一本书曾经让我着迷，书上将塔里木河描写得神奇而美丽。现在我知道的事实是，当年苏联专家曾经否定这儿可以耕种。沿着天山山脉脚下的公路往喀什走，过了达坂城不久，便遇上大片不知名的戈壁，活着的东西除了一股股旋风，剩下的就只有像蜗牛一样趴在四只橡胶轮子上的汽车了。戈壁的好处是能够让筑路工的才华像修机场那样淋漓尽致地发挥。往南走，左边总是白花花的盐碱地，右边永远是天山雪水冲积成的慢坡和一重重没有草木的山脉。汽车跑了两千多公里，随行的兵团人总在耳边说，只要有水，这儿什么都能种出来！几十万平方公里的塔克拉玛干大沙漠里，水就是生命。兵团的人说，胡杨也分雌雄，母的长籽生絮时像松花江上的雾凇。胡杨花絮随风飘散，只要有水它就能生根发芽，哪怕那水是苦的涩的。一九四九年毛泽东要自己的爱将王震将部下带到北京，作为新中国首都的卫戍部队。将军却抗令请缨进军新疆屯垦戍边并获准。爱垦荒的王震将他的部队撒到新疆各地，随着一百二十个农垦团的成立，荒漠上出现了一百二十个新地名。在墨玉县有个叫四十七团的地方，那是一个完全被沙漠包围的兵团农场,由于各种因素,农场的生存条件已到了不能再恶劣的程度。农四十七团的前身是八路军三五九旅七一九团,进疆时是西北野战军第二军第五师的主力十五团,当年曾用十八天时间,徒步穿越塔克拉玛干大沙漠,奔袭上千公里解放和田。此后,这一千多名官兵便留下来,为着每一株绿苗、每一滴淡水,也为着每一线生存希望而同历史抗争。从进沙漠起,五十年过去了,许多人已长眠不醒,在地下用自己的身体肥沃沙漠。活着的人里仍有几十位老八路军至今也没再出过沙漠。另有一些老战士,前两年被专门接到乌鲁木齐住了几天。老人们看着五光十色的城市景象,激动地问这就是共产主义吗?对比四十七团农场,这些老人反而惭愧起来,责怪自己这么多年做得太少。他们从没有后悔自己的部队没有留在北京,也不去比较自己与京城老八路军的天大的不同。他们说,有人做牡丹花,就得有人做胡杨,有人喝甘露,就得有人喝盐碱水。

兵团人有句名言,活在自己脚下的土地上,就是对国家的最大贡献。新疆的面积占国土面积的六分之一,境外一些异族异教和境内少数有异心的人总在寻衅闹事。在那些除了兵团人再无他人的不毛之地,兵团人不仅是活着的界碑,更活出国家的尊严与神圣。老百姓可以走,他们有去茂盛草场、肥沃土地,过幸福生活的自由天性。军人也可以走,沙场点兵,未来英雄与烈士都会有归期。唯有兵团人,既是老百姓又不是老百姓,既是军人又不是军人。他们不仅不能走,还要承受将令帅令,还要安家立业。家园就是要塞,边关就是庭院。兵团人放牧的每一群牛羊,都无异于共和国的千军万马。兵团人耕耘的每一块沙地，都等同于共和国的千山万水。一行人围着塔克拉玛干转了六千多公里，不时就能遇见沧桑二字已不够形容的兵团人，还能知晓一些连队集体家徒四壁的情形。很惭愧，我只在兵团农垦博物馆里见到他们创业时住过的地窝子。在昆仑山、在帕米尔高原，在二十一世纪前夜里，仍有这样的地窝子作为兵团人的日常家居人生归宿。兵团人笑着说，地窝子冬暖夏凉；兵团人笑着说，别人一不小心就将汽车开到地窝子顶上了；兵团人笑着说，维吾尔族人不会说公鸡，便将公鸡说成鸡蛋妈妈的爱人。兵团人的笑让人听来，如闻霜夜雁歌、月黑鸣钟，既大气磅礴，又感天动地。兵团人长年生活在海拔两千九百米以上的高山草场，没有蔬菜，极端缺水，毛驴从山沟里驮上来的水只能煮茶。就是兵团领导来，也没水给他们洗脸。吃的食物，除了茶水，无一例外地终年啃的是馕。

　　车过阿克苏，往南不远的路旁终于出现一片胡杨林，它隐藏在丛生的红柳后面，只露出半截树梢，一副犹抱琵琶半遮面的样子。一行人刚开始兴奋，就听见兵团人平静地说："你们回来时，沙漠公路旁边的胡杨那才叫胡杨哩，这些是后来栽的，那是原始的。"兵团人刚表示过又马上纠正自己说，栽的胡杨也是胡杨。最早说这话的人曾在南泥湾开荒时当过生产科长，并同王震来团里视察，他让团部的人排着队，同王震挨个握手。王震握到文书的手时，突然板着脸，不高兴地举起文书的手，说这样的手怎么写得好兵团的文章，先到连队去，将手上磨出老茧再说。这位团长当即让文书出列回去收拾行李。王震走后才三天，团长就让文书继续回团部上班，团长还在会上吼："王震算老几，这儿老子说了算，我就喜欢手嫩的，手嫩才写得出好文章，栽的胡杨也是胡杨！"团长还说："你们将我的话告诉王震去。"不知王震是不是听到了这些话，几年后，诗人艾青蒙难，王震亲自出面请他来到兵团。得益于王震在中国当代政治中的特殊地位，艾青生命中的劫难得到暂时缓解。兵团城市石河子由于诗人的到来，一夜之间变成了举世闻名的诗歌之城。石河子只有五十八万人，大专以上文化程度的人占百分之二十，为全国第一，人均购书量曾为全国第一，更使人感慨的是这里的人均绿化面积全国第一。

在新疆，曾多次遇见上海籍的兵团人。据说，五十年代初，第一批上海支边青年来新疆时，还没渡过玉门关，便朝着戈壁掩面而泣。如今的他们，已判若两人。每一次见面我都很难相信，这些或坐或站的男子汉，当年也曾在灯红酒绿的上海滩斯文儒雅过。他们大碗喝酒、大块吃肉、大声吼叫、大步走路，不管高矮，到哪儿都是铁塔一座。库尔勒是乌鲁木齐通往南疆的第一站，这座在盐碱滩上建设起来的城市如今有一种让人惊艳的美丽。如此花团锦簇的明珠城市在内地也很难见到。它紧挨着核试验基地马兰，并盛产香梨。我在这儿遇到湖南电视台的一个剧组。他们将未来剧名《八千湘女上天山》印在T恤衫上，如血殷红的字迹，像纪念碑一样雕刻在每个人的灵魂里。在历史的同一时期，十万山东姑娘也将青春奉献给共和国西部边陲。她们全都无一例外地嫁给了几十万屯垦戍边的兵团将士，风雨数十年，戈壁大漠多了许多绿洲，多了许多村庄和城市，多了许多夫妻儿女兄弟姐妹。一位社会学家私下里说过，在中国的屯垦史上新中国的这一次是最成功的。从某种意义上说，是这些女人的付出为这史无前例的成功奠定了基础。还有另一类女人，譬如几百名苏州姑娘，她们将现代缫丝技术带到古丝绸之路上的和田，同时，也将自己的命运编织在无尽的惆怅上。

就在和田，我认识了当地兵团农垦管理局的孙副政委，他的爱人是湖北麻城人。我外婆家也在麻城。那天晚上，我举杯向他敬酒，并要他照顾我妈妈的同乡。这本是一句玩笑话，想让离别的气氛轻松些，谁知竟惹得旁边的男人眼圈红起来。那一刻，我也心动了！我并不后悔自己说过这句话，但在往后的日子，但凡提及亲情时，我不得不十分小心，不让自己的不慎惹动边疆人的心弦。

在新疆的最后一天，周涛赶来送别。我们没有谈到诗。新疆这儿遍地都是诗：沙漠、盐碱、戈壁、草原、雪莲、白杨、红柳、葡萄，等等，还有壮美的兵团城市石河子。我们谈酒。我说自己这辈子只喝过三斤酒，大前年上山东喝了一斤，去年去西藏喝了一斤，这次在新疆又喝了一斤。我们谈兵团人为他们的酒所做的广告：伊力特曲，英雄本色。

被谈到的当然还有胡杨。

和田是绕行塔克拉玛干大沙漠的折返点。沙漠的边缘出现时，黄昏正在来临，神秘的沙丘上，一个少年怀抱一只乌鸦，赶着一线拉开的数百头黑牛白牛，将大漠西边的地平线和东边的地平线，紧紧地系在一起。我想起了,西北野战军第二军第五师第十五团改为新疆生产建设兵团第四十七团之前,穿越眼前这座大沙漠时,那些人链连接着的,正是共和国腹地与边陲数十年的安宁与和平。沙漠铺天盖地来了,比死亡的苍白略深的颜色更让人震惊。死亡只是一种深刻,绝望才是最可怕的。在维吾尔语里,"塔克拉玛干"是进得去出不来的意思。独自站在沙丘后面,来时的足迹,像时钟上的最后一秒,又像身临绝壁时最后的绳索。仿佛在与末日面对面,人很难再前行一步。兵团人在车上悄然睡去,他们曾经从沙漠这边进去,那边出来,塔克拉玛干神话在他们的脚下改写得很彻底,成了日常的起居生活。车行十几个小时后,重新出现的戈壁边缘突然冒出几棵树干粗过树冠的大树。兵团人说这就是活着一千年不死,死了一千年不倒,倒了一千年不烂的次生胡杨林。活的、死的、倒地的胡杨零星散布在戈壁上,没有其他草木做伴,一只鹰和两只乌鸦在高处和低处盘旋。地表上没有任何水的迹象。胡杨们相互间隔都在十几米以上。作为树,他们是孤独的;作为林,他们似乎更孤独。希望里有雨露,希望里有肥沃,处在半干枯状态下的胡杨,用粗壮的主干举着纤细的枝条和碎密的叶片,像一张张网去抓住没有云的空气中每一缕潮湿与养分。白云晨雾这种亘古的印象,成了盐碱烙在胡杨树上的灰白色的苍茫与沧桑。

一种树为了天地,长在它本不该生长的地方。

一种人为了历史,活在本不该他生活的地方。

一种人和树的沙漠戈壁有尽头。

一种人和树的沙漠戈壁没有尽头。

兵团人与胡杨实属殊途同归。在紧挨着原始胡杨林的地方,兵团人又挖掘出一道道深深的壕沟,他们又在向自然的极限挑战,又要向沙漠索要耕田。有胡杨在,就有兵团人在,因为他们的质地完全一样:一半是天山,一半是昆仑。

贵州 ◎ **你是一蔸好白菜**

如果电视台没有直播体育比赛，一般的时候，我只会在临近深夜了才会打开电视机，看一看境外的几个专栏节目。那晚八点刚过，我从书房里踱出来，不知何故竟然下意识地掀开电视机，看到贵州台正在直播"多彩贵州"歌唱大赛总决赛，就在沙发上坐下来不动了。

大约是三个月前，在网上看到一则来自五月二日《贵州都市报》的消息说，贵州民族学院的一位叫陶键的老师，将我的一首诗谱成曲，参加了"多彩贵州"歌唱大赛，陶键老师对记者说："第一次看到刘醒龙先生写的词（应该为诗）时，马上就有了想把它谱上曲唱出来的冲动，因为在字里行间，无处不流露出一股浓浓的故土情。"那则新闻最后写道，歌曲的华彩部分，"我的高原，你让神往漫天荡漾；我的高原，你让白云都不再漂泊"，让许多音乐界人士眼含热泪。我以为那位从不知之的陶键老师，会将这首诗唱到这场决赛上，临到要谢幕了还没见着，自己才忍不住哑然失笑。五六月间，第一阶段"重访长征路"活动在贵州结束之际，我曾提及这首歌曲，当地一位负责此活动的同志含糊其词地回答，本应使我十分明了。不管先前对让音乐界人士眼含热泪的歌唱的报道是否属实，还是有其他因素，于我却是没有白费时光，那首进入决赛的名为《你是一蔸好白菜》的贵州民歌，让我觉得没有冤枉这几个小时的光景。

被改编成歌曲的那首诗名为《用胸膛行走的高原》，有两百多行，是我迄今为止唯一一次去西藏时写下的，也是我胆敢拿出来发表的两组诗作中的第一首。不管承认不承认，人生有些境界命定是属于诗、小说、音乐等艺术的。这也是一些人仅仅去过某地一次，便会在心里长久地形成一股灵感之泉。也有不是这样的，譬如贵州。基于那些更陌生的地方，贵州怎么说我也去过三次。反反复复当中，我一直没有找到与此地风土人情相关的独有感觉。

第一次涉足时，我还是一名普通车工，受工厂委派，到贵阳走访产品用户。我是厂里的团支部书记，一路上都在不停地为纪念毛泽东主席逝世一周年的墙报撰写文稿。一九七七年秋天，我临时住在火车站附近，作为省城的贵阳到处黑乎乎，仿佛是我们将自郑州、西安、成都、重庆一路带来的煤屑全堆积在此地。就像做了坏事，只在贵阳住上一夜，哪里也没去，便匆匆离开。二十二年后，也是秋天，我去昆明，所乘飞机在贵阳机场落了一下地，时间更短，只够我在机场免税店里买上两瓶茅台酒，并在后来被一些朋友评价为口感极好。真的是事不过三，第三次到贵州，情况大不相同。从南昌出发后的十几天行程，大部分都给了贵州。经过湘西凤凰古城，我们敲开贵州的后门，从重峦叠嶂的大山缝隙里，一头扎进作为歌手的陶键所唱《我的高原》的腹地铜仁地区。

我在不得不说自己所见到的全是穷山恶水时，心里并不存在对山水的恶意。为山为水一切源自天成，说山水如何时，总是由于居住在山水之间的人的欲望。多年以前，我曾经站在那条名叫清江的河流旁，真诚地形容她是中国最纯洁的。多年之后，从后门进入贵州，在一条接一条的江河面前，我不断地后悔从前那不知天高地厚的信口胡言。山水之形通常在于人意，在翻越黔北最高峰梵净山时，就有一种东西深深地潜入心底。最终孤独地坐在火车上，从贵阳离开，轰轰烈烈地将一座座山、一道道水变成回忆，我便开始问贵州啊贵州，或人或事，是山是水，怎样才算是能够留下来的概念哩！

后来总在想，贵州于我，最感动的是在铜仁街头听到的古老民谣吗？汤汤泛泛的清悠悠沱江，在那些爱歌唱的老人身边无声荡漾。这样的老人不是一个，不是一群，而是许多个，许多群。街上略嫌简陋的霓虹初上之际，他们便聚到一起，将一样样的古音古曲唱到尽兴，直教近处的种种流行时尚自叹不如。在遥远的家中看电视，想着这些事，才明白他们要经久不衰地歌唱《你是一苑好白菜》，所印证的便是其民风民俗的特立独行。我不是妄称贵州之地对牡丹不以为然，而以白菜为美。可贵州人的确将种种惊险与雄奇当成了日常家居中的白菜。他们不说女人面若桃花，并不等于在心里看不上鲜艳的女子；他们说女人之美宛如白菜，也不会真的要她们从此不再沉鱼落雁、羞花闭月。被天造地设所限，贵州人只是不去想那不切实际的事物，而是更加珍惜所有实际的存在。白菜也开花，白菜也用结籽来表示果实，白菜也能作为季节的美味，白菜也是往复轮回的生命实体。只因为它既不张扬，也不内秀，之所以独独出现在贵州风格的讴歌之中，丝毫不能算作是他们独具慧眼，实实在在只能表明深蕴此中的惺惺之惜。

第三次到贵州前夕，行走在湖南境内，隔上几里远，就会有心惊肉跳的警示牌出现。最让我们头皮发麻的一块牌子上写着"不久之前，此处发生了一起重大车祸"，死亡人数正好与我们车上代表团人数相当。我只晓得过去公路有专门为山区制定的等级标准，当下如何规定，我尚没有听说过。只能客观地说，贵州的公路与我们所经过的湖南省山区公路至少存在着一个级差。贵州的山更多更大更险，贵州的公路更陡更窄更弯，他们却明显将这些当成理所当然，这一点从贵州人的肤色与神情就能看出来。在公路旁，不时可见贫困县、贫困乡的标识牌，以及过去的苏维埃政府、工农红军血战之地纪念碑。去往佛教圣地梵净山的途中，在一处上有滑坡、下有崩塌，陡坡连着急弯的险路上，当地人竖立了一块最别开生面的路牌，上面写着"离梵净山还有十九点五公里"。

初读时我轻轻地笑了一声。一段时间过后，再用心去想，豁然明白，这是最能体会贵州之地人性所在，也与你是一蔸好白菜的夸奖，同属那些根植于乡村、进化于农业的优雅。能够用白菜来表达极度赞美，这大概是作为母语的汉语在这个世界里的得天独厚了。只须如此，像我这样的资深小说书写者，就该对那方水土中人肃然起敬。

上海 ◎ **上海的默契**

有很长一段时间了，上海这座城市俨然梦想的代名词。在日常生活中，几乎在每一个方面都是如此。不只是普通人，就连一些见多识广之士也脱不了这个俗。文学上也是这样，特别是在对文学怀有宗教般情感的二十世纪八十年代和九十年代，于上海发生的种种文学现象，莫不迅速席卷全国，倒过来产生于各地的种种热情反应，又迅速地汇聚回来，特别是一九九〇年前后，以《上海文学》和《收获》为焦点，那个时候的上海，简直成了一座文学的圣城。

人的一生总会与一些特定的地理达成某种默契。出生地是一处，那是一个生命的起源，那是天籁，由不得生命本身的执拗与反对。之后，就不同了，因为有些命定的因素，真去寻找，总是得不偿失。譬如北京，我总觉得那是一座与我无缘的城市。为什么？我也说不出来，只是一向坚决地这样想、这样认为，并且与实际情况并无多少出入。当然，假如从梦想方面来看，也许还能找到一些可以说得出口的道理。

一九九二年春天，写完《凤凰琴》后，我紧接着写了一部名为《暮时课诵》的中篇小说。然而情况并不像前几篇小说那样顺利，因为写了一座庙，以及庙里的几个和尚，从北京开始，连续投寄了几家刊物，都被退了回来。有些说了原因，有些没有说原因，只是希望再寄新作。所说的原因最厉害的一条是，作品涉及宗教问题，不好把握。那几年，文学界接连出了一些虽然是风马牛不相及，却硬被人扯到一块的这种问题。编辑为难，我也理解。有一阵，连自己都对这篇小说失去了信心，只是自己太偏爱这篇小说，后来雷达先生所评论的那些缘故，也许有，也许没有。不管怎样，即使是现在来看，作品中的某些小说元素，一直是我十分珍惜的。正因为这样，在办公室的抽屉里放了几个月后，我又将它翻出来，邮寄到《上海文学》。时间很短，就在十天到十五天之间，就收到卫竹兰大姐的来信，言及，前几天编辑部开编前会时，周介人先生专门提请大家注意新出现的一个名叫刘醒龙的作者，并要负责湖北片稿件的卫竹兰与我取得联系。话音刚落，《暮时课诵》就到了。卫大姐在信中对我形容了周先生当时高兴的样子。很快，《暮时课诵》就在《上海文学》上以头条位置发表出来。并被《新华文摘》等多种选刊转载，日本《中国现代小说》也译载了。后来的评论家也时常提及这部作品。

在一九九四年十一月十二日的《新民晚报》上有篇名为《怀抱"金鸡"来上海》的采访文章，其中提到我是"昨晚"从长沙抵达上海的。那篇众所周知的小说改编为电影，使我像捡洋落一样，在电影界拿到几座奖杯，其中包括在长沙第三届金鸡百花电影节上获得的镀金的"金鸡奖"。我写小说时从没有愧对读者之感，但是染指影视，尽管不是我的责任，但总觉得在银幕与屏幕上映出的我的名字下面，推卸不了的是自己对观众不起。当年在长沙，其时号称国内电影界第一编剧的作家张弦闻讯后，将电话打到我的房间，再三嘱咐我"千万别触电"，他自己已不能自拔了。其实在长沙的那几天，我一直惦记着随后要去上海的事。

从长沙开往上海的直快列车晚点得一塌糊涂，因为是去领取《上海文学》奖，杂志社安排张重光到车站接我。上了火车才知道，上海车站有两个出口。这之前，除了从上海走出去的国家领导人以外，再也没有人是我所认识的，杂志社的人也不例外，因为那是我开始写小说后第一次来上海。在晚点几个小时后，列车驶入上海车站，我在犹豫之中，最后一个离开软卧车厢。下车走了一阵，站台上有个男人匆匆地迎面走来。我们擦肩而过，相向走了几步后，下意识地一回头，没想到对方也在回头，就在那一刹那间，我们都毫不犹豫地叫出了对方的名字。说来也怪，茫茫人海，过客匆匆，就凭那心中的一点灵犀，在有两个出口的火车站，两个互不相识的人居然没错过。

第一次去上海，有两个人最让我难忘。按见面的顺序，第一个人当然是周介人先生，如果说默契的上海是雅致的，周先生一定是将这种雅致融入骨髓，变成了中国文坛上我所见到过的最清瘦的男人。当我情不自禁地问他为何瘦成这样时,他竟然急促地回答,自己的身体很好。默契是用不着细想的,这是我后来才明白的一种生活常识。周先生那时一定已经与自己的生命达成了某种默契,他这样说时,没有人觉得有何不对。第二位则是茹志鹃先生,那天晚上,在一家川菜馆里,茹先生比我们早到了。编辑部专门安排的,没有其他人。后来,我在上海又见到过茹先生一面,她说她是第一次见到我。旁边的王安忆提醒说,这是第二次了。茹先生开心地笑了。一如先前见到的慈善,让人难以置信,在灯红酒绿的大上海,除了说这是生命与现实达成的默契,很难再能想起别的。

记得那次,《光明日报》的韩小蕙约我写一篇关于湖北人性格的文章。信笔写来,不禁提起毛泽东一生当中先后二十六次来到我所居住的武汉。这件事,一直被人引为趣谈,抑或成了相关学者研究中国当代史时的神来之笔。实际上,用不着太夸张,也用不着视为党史国事中某种神秘,简简单单地说,武汉之于毛泽东,也存在一种默契,地理上的,人文上的,或者只有毛泽东和武汉这当事的二者才知道,或者连毛泽东和武汉这当事的二者都不知道。默契不是选择,默契是浑然天成的。譬如上海,与它形成默契的人太多了。导致这座城市本身都成了一种默契。

在二十世纪的文学高潮期,上海这座城市与文学默契得让人妒忌。记得在张重光的带领下,我从火车站出来,沿着那一会儿是霓虹万丈,一会儿是老巷幽幽的黄昏景致穿行,然后住进一所旧时权贵们的私宅,蓦然面对从许多陈年烟痕中剥落出的历史奢侈。心里反复想到的只有一句话——上海呀上海！事隔多年，再来续这句话的下文，才想起来，其中意思分明是："文学呀文学！"

几年之后的一九九八年五月，我又一次去上海参加《上海文学》举办的现实主义文学研讨会。夜幕降临后，一群人坐着中型面包车去喝咖啡，车到新锦江饭店门口，正好遇上红灯停下。突然间，有人跳出车窗，就在铁栅栏旁做了一件常人不应该做的龌龊事。车上的我们惊得大叫。而马路旁的行人并没有如我们所料，做出应该做出的反应。他们站在原地不动，侧目相向，等待其人从原路爬回车窗，才继续该疾走的疾走，该慢行的慢行。那一刻里，我有些迷糊，长时间地想，怎么会是这样？怎么会是这样？后来，我终于明白，这也是一种默契。至于这样的默契意味着什么，那就要看我们每个人的造化了。

这一年的稍后，周介人先生不幸大行了。在我看来，周先生的早逝，既是中国文学界的一大不幸，更是上海文学界的一大不幸。在周先生之后，我不能不回想，当年他为何要在私底下对我说那么多，其中一些，听起来已经不仅仅是入木三分的程度了。后来我想——再后来我想——再再后来我还在想：周先生也许早就发现，默契其实就是规矩，太多的默契对一项每时每刻都必须有所创造的事物，会在无形中限制人的创造力的彻底发挥。在拨乱反正时期，默契对社会规则的形成无疑起着巨大的过渡作用。社会已经建立起一定之规后，各种固有的默契会不会反过来形成某种发展的阻力呢？因此，周先生才在生命的最后几年，每年都用第一期的头条来发表我的小说，大概是想借助我这草莽出身，写起小说来天不怕地不怕无拘无束的劲头，给沪上文坛注入某种活力。

同样如此，前不久，杭州女作家顾艳将自己所撰写的洋洋十六万字的《陈思和评传》寄给我，读完手稿，便决定在我所主持的《芳草》文学杂志上全文刊载。我甚至还想过，如果周介人先生在，他一定也会这样做的。传统延续得太久时需要反拨，这种反拨的目的并非抛弃传统，而是为了更准确更精深地承传继续。对默契的反拨也是一样的，一切都是为了建立更宏大更有意义的默契。

广州 ◎ 唐诗的花与果

一个人怎么会在心灵中如此迷恋一件乡村之物？

这种感觉的来源并非人在乡村时，相反，心生天问的那一刻，恰恰是在身披时尚外装，趴在现代轮子上的广州城际。那天，我独自在天河机场候机时，有极短的一刻，被我用来等待面前那杯滚烫的咖啡稍变凉一些，几天来的劳碌趁机化为倦意，当我从仿佛失去知觉的时间片段中惊醒，隔着热气腾腾的咖啡，所看到的仍旧是挂在对面小商店最显眼处那串鲜艳的荔枝。正是这一刻里，我想到了那个人，并且以近乎无事生非的心态，用各种角度，从深邃中思索，往广阔处寻觅。

那个人叫石达开。这一次到南方来，我从增城当地人那里得知，这里的习惯将这位太平天国的著名将领说成是广西贵县人，其实是在当地土生土长，只是后来家庭变故，才于十二岁时过继给别人。十二岁的男孩，已经是半个男人了，走得再远，也还记得自己的历史之根。传说中的石达开在掌控南部中国的那一阵，悄然派一位心腹携了大量金银财宝藏于故乡。兵匪之乱了结后，石姓家族没有被斩草除根，只是改了姓氏，当地官府甚至还容许他们修建了至今仍然显得宏大奇特的祖祠武威堂，大约是这些钱财在暗中发挥作用。身为叱咤风云的太平天国名将，对于故乡，石达开想到和做到的，恰恰是乡村中平常所见的人生境界。

岁月不留人，英雄豪杰也难例外。增城后来再次有了声名，则是别的缘故。因为有了高速交通工具，这座叫增城的小城，借着每年不过出产一两百颗名为挂绿的名贵荔枝之美誉忽然声名远播。那天，我在小城的中心，穿过高高的栅栏，深深的壕沟，站到宠物一样圈养起来的几株树下，灵性中的惆怅如同近在咫尺的绿荫，一阵阵浓烈起来。

不管我们自身能否意识到，乡村都是人人不可缺少的故乡与故土。在如此范畴之中，乡村的任何一种出产，无不包含人对自己身世的追忆与感怀。正如每个人心里总有一些这辈子不可能找到的替代品，而自认为是世上最珍贵的小小物什。乡村的日子过得太平常了，只要有一点点特异，就会被情感轻易放大。乡村物产千差万别，本是为了因应人性的善变，有人喜欢醇甘，也有人专宠微酸，一树荔枝的贵贱便是这样得来的。因为成了贡品，只能是往日帝王、斯时大户所专享，非要用黄金白银包裹的指尖摆着姿态来剥食。那些在风雨飘摇中成熟起来的粗粝模样就成了只能藏于心尖的珍爱之物，当地人甚至连看一眼都不容易，长此以往当然会导致心境失衡。

从残存下来的历史碎片中猜测，十二岁之前的石达开断然不会有机会亲口尝到那树挂绿的甜头，如能一试滋味，后来的事情也许会截然不同。乡村少年总会是纯粹的，吃到辣的会咂着嘴发出嗞嗞声,吃到甜的会抿着嘴弄出喷喷响,率性的乡村,没有爆发什么动静时,连大人都会不时地来点小猫小狗一样的淘气样,何况他们的孩子。石达开甚至根本就不喜欢荔枝,在这荔枝盛产之地,如果他尝过所谓挂绿,只要有机会,便极有可能用其调换一只来自遥远北方的红苹果。事情的关键正是他缺少亲身体验。绝色绝美的荔枝,或许根本就是地方官吏与前朝帝王合谋之下的一种极度夸张。小小的石达开想不到这一层,而以为那棵只能在梦想中摇曳的荔枝树、那些只能在天堂里飘香的挂绿果,真的就是益寿延年长年不老之品。

是种子总会在乡村发芽。难道就因为位尊权重,便可以堂而皇之地掠走乡村的心中上品?后来的石达开,一定因为这样想得多了,才拼死相搏,以求得到那些梦幻事物。后来的石达开,得势之时还记得这片乡村,难道没有对少年时望尘莫及的荔枝挂绿的回想?

据说那用石达开捎回来的财宝修建的宗祠的屋檐上,至今还能见到"当官容易读书难"的诗名。当年不清楚的事情,留待如今更只有猜度了。正是由于如此之难,更可以让人认为石达开当然吟诵过杜甫的名句。那些开在唐诗里的乡村之花,一旦与历史狂放地结合,所得到的果实就不是只为妃子一笑的一骑红尘,而是一心想着取当朝而代之的金戈铁马万千大军。

没有记忆,过去就死了,不得再生。没有记忆,历史就是一派胡言,毫厘不值。没有石达开了,没有挂绿,荔枝总不至于不是荔枝了吧?将唐诗当作花来盛开,最终还得还以唐诗滋味。这样的荔枝才是最好的。

武汉 ◎ 武汉的桃花劫

有一张照片，是我们家的，上有三个人：父亲、母亲和弟弟。

如今父亲母亲早已老态龙钟，弟弟也因单位的破产早早披上岁月的沧桑与无奈。十一月二十七日上午，九江和瑞昌一带的地震余波殃及湖北。我着急地打电话回去，问他们的情况如何。弟弟从前开着一辆桑塔纳轿车，单位的破产申请被接受后，那辆公车就被银行查封了。因为还有一点事做而被称为半待业的弟弟，在电话里语气之平静，分明将地震当成了曾经驾驶着那辆桑塔纳轿车所遇上的坑坑洼洼。

照片上的弟弟也看不见有多少意气风发。那一年弟弟刚刚出生，抱着他的父亲和母亲，却是春风满面、笑容可掬。在他们身后注定要闻名于世的一座桥头堡高高耸立着，从那些纵横交错的钢梁中，隐约看得到一种显然不是桥梁的身影。虽然没有足够的证据，我们还是从小就将藏在钢铁丛林中间的这个影子当成一列正在桥上飞驰的火车。同样也是没有证据，我们非要认为父母们的笑意中，与弟弟相关的成分只是由于不得不抱着他，其余的全都献给身后这座象征着那个时期精神与物质生活的庞然大物。

中国文化中有物竞天择、顺其自然之学说。在日常现实当中，除了那些多得不能再多的逆来顺受，以及发展下去就会关系到自身的事情面前，保持一种只管自家门前雪不顾别人瓦上霜的装聋作哑、掩耳盗铃姿态，真正具有天然特征的便是那些俨然因时因地随口取得的人名和地名。这座桥建在长江之上，由于地点是在武汉城区之内，将其叫作武汉长江大桥是任何人都能想到，不会产生丁点惊艳效果的下意识的事情。

纵观我们的历史人文，仅从那些普遍习惯的姓名上就能体会到一些带有教义色彩的纪念词。譬如"唐"的使用，譬如"汉"的流行，譬如国内政权在一九四九年发生重大更迭后让许许多多的人取名为"国庆"与"解放"。万里长江上的第一座大桥是一九五八年建成的。也是那一年出生的弟弟，与太多的同龄人一样，被父母们情不自禁地取了一个与这座桥相关的名字。

一九九四年前后，武汉这座城市在迫不及待的现代化进程中，有过不肯顾及个人隐私的短暂时期。那一阵，不管愿意还是不愿意，只要交钱安装住宅电话，其电话号码必定会被公开在那本厚厚的黄皮书中。少数提前意识到隐私权受到侵犯的人，也只能无可奈何地羡慕那些拥有汉桥、大桥、新桥及美桥、艳桥、爱桥等名字的人，还酸酸地说，那些人的父母大人太有先见之明。当年出版的电话号码簿，让人叹为观止的不是电信部门的蛮横霸道，而是其中动辄十几页和几十页地连接在一起同名同姓的那些人。一页接一页的"李汉桥""王汉桥""张汉桥"；一页接一页的"李大桥""王大桥""张大桥"；一页接一页的"李爱桥""王爱桥""张爱桥"，如此等等。电话号码簿上的百家姓中，所有姓氏里都有人在一九五八年之后，因为长江大桥的建成所产生的共鸣，而获得一个用"桥"作为后缀的名字。形容铺天盖地有些夸张，只说漫山遍野又有点不到位，电话号码簿上那些连绵不绝的相同名字汇聚到一起后，平添一种大隐隐于市的味道，反倒将个人隐私置于更加秘密的迷魂阵中。

在没有长江大桥之前，武汉是一座不完整的城市。由于大江大水的关系，管治这座城市的政治机器总要比别处多一层复杂。十四年抗战之初，民众所呐喊的"保卫大武汉"也只是一种泛地理称谓。一九五一年之前的武汉，多数时候只是一种概念。而作为一座城市，它一直在时废时存中变迁。江南是武昌，江北为汉口，各有各的纵深，各有各的供给，这样的自然分治也是无话可说的。那一年，在欧洲小国斯洛伐克首都布拉迪斯拉发郊外的一条界河边，对岸的奥地利垂钓者一次次将鱼钩抛过河流的中间线，不用说我们的陪同，就连巡逻的边防军人也都熟视无睹。作为地球上屈指可数的河流，长江有将欧洲的全部界河加在一起也比之不足的理由，成为不同人群之间的天堑。如果没有一九五八年的桥，至少那个在一九五一年正式宣布成立的武汉市，也许依然要在存与废的历史选择中反复轮回。

从概念中的武汉，到实体中的武汉，其过程一如人之初信口叫来的大毛或小妹等名，慢慢过渡到正经八百所取的学名。乳名是非常具有亲和性的，然而人的生涯越往后，越是觉得它虚弱。而那些从乳名中生长出来的学名，才是相伴着酸甜苦辣直到终老的真实。由武昌、汉口和汉阳三镇联系而成的武汉，从来不乏名胜：知音琴台、白云黄鹤、清心东湖、禅意归元——哪一处不是诗画情浓、人文春秋。化入姓名的也都不绝如缕，却难比一梁一柱打造而成的那座大桥。

弟弟的名字与前面说过的那些略有不同。在他自立后的最初几年，曾经将自己的名字改了一半。父亲给他取的名字中也含有"桥"，那一阵他却在各种不同的书写背景下，将"桥"的前面那个怎么看都有嫌俗气的字，改写为与之谐音，但要文雅的另一个字。弟弟没有同我提起过为何要将自己的名字改一个字，也许是因为那个字太平凡、太普通。这也是我曾经的想法，那时候，我一直悄悄地认为父母亲是在媚着那个时代的意识形态之俗。

不晓得生活在这座城市中以桥为名字的那些人，是否像弟弟那样萌生过改名的念头。弟弟的修改尚且没有动摇他那名字的本意。如今的弟弟已到了连地震来临都能处变不惊的境界，当然不会再去为用了几十年的名字耗费脑力。就像任何一座桥的诞生，看上去是人对河流的超越与征服，其内心深处共鸣的反而是人对自然的顿悟与臣服。也只有这样去想，才能明白为何武汉城市中人不理古典、独尊新桥，实在是因为这座桥是长久以来人们心中普遍存在的一个情结。

一如日常当中大家最爱说的，人一旦犯了桃花劫，绝对没有躲避的可能。被长江所阻隔是武汉的天命。对一座城市的四分五裂，何尝不是一段婚姻的分崩离析！当然，命运又用一种解释说，桃花劫虽然不可避免，却有可能化解为桃花运。如此就能将生死之劫因势利导地变化为不会伤及身家根本的情爱之运。武汉的流水上从来不会有桃花汛，那些远来的花瓣早早就被远处的波涛吞没了。作为城市的武汉，它将越来越多的二桥、三桥、四桥、五桥……直到现在正在建的该是排到两位数的桥，当成了这大江之上流不走的桃花。所以，不管这联想是不是太牵强，桥的出现，让城市的地理劫难真实地化解为一种可爱的时运。

武汉 ◎ 城市的故乡

只身来到城市已经十五个月了。

十五个月时间不算短，特别是到了这种不惑之际，生命已不会有太多的十五个月了，通常的人会抓紧时机去适应一切应该适应的，以求早日做到水乳交融。具体到我这种情形，那就是早日做一个城里人。

当我远离那让我心灵滴血、魂魄出窍的地方，来到城市以后，我以为自己会脱胎换骨再现那个轻松活泼行止自如的往昔。可是，十五个月后，我忽然发现自己的情绪没有了，既没有好情绪，也没有坏情绪。当然，这并不等于说我在这座城市里没有欢乐过，没有悲伤过，只是这欢乐与悲伤全与城市无关。城市里发生的一切仿佛同我全无关系，什么道路堵塞，大厦落成，一处处的大排档，一盏盏的红绿灯，在我的日常生活里怎么也溅不起半圈涟漪。十五个月当中，我只进了一次歌舞厅，那地方叫"青鸟"，是单位办公室的一位副主任见我一个人过得孤零零的便硬拖我去玩了一夜。其实好心人并不知我的心境，舞厅里的沙发于我真像是一只老虎凳，待到九点半钟，厅内灯一黑，我猛地起身躲进洗手间，整整一曲《弗斯》都没出来，直到灯色大明。我后来一直不明白自己为什么这么做，这样躲避的是什么！

四月初，我一个人登上江汉20号轮开启了长江之旅。夜深时分，独立在甲板上，看那两岸零星的灯火时，忽然想到一座城市到底湮没了多少人呢？看着无边无际的黑色，我竟一点也不觉得孤单，仿佛一切都可以来与自己做伴，一切可以做伴的都是那么亲切熟悉。

然而，眼下一切的熟悉又都那么遥远。城市的房子也是方的，城市的人也是两只眼睛两条腿，城市的蔬菜瓜果也是地里长出来的，我怎么去理解，滋味也依然是一样两般。

从外地返回，匆匆赶到二桥工地采访，那天中午，朋友约我到天兴洲去散散心。关于天兴洲上的寻根园，他向我作过多次描述，我答应过他要去的。待真的去了，才发觉自己其实应该早点来。

的确，那一顶顶白色的帐篷散布在绿草如茵的江滩上，远远近近没有一处斧凿的痕迹，一切都点缀在自然之中，而自然又在这点缀中升华出一种引诱几分向往。寻根园的创造者是位根雕艺术家，作品拿过许多大奖，在他的下一步计划里，天兴洲上将要建立一座农业博物馆，收藏起乡村里已被淘汰的水车和油榨等方方面面的实物，既供参观，又可现场操作。甚至还辟出一块田地，置以老牛、旧犁和斗笠、蓑衣等物，让久居城市的人亲手操作一回犁耙，尝尝农夫滋味。

后来我想,这大约是我在城市里最高兴的一天,也是第一次把许多想法与城市连在一起的一天。

十五个月里,我至少有十个月是在城市以外度过。剩下的五个月,我也是身在曹营心在汉,总想着往乡下跑,却不知城市里竟有天兴洲这么个好去处。

有一次,我上武汉商场购物,在物欲与男女的潮流间,忽然听到一种音乐,是萨克斯管吹出来的,舒缓、悠长、平实而无半点奢侈浮华,我一下子震住了,站在那儿半天没动,直到曲终。其间,城市的一切仿佛都不见了,只有弥漫天际的深沉与宁静的回忆。我曾在旅馆的电视里见过对这曲子的介绍,虽然只是几个乐句,但我一下子就记住了《归家》这个名字,它是克林顿在小石城当差时迷上的一位萨克斯手创作的,克林顿当了总统,特地邀请这位叫凯尼金的萨克斯手参加就职庆典。我不知道真正的城市人心中是否常有归家的感觉。如果没有,我想那可是太遗憾了。人的一万种情感感觉中,只有归家这一种是先天就有的,它的消退,往往预示着灵魂的失落。

朋友对我说,一位哲人说过,自然是人类的故乡。我理解上千名大学生在寻根园的那片江滩上彻夜狂欢的心境,在自然之家里,没有什么来压抑谁。如果天兴洲上有"弗斯",我想我不会再逃避的。对于这座城市来说,唯有天兴洲才是属于我的。

武汉 ◎ 城市的浪漫

资料里说，我所居住的城市武汉有一百几十座湖泊，可是现在能统计出来的只剩下二十几座了。守着一条十万年也不用愁它会没了的长江，有得水喝有得澡洗，很多年里我们浑然不觉它存在的意义，直到一九九八年那场大洪水铺天盖地而来时，大家才突然想起湖泊的好处。可那么多的湖泊竟然不见了，连一片水洼一丝雾气也没留下。洪水涌上街头，使汽车在浊浪中飘浮成船舶，使大街在儿童的戏水中异化为游泳场。回想起来，湖泊的消失曾有一个较长的过程，因为久了也就司空见惯，甚至还没等到它消失，就不大记得它波光粼粼的样子，以为它本来就是这般模样。湖泊毕竟不是自己家的水盆水桶，什么时候丢失了，心里都有数。花多大价钱，去何处重新买回也心中有数。湖泊变成历史资料、变成由一座座高楼垒起的碑记深处的往事，我们才想起来，然后开始寻找造成湖泊丢失的原由和肇事者。

实际上丢失湖泊的事主是我们每个人，因为湖泊事关每个人的性情。

没有湖泊的城市性情总难天成。就像日常里见到的一些女子，文细了眉的妩媚，搽厚了唇的炽热，填高了胸的丰满，见着了也能心动。城市失去水色以后，宛若一个五年病龄的萎缩性胃炎患者，只能在朦朦胧胧、恍恍惚惚的夜色中假借着霓虹，掩饰光天化日之下的焦黄与土灰。用酒吧，用迪厅，用多星级的酒店咖啡，用比云彩色调还夸张的衣袂裙带，还有长街马路上视人群为无物的长吻，硬生生地撑起点缀起城市时空的浪漫。城市固执地用钢铁、沙石和水泥不断地膨胀着自身，千姿百态的湖泊被挤压成一条下水道加上一条自来水管，以此作为自己的血脉和肠道，那本该昂扬的精神气韵，也被溶解在这些锈蚀斑斑潮湿的空间里。这样的无奈，决定了城市必须一刻不停地进行粉饰，以此来脱胎换骨。在电光人气的感染下，城市仿佛真的风流倜傥起来。我们都不喜欢矫情，可我们时常不能分辨这种东西，总是将它当作了真情。霓虹灯下的美丽其实很靠不住，它不是真实的，充其量不过是在暴发的物质基础上的奢侈。

从远古进化而来的条件，决定了人的基因里永远包含着对水的依恋。城市的初始，何曾远离过河流湖泊！城市壮大了，人的雄心也起来了，湖泊再大再秀丽，也只能乘上白云黄鹤缥缈西去。幸亏东湖比人的雄心大，也幸亏还有一条更大的长江，这座名叫武汉的城市才不至于彻底地失去迷人的神采，以及那些能焕发出浪漫风情的神经末梢。也许还因为这些江湖太出众了，最愚蠢呆笨的人都能感受到它那神韵的不可替代，从而将其改造山河的巨手挥向了别处。

一座西湖让杭州城的古今完全沉浸在著名诗画里，一座东湖更让武汉三镇的英姿横空出世。曾有从西安来的一位朋友面对着我们的东湖，就像我们面对大海一样喃喃地说："这哪里是湖，分明是海嘛！"那一刻里我很惊慌，如果没有东湖，别人还会为这座城市惊叹吗？在香港，我曾经在不同的光艳下数度长时间地打量着那闻名于世的浅水湾。最终的结论只有一个：真正动人的是那一湾多彩多姿的海水。水的浩荡壮阔，让城市总在引以为傲的那些矫情的东西变得微不足道，仿佛虚化了，林林总总的建筑物看不大清楚时，反而获得了它本来没有的灵魂，使得那只是为了扩大消费的浪漫城市，变成了能够驱动精神的城市浪漫。在浅水湾、在西湖，我都曾遐想，如果城市的湖泊没有消失，一处处的浅水湾也许就在我们的街头巷尾。在没有湖泊的城市里，女人往身上喷洒再多的香水也闻不到自己的芬芳，她们想不通，香港流行的品牌为何在自己身上不吃香，她们朝思暮想遥望南方，就是没想到宽阔水面升腾起来的甘露是香水必不可少的催化剂。

一座湖泊是城市的一双秀目！

一座湖泊是城市的一窝笑靥！

一座湖泊是城市的一只美脐！

对于城市，湖泊是一封永远也读不够，越读越不懂，越读越深情的情书。一九九八年夏天，我在大连遇上一场空难，从破碎的麦道飞机里再生一样逃脱性命，内心深处的阴影让自己的目光看着哪儿都是可能的陷阱，举手投足之际虽然胆不战心不惊，却也离此不远。那样的时刻，朋友们拉上我去了远郊的道观河水库。多少年没有见过这么好的水，蓝处像蓝，绿处像绿，纯洁就是纯洁，情愫就是情愫！水面很宽，那天早上，船将我们载了几里后，一群男人打赌看谁能游回去。突然之间我站起来扒光了衣服，在众人的一片拦阻中，越过船头跃入水中。后来，我一直在想到底是谁驱使我如此冲动！大湖大水于我而言已是久远的感觉了，很多次在遥望它们时我甚至认为自己已经不太可能有横渡的能力了。事实是我并没有太为难自己就做到了。独自从岸边的水里站起来，心中的阴影已经不见了，回望那已成彼岸的模糊景物，蓦然觉得从此什么样的艰难险阻也挡不住自己。水性的一切太有魅力了，城市也是如此，有了湖泊作为灵气，千里万里、千载万载也有人潮奔涌而来。为水而去的人，水最终会送给他一世绝代的情缘。

浪漫本是生命体之间互为区别的光彩之处，城市物化的遮蔽，消退了它的本色。一群群人行走在高楼与大街之间，无论怎样的特立独行也还是各类人在各自环境中的角色出演，所有的洒脱早就在这类角色的确定之中。只不过有了某种法则的规范，但凡在这合适的空间里，明里抛一个媚眼，暗中赴一个约会，就都被归在浪漫的范畴里，让浪漫成为一个冠冕堂皇的借口与托词。回头再看那位用诗的意境来设计一个国度的毛泽东先生，对长江的十二次横渡，何止是极目楚天舒！在那些被江水浸泡的时间里，只有将他认作一位浪漫王子，才能从道理上说得过去。这一点正是他从此不被人忘记、不被人混淆的地方。在阳台上听渔舟唱晚，出门数步就能凭着江涛闲庭信步。城市生活里应该重现往日湖泊的辉煌！不只是为了在洪水来时帮忙多蓄几场渍水，湖泊的清凉正可以平息城市虚火，抹去躁动，扬起真性情。好水如天命，面对水，人能感应到过去未来的真实与预兆，并将生命的底蕴焕发出来，这时，灵魂里的浪漫就可以同城市交融在一起。那样的城市会很动人，当然，那样的灵魂更动人。

武汉 ◎ 城市的潇洒

我喜欢水的浪漫。

这样说，并不是因为我性格独特。其实每个人都对水抱有特别的心情，喜欢只是这心情的一部分，还有许多其他的因素，使水对人来说比喜欢更为要紧。譬如，水可以化解内心的恐惧。一九九八年夏天的那场空难，让我在一段时间里哪怕是一点点的意外，也会在内心里觉得分外惶恐。后来，我同朋友一道去道观河，在那青山下的碧水里，颠倒日月地畅游了几天，早中晚都去那水里面泡着，甚至出乎所有人意料地横渡了别人打赌都没有游到彼岸的水面。那被恢复和唤醒的生命潜能，不仅让我从此摆脱了灾难的阴影，而且还有了对自己从来未有过的信心，以及为达到心中的目标而呈现出来的巨大力量。因此，在几乎完全物化的城市里，我又找到了一种可能的浪漫。

浪漫本是生命个体之间最明显的区别，在现时，它已被世俗打磨而失去了光彩，时常被人当成某种灰不拉叽的可笑的东西，认为它是生活中的阑尾，去掉更省事。否则，便有可能在某日某时引发某种灾变。正是这种光彩的消退，才使得城市的大楼与大街上总有一群群的人，一眼望去，很难见到谁的独立性和自由自在的潇洒。见到的常常是人在环境中所扮演的角色，一切出演都是在这角色的确定之中，仿佛规定了某种法则，只有在合乎这规则的空间里，抛一个媚眼，说一句俏皮话，偷偷地去赴一个约会，还有硬撑着请谁去一家多星的酒店喝杯咖啡，以此等等作为常言里的潇洒，弥补没有浪漫的空缺。然而就人的心境来讲，这些都只是边角料。在衣冠楚楚、真假斯文难辨的城市里，那样做了一万次，也不如到游泳池里扑腾一回。来城市五个年头了，我也是在去年夏天才体会到这一点。老实说，我以前不喜欢游泳池，认为它总比不了小时候放纵自己的那些大河大湖大水库。当偶尔去了一次后，我才忽然发现，尽管池水中太拥挤，但它是城市中最能让生命自在地漂泊、自由地沉浮的地方。

不久前的一场雪后，为拍一个电视专题，我去了正银游泳馆。在那温暖的水中，我的确享受了来到城市后最让我难忘的一次消费。那种感觉是如此之好，总让我舍不得从池中爬起来，非得电视台的那帮朋友大声吼叫才行。更加妙不可言的是，那一群游泳训练的小孩，当其中两个被教练从水中拉起来，手把手帮他们解开小裤衩在排水沟里撒尿时，我忍不住大笑起来。后来，我来到池边，问他们多大，属什么的，在"羊、鸡、猪、猴"的回答后，一个小孩非常认真地从远处游过来对我说，他是属猫的。这时，我没笑，反而问他们中有没有属鸭子的，他们一个个都认真地摇摇头。后来，我问自己，那么开心的时候为什么不笑。还好这时，朋友给我打来电话，听我说了几句就肯定地对我说，这是认识我以后我最开心的时刻。或许真的是这样，我能像那帮几岁的小孩一样开心就行，为什么要笑哩！那一刻，我有了是他们中一员的感觉，一个成年人能突然回到童年，天下还有什么比这更浪漫的！在他们之中，也许我才是属猫的！可这并不要紧！褪尽伪饰的衣衫，将一切置之度外，只将水作为依托与依赖，这是多么的纯洁。在我的眼光中，池中的七旬老翁竟然与黄牙小孩没有丝毫区别，因为这时能见到的唯有真实的生命。而且那生命是一个个的！水给了他们毫无拘束的自由，一切邪念、歪念、杂念，在水里都被消解了。只有在这样的背景下，城市才有真正的浪漫，浪漫也才会有它真正的意义。这大概也是有湖有江有河的城市总有深一层魅力的原因。

武汉 ◎ 城市的忧郁

毫无疑问，江汉关浓缩了这座城市的沧桑。这种定义首先来自心里那份对于现在少被人提起的作家姜天民忧郁的纪念。

那时我还在小城黄州，到武汉来的次数有限。虽然鳞次栉比的高大建筑会不时从眼里心中经过，但是除了偶尔在话题中出现，就连江汉关这样的名楼，也不过是一幢幢房子中的又一幢而已。一九九〇年早春时节下了一场大雪，我从姜天民家里出来，他一路送别，直到江汉关下。在雪色黄昏中，他突然伸出手要同我握别，并出乎意料地对我说了声："醒龙再见。"多年的交往中，我们之间一直保持着一种淡泊的友情，就像一座雄踞的江汉关面对一条漂流的扬子江，对聚散都不在意。我走进过江码头，回头就不见他的身影，没过多久，这位才华横溢的兄长一样的朋友突然病逝在医院病房里。从那开始，江汉关黑黝黝的模样便深深地刻进我的脑里。只要一见到它便情不自禁地想起心中那位永远的朋友。

在城市，一座建筑是很难成为永恒的。它不比一座山一面海，是自然的宠物，自然从一开始就给了它太多的灵秀。在崇尚时尚的城市里，一座建筑要想长久地被人纪念是何其之难。城市的建筑无法同山峰一样在岁月里经霜历雪变得越来越有魅力，除非它在某一时期同一定历史和一定人群的命运交织在一起。就像江汉关。与姜天民的最后一别只是这座建筑在见证当代世情，诸多事件中的一次。其实那时候路旁还有树，还有车，还有通向江河大海的码头，但江汉关用它的沉重与凝固超越了四周的一切而在时光的长河中拔地而起。当年英国人绝对没想到，他们用欧罗巴风格与中国石料构建并寄予帝国梦想的城市建筑，会在多年后成为某个武汉人心中记载日常人生的一种平常的标志。一九四五年深秋，一位名叫李西屏的老人带着一家人挤在从重庆返乡的难民中，于船头遥遥望见江汉关上的钟楼时，忍不住清泪长流。多年战乱之后，江汉关已成了人们心中的一种期盼与象征。

从老人的泪水洒向江汉关的那一刻开始，到姜天民在寒风中对世界所说的那声再见，这座当年由侵略者建筑的高楼，后来的意义已大不相同。它不再仅仅是历史的某个部分，而是这座城市所有愿意和不愿意与它结下情缘的人们生活中的一部分。面对我们的凝望，江汉关沧桑的面容上皱起许多忧郁。相比于城市那些新耸起的大厦所表现出来的轻松流畅，江汉关今天存在的意义比昨天更加突出，或者更加让人亲近。城市不应处处都在繁华中，那会让人的情感变得贫乏和浅薄。江汉关在我们的生平里，是从给我们带来灾难开始的。现在我们却在感受它忧郁的韵味，这种忧郁将丰富我们的情感生活。也许这就是人总会在面对这座苍老的建筑时，情不自禁地说出诸如再见之类的谶语的根由。

武汉 ◎ 城市的心事

城市几乎收留了它四周各色美好的女子。这让城市早熟了许多。于是一个才五岁的小男孩从幼儿园回到家里，瞅着自己的母亲冷不防说妈妈没有他们幼儿园里的一个小女孩温柔。小男孩率真的表述，其实是天下男人共同的想法，女子美不美，第一要素是温柔。尚不能熟谙男女之别的孩子都有如此念头，何况那些饱经沧桑的男人。说女子不温柔，对女子来说是最能让自己胆寒的。

天下风情万种，以水的姿色最为动人；自然界伟力众多，同样以滴石可穿的水为最难抵挡。女人一温柔起来，男人便像夏日里身心融入清凉的池塘。这时候，女子看似风中杨柳轻飏，哪怕垂在鼻子上面也可以不去在意，实际上已在不知不觉中征服了男人。温柔对于女子，是所有美丽的源头。在绳圈里英姿搏杀的女拳手，就算她已具备可以同男性媲美的相对力量，但在绝对力量上，她远不及那些在"T"形台上款款地走着猫步的女子。那样的女子，不去与谁强硬相向，不去用牙齿和血肉争取自己的地位，腰肢一摇，便如太极高手那样，让人还不知自己身在哪里，心已先臣服了。弯弯的柳眉是精美的古典，飘飘的长发是神韵的现代，软语轻声实则是升华男人的粗犷，小鸟依人才使得男人有了无限的天空。一段温柔是人生中最有力的支撑。谁能忘记邻家那个凭窗临风时读着书的女子，她不看人，人早已随着书中古今一道伤悲与快乐；谁能忘记当年那位偶然来借墨水的女同学脉脉含情的眼光，她不开口，一支拧开的钢笔帽，像是难得张开的红唇，无言的话语盈满了胸膛；谁能忘记会在办公室角落里用背影对人轻轻微笑的安宁女子；谁能忘记两脚紧并在街头站台上，静静地等着公共汽车的洁白女子；谁能忘记电影院里最后一个起身离座，眸子里仍是一片水湾的黑衣女子——

女子的力量出自她的没有力量。

女子看似软弱之际实则是其最强大的时候。

女子是用纤细来温馨、来自成辉煌。

形单影只柔弱无助的女子最能征服男人。很多时候明知那是一个温柔的陷阱，男人仍然会义无反顾地跳进去。温柔的魅力是林间蛛丝织成的八阵图，也只有这些才能系住男人的翅膀。英雄难过美人关，坐守这些关隘的就是那些柔情如水的女子。譬如虞姬，譬如貂蝉。西施用其纤弱复兴了古越国，杨玉环用其丰腴几近葬送了泱泱大唐，王昭君的泪珠可以化作香溪里让人惊艳的桃花鱼。无论读史还是诵今，从来只有温柔的女子才能沉鱼落雁、倾国倾城。

男人向往情缘时，哪怕最焦渴，也绝对消受不起、欣赏不了女子的尖锐与刚烈。这一点是男人的天性，任谁感慨不公也没有用。只要世界还有性别之分，男人就只会偏爱温柔的女子。女子千万别指望在哪天早上醒来，男人已变得大度，可以一视同仁地将天下不同性格的女子全都像温柔一样礼遇，更别轻信男人能够包容一切许诺。女子过于张扬自己，哪怕是真心爱过她的男人，有一天也会突然像雄狮那样怒吼一通，或是像从冬眠中醒来的黑熊一样默默扭头，从此一去不返。

是不是淑女，是淑女的又该符合哪些条件，男人并不去认真关心。男人要的是第一眼碰上的女子能让自己怦然心动，能让自己魂不守舍、心不在焉，最终再加上惊心动魄更好。只有心怀功利的人才会去问一个女子的学历如何，是否有家学家修，是否门当户对。面对女子从身心里流淌出来的爱河，男人开始会由衷地欣赏她的一切，包括她的学识、她的见解和她的执拗。可是用不了多久，男人就会不喜欢她的学识、不屑于她的见解和不耐烦她的执拗。男人在经历这一变化时，后来的模样并不是对先前的虚伪。男人就是这样，说是德性也好、品行也好、属性也好，他们在开始时是真诚的，那些热情和浪漫也让他们将自己夸张了许多，但这些不是他们的错。当然也不是女子的错。产生这种错误的是那种被称作情感的东西。男人后来的变化也是真诚的，因为他们本来就是这样的。他们这样做只是还其本来面目。淑女不淑女，对于男人来说只是一个话题，偏偏这种话题又是女子喜欢听的，所以男人从不在男人面前谈女子成为淑女的必备条件，男人就会将那些理想的玫瑰色彩大把大把地在女子面前炫耀，好像对女子的评判标准越高，就越能显示出自己的高贵。女子不明事理，以为男人真的服气那一二三四条，到头来女子比男人更关心自己做到哪个份上才能晋升为淑女。实际上，淑女早就是女子们相互攀比的一种古老的时尚。

不用去引经据典，也不用去分辨事理，就从生活中看，从现状中说，对女子，天下男人实在的想法从来就没有变化，美好不美好，就看她是否温柔贤惠，是否善解人意。至于身材相貌，那是燕瘦环肥各人有各人的喜好。天下众多明星女子有几个能够称得上是淑女？她们风骚十足，不怕红杏出墙，不怕春光外泄，人们茶余饭后尽是她们的韵事风流。但是这些丝毫也不妨碍她们成为千万男人的梦中情人，就因为她们能将女子最基本的东西做得最有质量。除去最基本的，男人其余的赞美与追寻都是靠不住的理想。面对现实，理想无法不苍白。男人想归想，做起来还是依靠率真的本性行事。他们嘴里说着淑女，心里想的又是一样境地，等到要将谁拥入怀抱时，最要紧的已是对方嘴唇的质感、胸脯的坚挺等一些非常具体的非常实在的问题。

男人的情绪终归要有一个归宿，要站在地上、坐在凳上和躺在床上，要将理想中的诗意，变成一个个坚实的感受，要酣畅淋漓、赏心悦目和如胶似漆。从来没有哪个男人会因苦苦等待淑女的出现而错过年华，也没有哪个男人痴痴呆呆地要将自己的女子，改造成心目中曾经的淑女。话说淑女，是男人蠢蠢欲动的苗头，是男人纵使不能朝三暮四，也决不肯恬淡寂寞的最后的挣扎。对淑女的一代又一代的追究，只是男人们在洞知自己所爱所处的女子有种种不足之后的又一次奢望。

所以，淑女是什么，基本与女子无关，丢开哲学和逻辑后它只是城市的又一件心事。

杭州 ◎ **给少女曹娥的短信**

当我下了从武汉开来的火车,才知道杭州当地也是一样的春寒料峭。我看看时间还早,便去西湖边的楼外楼,顶着寒风中的利刃,喝了一杯茶馆老板信誓旦旦保证正宗的龙井茶,才又启程。刚过绍兴,就到上虞。晚餐时,一群人依次围坐在一起,熟悉的少,陌生的多,大家都用自己想到的主题说话,留下许多断断续续的空隙,使我正好可以借助手机短信,与在一个连做梦都会浸泡在吴越文化里的朋友聊了起来。我觉得自己新涉足的这块土地应该是她熟悉的。这时候是这一天的十七点三十五分。

我:这儿哪条河最美?

她:曹娥江的某一段。

我:任何一段吗?

她:记不清了。离上虞宾馆不远。

我:好,我正在此。

她：如果下雨，就别去。别进庙，那会倒胃口。看你运气，能否遇到熟知传说的老人。别张嘴，用心听河水流淌，会有感悟的。一路走去吧。

我：穿一件黑风衣。

她．曹娥投江时穿一袭白衣。

我：我刚听说江上这时不涨潮。

她：当时也没涨潮，就在身上绑了一块石板。

我：别说了，我会醉在江上，解那千年之愁。

她：也好，醉了可以梦见你想见的投江人，听她何言。

我：我正饮着女儿红哩。我要多饮一杯了。

她：买一坛带回家，埋在银杏树下，女儿出嫁时开封，于是女儿得好运。

我：我最不想听的就是这话。难道你也不知，女儿是父亲前世的情人？

她：情人不是丈夫，你做你的情人，她嫁她的丈夫，两不误。

我：难怪如今洋人也不懂中国女人了，伤感伤心伤透心。

她：把你的泪水洒进曹娥江吧。

我：不，打落牙齿往肚里吞。

她：我怎么能不理解你？我离婚时，老爸说了一个字，你能猜出来是哪个字吗？

我：别让我猜了，情的事，最简单，也最复杂。

她：大笨蛋。

我：我不信父亲会这样说自己的女儿。

她：我老爸说的一个字是好。大笨蛋指你。

我：哈哈，其实父亲永远是女儿最爱的笨蛋。

她：这话应该倒过来说吧。每次看你的短信就发闷，这么笨，还说自己是作家。

我：作家不假，但不是最时髦的手机短信作家。

她：短则如此，长也罢了。开玩笑喽，不许生气。

我：没，从有了女儿后，我就没有生过女孩子的气。

她：我要是与你共进晚餐的人，定会气晕，哪里是喝酒，分明是吃手机。

我：内存小速度慢的手机就是菜。

她：那就是说，谁跟你聊天，谁倒霉喽？

我：是呀，我们那里二十年没下冻雨，今年下了，将梅树冻倒不少。

她：打错了吧，看不懂哦！

我：就是说，人笨手机也笨。

此刻，饭局已经散了，一群人正走向某座茶楼。江南小城的雨夜格外幽静。我从已发信息中找出"曹娥投江时穿一袭白衣"这句话，看着它不断地在一半黑一半灰的索爱T618荧屏上闪烁，心里有了一种介于感动和震动之间的情愫。来自头顶的江南雨，声音很熟悉，溅在肌肤上的感觉也是那习惯中的冰凉。天气很冷很冷，是那种北方人闻之色变的典型的湿冷，出了门就像钻进冰窖里。对于一向身在南方的我，几乎一切都是十分熟悉的，唯有心里丛生了许多陌生。小城的夜生活非常火热，跳跃的霓虹灯，同时尚音乐一道炫耀夺目、到处飘扬。待到天亮后，才赫然发现那条从手机短信流入心中的曹娥江，就在昨夜路过的高楼底下。

几乎是在目睹这条江的第一个瞬间，我就对事关这条江的传说萌生了一个天大的疑惑，或者说是颠覆性的诘难。曹娥之于那些一代代轮回的历史，一代代重复的传说，爱、独立、自由，如此人生三大价值标准从何体现？都说蔡邕曾专程来此地拜谒少女曹娥之碑，可读遍史书，也只见到这位东汉末年著名文学家仅以两句谜语形容其碑文是绝妙好辞；后来的李白，寻迹而来后，留诗存证，如有沉吟只与前朝才子的黄绢谜语相关，其余文字全是嬉笑读之。孤傲狂放的李白这样做用不着多说，蔡邕则不同，他敢于不顾天子强令拒绝晋京，并借一篇《述行赋》，抒发对豪门奢华，民间疾苦的贫富两极境况的满腔郁愤，使自己的文品，从习惯歌功颂德的汉赋中独立出来。所以，当蔡邕都不肯具体对少女曹娥进行评说，仅凭一些替官府和朝廷做事的人在那里高声吆喝，我作为后来者，理所当然地要想一想其中奥秘与玄机。

我不是独自约会曹娥江。

也没有一步一步走着去。

因为明了历史的沉重，因为懂得既往先哲前贤的不语，越是身在人群，越能清晰地听见孤零零激荡江涛的脚步声。或许是此时此刻的我在行走，或许根本与我无关，而是少女曹娥，被从内陆深处席卷而来的风风雨雨,被从杭州海湾呼啸着涌来的大潮大水,肆意戏谑,进不能进,退不能退,求生不得,求死不能的痛苦徘徊。

十四岁的少女年年都会有。一年一年的曹娥,不知活了多少个十四岁。相隔几乎有两千年,若不生出多一种的思想,我们将会愧对浩如烟海的逝水。柔弱细小的曹娥,赴死的方式并非与众不同,有江河的地方,有海洋的地方,有湖泊的地方,总也断不了因一念之差而投身水底以求解脱的男男女女,还有那一头扎进水缸将自己淹死的人,他们在面临人生本质的分野时,最终抉择只是大同小异于曹娥。偏偏只有曹娥的日常琐碎人生,一改世俗的善,一改世俗的美,一夜之间便升华为非神即圣。

一条江,长久以来并无改变,高山之上渺小的源起,大海之滨壮阔的总汇,还有那每一缕清流带来的滋润,每一朵浪潮涌起的富庶,任凭烟飞烟灭、云聚云散,总也是人生常恨、水常东。能被人来人往所改变的唯有名字。在舜的时代,这一带由青山舞动的绿水叫作舜江。舜之前,人们如何给它起称号呢?一定是有的,只是后来者不知道。某个时期的文化断裂,既剥夺了向后的历史,又虚化了往前的认知。就这条江而论,了解的、记得的、可思可想的,仅仅才几千年,然而,与生命共舞的每一条江,最不缺少的就是几十万年、几百万年、几千万年的漫漫过程!之所以一代代贤人大士披肝沥胆、冥思苦想,到头来一如在海涂上,每有寻获,无不是一只只貌似美丽的泥螺,就在于看不到的东西太多太多。

从此江名到彼江名,貌似水到渠成画龙点睛,一旦眯起双眼,锁上眉头往深处看，忧国忧民的舜，何以摇身化为唯独以人伦之孝为至上的曹娥？传说也好，祭奠也罢，那些假借这条江的名义，突然变得可疑起来。

生于公元一三〇年的少女曹娥，一定不是貌若天仙，如有羞花闭月、沉鱼落雁的本钱，就不会在十四岁时依然只是一个专事祭祀巫师的女儿，而会被地方官作为贡品，趁着尚无梁祝那样的爱情打扰，绝对保有纯洁之情、黄花之身，及时地进贡给东汉顺帝刘保，成为众多皇妃或宫女中的一员。那么，父亲曹盱就不会在公元一四三年的农历端午节，一以贯之地在杭州湾大潮溯江而上之际，迎风击浪，仿效先期的楚国人对不朽诗人及落泊官员屈原的纪念，祭祀在生是吴越忠臣，死后被奉为潮神的伍子胥和文种，祈求他们保佑一方平安。普通得不能再普通的少女曹娥，后来肯定像从南到北所有呼天抢地的女子那样，将早已生死两茫茫的前朝大臣骂得狗血喷头：两个破老头，还被奉为神明，为何这般不知好歹！人性不灭！人伦不绝！一千九百年前的少女曹娥，在那不见任何预兆的灾难中，哪堪忍受无与伦比的丧父之痛！怀着巴结与敬仰之心的曹盱在江上击鼓放鞭，载歌载舞，敬上一坛坛美酒，献出一头头家畜，被他宠坏了的潮神却疏于管束，听任用惊涛骇浪突兀地撞向船头，将只知父亲，不认巫师的少女曹娥的心一举击碎。

若要俏，需戴孝，哭成泪人儿的少女曹娥，其素其洁，如春开梨花、冬降瑞雪。朋友在手机发来的短信中，仿佛亲眼所见，不容置疑地说曹娥身穿一袭白衣。我也觉得无论如何不会错。纵使一个人身着蓝黑衣衫红绿裙袂，那流了十七天的眼泪，也会将其洗白洗白再洗白，直教一根根纱线露出最早包裹在棉铃里的本色。

十七天的时间，足够一个刚刚开始发育的少女，以每天二十二里的速度，将这条全长不过三百六十里的大江大河走得一寸不剩；十七天的时间，足够一个无依无靠的少女，将全身体液尽数化成泪水流出来，只留下那用一江春水也无法化开的浓烈的血性。在出海口驾船捕鱼的船夫哪能看不到、听不见？在出海口的滩涂上捡泥螺的赶海人哪能看不到、听不见？在左岸的沃土上耕耘的农夫哪能看不到、听不见？在右岸的树林里采杨梅的农妇哪能看不到、听不见？时至今日，在我所居住的城市里有一座闻名遐迩的长江公路桥，这些年来它不得不在无奈之中见证一个接一个的殉葬者。去年有一阵，一个星期之内就发生了三起。那一天，我坐车从江南赶往江北，曾经心惊肉跳地目睹了其中一起。那些人多是年轻者，只有年轻才能快捷地翻越栏杆，将自己的肉身悬挂在大浪淘沙，亦淘尽千古风流的大江之上，动作稍有迟缓，就有守桥的警察上来加以阻止。真正将自身化入波涛的人只是少数，在劝解者的真心相对之下，多数人会转过身来引领着系在游丝上的生命，重回只有一步之遥的阳光大道。少女曹娥给这条江上赫赫有名的巫师当女儿也不是一年半载，而她又不是貌若天仙躲进深闺不与平常人见面的女子，相貌平平，反而会被更多人认识。十四岁的少女大悲大恸时，三百六十里的大江两岸，竟然人人噤若寒蝉，是在心里害怕将巫师曹盱收去作了随从的潮神水怪，还是另有其他更加难以言表的原因？最大的可能是，没有人分出多一点的精力来照顾她。在出海口上捕鱼的船夫，一门心思全在退潮和涨潮之间，万一渔船搁浅了，不得不下海拉船时，麻烦可就大了。那些挖泥螺的人，每天太阳跃出海面之前就得来到海涂边，搭上渔船到海口一带去挖泥螺。在他们的头脑里，潮起潮落的时间必须准确掌握，不能有丝毫误差，否则，无情的潮水在淹没海涂的同时，会随手将他们葬身鱼腹。左岸上的农夫有理由为自己的庄稼赶季节，右岸上的杨梅女放心不在躲在树后的暴风骤雨。反正是，天地间顿时失去了关怀，山水中突然埋没了抚慰。女人不哭，天下就没有流眼泪的人了。少女曹娥又没有声明自己死也要同父亲曹盱在一起。一般情形下，那些舍不得亲人要寻短见的，熬不到第七天，挥之不去的念头便会成为真人真事。少女曹娥连托梦给别人，都不肯说出永别的意思。看见的人以为她再哭一阵，就该收起泪眼，慢慢地露出笑容来。一天比一天孤独的少女曹娥，放任内心悲伤不断膨胀，直到无以复加了，才纵身一跃，将自己的花季年华交付满江逝水。溺水身亡的人，沉在水底不会超过七日就会自行浮上水面。少女曹娥亦如期在第五天里，再次出现在这条江上。只可惜物是人非，含苞待放的少女，不得已换上另一番惨绝人寰的模样。都说她救了父亲，都说她救了父亲的尸体，都说她救了父亲并身背负父亲的尸体浮出水面。一经她所背弃的人间哄传，便绵延不绝地成这经典。

亦真亦假，少女曹娥之事，都属于她个人。凄美！壮美！苦美！他人说得越多越表明内心淤积着难以释怀的愧疚。那些听过少女曹娥泣血的人，如果在突然的良心发现后，假借神迹来稀释这类愧疚，对后人的感动与教化一定会更深刻。

因人伦而殉情赴死的事，都会在每个生生不息的家族中或迟或早地发生。那些只在家庭内部流传的，只要不与地方政治扯上关系，过不了多久，就只能成为一个夜来风雨声，花落知多少的情感之结。少女曹娥之死一开始也是这样。从公元一四三年到一五一年，八年时光，汉朝年号从汉安、建康、永嘉、本初、建和、和平到元嘉，一共换了七个。当朝天子在经过一而再，再而三的生死替换后，终于轮到史称桓帝的刘志。桓帝登上大位的第三个年头，在宫廷里当侍卫的度尚被派到此地当了上虞长。后来的志书上有说此人为官清正、深察民情。在那些溢美之词背后，可想而知的是他对当朝皇帝喜忧好恶等习性的稔熟。自古以来为官只有一条道，乌纱帽是谁给的就得时时刻刻惦记着谁。度尚是由京城外派的县官，当然就得做出一些让皇帝喜欢的政绩。那时候的地方官，千方百计要将自己治下的地方特产进献给皇上。记得老家一带就曾有贡橘、贡藕一说。至今还有人为当地极有名气的豆腐，当年无法千里迢迢送到京城，成为贡品而扼腕长叹。产于老家的中药桔梗，后被专门称为英桔或贡桔，也是得益于御医们给皇亲国戚开药方时的特殊写法。度尚对少女曹娥的所谓义举，是真感动还是伪感动，姑且继续存疑。他下车伊始，就将死去八年的少女曹娥上报朝廷，硬将也许根本就是三人成虎事件中的主角封为孝女。

都说伴君如伴虎，不是人精的人做不了皇帝侍卫。度尚连皇帝都不陪了，宁肯外放，表面上是找到一个青山绿水处，获得一份人生难得的逍遥。在传说中，少女曹娥赴死后的情形肯定不止一种，这是民间文化所决定的。既然曹盱祭潮仿效的是先楚之法，死去五天的曹娥还能在烟波浩渺中，与早她十七天死去的父亲相聚，一定是汨罗江上的神鱼跑来显灵了。神鱼能背着身高七尺的屈原，从汨罗江出发经洞庭湖，再溯长江而上，千里迢迢回到秭归老家，为死在同一条江里的两位骨肉亲人穿针引线，完全是举手之劳。这是可能性的第一种。其次，就该考虑龙的家族了，这条汇入杭州湾的大江，天造地设地归东海龙王节制。正是出门踏青的时节，龙王家的人信步走来，就会碰上在江涛深处挣扎的少女曹娥。如果是龙太子，不说就此开出情爱之花，只要将自己嘴里的夜明珠取出来让曹家父女含上一时半刻，那将是又一场以大悲开始、以大喜结局的天大好事。还有第三种可能，离江不远的大舜庙不是建在乌龟山上吗，少女曹娥投江的动静当然会惊醒这只正在打瞌睡的万年乌龟。说时迟，那时快，老乌龟一个翻身就将其接住，带回家中，再运用神力，将胆大包天地掠走曹盱，欲招这位多才多艺的男人为夫君的母螃蟹打得丢盔卸甲，乖乖地放了曹盱不说，还替曹盱变幻出一艘船，就是用这条江上所有的水堆成一座浪头也打不散它。这不是故弄玄虚，凡事只要超过日常人生范畴，就会在民间变化得无休无止，到头来，有多少爱说往事的老人，就会有多少怪异的传说。譬如屈原，在万里长江被称为三峡的那一段，其回归的传说就多得让人目不暇接美不胜收。上虞地界的这条江上，少女曹娥的传说只用八年时间就变得众口一词，毋须进行考究就能断定，是上虞长度尚的所作所为使然。

上虞长度尚在泥沙俱下的政治江河中弄潮，首先不会容忍东海龙王一家对少女曹娥做下任何事情，接下来势必要杜绝乌龟螃蟹与少女曹娥的所有关联。凡此种种，绝对不被允许。唯有让一个黄花少女，将一般人想不到更做不到的事情做出来，才能彰显皇恩浩荡，往上感动天地，向下教化愚民。在皇宫里的短暂生涯，让小小的上虞长明白了政治生活中大大的真理，即便后来的梁山伯与祝英台化蝶飞到他的任上也毫无用处，引不起半点兴趣。度尚亲眼目睹皇宫深似海，看上去皇帝威风八面、唯我独尊，背地里扇阴风、点鬼火手握一支狼毫笔也想弑君的大有人在，何况还有许多如狼似虎的大将军。

东汉王朝传到第四代时，皇帝大多是乳牙小儿，而且再也没有活过四十岁的。和帝刘肇，十岁即位，二十七岁死。殇帝刘隆，即位时刚满月，在位八个月就死了。安帝刘祜，十三岁继位，三十三岁驾崩。顺帝刘保登基时也才十二岁，在少女曹娥生命终止后的第三年就驾崩了，时年三十。继位的冲帝刘炳只有两岁出头，在位仅半年，临死之前还在找乳母的乳头。再继位的质帝刘缵，即位时满八岁，死的时候满九岁，也只有一年的天子命。轮到刘志出来称桓帝，从十五岁起，到上苍令他交出皇权，仍只有三十六岁。此后，刘宏十一岁称灵帝，三十三岁死；刘协九岁称献帝，只有他活到了五十四岁，然而，在三十九岁那年，东汉王朝被魏国取而代之。此后的刘协被贬到度尚的老家做了山阳公。

刘志看不到后来的事,此前的事情,他想不看都不行。冲帝嗦着乳母的乳头死去后,大臣们主张立年长有德的清河王刘蒜为帝。一人之下,万人之上的大将军梁冀却强行将年幼无知的刘缵立为质帝,做了桓帝的前任。童言无忌的质帝在召见群臣时,将一个刚刚学会的词语用到梁冀身上,称其为跋扈将军,梁冀便毫不手软地毒死这可能酿成后患的小小君王。又因为当时刘志正在和自己的小妹议婚,梁冀视那些又在嚷嚷要让刘蒜坐镇金銮宝殿的大臣为无物,独自拥立未来的妹夫为桓帝。在当时,朝廷上有梁冀的大妹妹梁太后临朝听政;后宫里,有新立的梁皇后颐指气使。梁家共有三个皇后、六个贵人、七个侯、两个大将军,其余卿、将、尹、校多达五十七人。度尚外放上虞的头一年,梁太后病故。桓帝亲政,可四方贡献,仍旧先冀后帝。

怀揣玉玺的桓帝刘志,想不心惊,也会肉跳。从皇宫侍卫到上虞长的度尚,不仅看得真切,还想得深远!黄袍加身的刘志,在金銮殿上苦苦支撑,江山还不见稳固。赶在这时候,献上死去八年的十四岁少女曹娥,绝对要远远胜过太湖和西湖两地官员,从一万个美女中,筛出一个眼睛会说话、细腰会唱歌的绝代佳人。事态发展完全在上虞长度尚的掌握之中,一天到晚担心有人篡位的桓帝,终于发现一个天下人的楷模:少女曹娥尚且晓得,哪怕死了自己,也要寻回父亲尸体,作为天地君亲师五位一体的中坚,更是神圣不可侵犯。诏书既下,有谁再敢与皇帝较真?在知根知底的人看来,任凭如何描述少女曹娥之死，总是不能复生的。金口玉言的皇帝哼一声，就使得川流不息几千年的舜江变成了曹娥江。本来嘛，大舜王当年如何做、如何不做，都是皇帝一个人的事，不需要天下众多的饮食男女操这份闲心，天地之间，除了皇帝，其他人都应该是顺民孝子。简单地说起来就是孝顺！孝顺！孝顺！

一口气扶了刘炳、刘缵、刘志三个儿皇帝的大将军梁冀，低估了年纪轻轻的桓帝，没有透过抬举少女曹娥的烟雾，分辨出那藏得极深的杀机，继续专横跋扈为所欲为，甚至连桓帝的宠妃梁贵人的母亲都敢暗杀。皇帝毕竟是皇帝，受够了窝囊气的桓帝，终于在一个夜晚调动一千多名御林军，包围梁府，诛杀近百人，凡是与梁家沾亲带故的官员尽数罢免。让天下人仿效少女曹娥的桓帝刘志，一口坐了二十一年江山，东汉时期，除了开国皇帝光武帝刘秀，就数他在位时间最长。

多年以后，才有一些用民间文化反对封建极权统治的人出现。他们让新近殉情而死的梁山泊、祝英台化成蝴蝶，美妙到极致、神奇到极限。在传说中皇权政治下的道德礼教被彻底边缘化，生活中无所不在的强权仿佛烟消云散。一江两岸的民间，在少女曹娥之死的前因后果中体现的文化传承与言论自由受到空前压制后，终于实现了对笼罩在头顶上的政治阴云的极度消减与巧妙颠覆。

写奏折的度尚，在想象这个故事的母本时是主动的。

读奏折的桓帝，在想象这个故事的母本时也是主动的。

他们不约而同地将少女曹娥的如此死法，与先楚的屈原自投汨罗江后，背其回返故土秭归的有灵神鱼紧密联系到一起。在皇帝眼里，神灵显现是莫大的吉相与喜兆，而发现神迹的下官自然功高至伟。下官之举，当然要投皇帝所好。再说时髦一点，上虞长度尚准确地揣测到皇帝的心思，将一件在自己任期前老早就发生的事恰到好处地变成了为官一任，造就一方的政绩工程。这才是真相，是本质，也是蔡邕和李白，只说碑文，不究事件的无可奈何花落去之根由。

二十四孝典籍中，开宗明义第一篇的《孝感天地》，记载了舜所受到的陷害。有一次，舜在深井里掏泥沙，父亲、继母和同父异母的弟弟竟然在上面倾倒大大小小的石块，即使砸不死也要将他活埋在井下。舜却命大，活着回来后，毫无记恨家人之意。如此等等，都是一些能让神鬼泣涕的非凡举止，所以，才能在后来被选为人皇，成为一代圣君。那条见证过舜与普通人一起或渔或耕的江，因为舜为江山社稷建立了丰功伟绩，而以舜的名字作了江的名字。十四岁的少女曹娥似乎超越了天下谁人不识的舜君，非要将舜江改名为曹娥江而后快。可是，受到历代帝王六次敕封，获有十二个褒扬封号的曹娥，并没有进入旧道德所传颂的二十四孝中，就连经过补充的三十六孝也没有她的位置。在两种典籍中，舜在成为帝君前的所作所为，全部排在首位，是那楷模中的楷模。

如果不认为曹娥江的出现，是那小小的上虞长挖空心思，用自己的伪政绩来取悦给他俸禄的皇朝，又能作何解释？那块导致蔡邕有谜，李白无诗的少女曹娥之碑，由度尚披露的来历也很难自圆其说。度尚将少女曹娥的尸骨挖起来重新厚葬时，曾令弟子、斯时少年才子邯郸淳为之撰写碑文。度尚又说，自己原本请的是当地著名学者魏朗，可魏朗被曹娥的盛名所累，担心文采有所不逮，自己才不得已让弟子出手应急，没想到魏朗拜读过邯郸淳的碑文后，一边大加赞赏，一边将其实早就写好的草稿点烧成灰烬。邯郸淳一路追随度尚来到上虞，所见所闻当然也是死后八年的少女曹娥，却敢一挥而就，百般叹息母亲早逝又失去父亲的少女曹娥，只忧虑今后该怎么活，对死却一点也不怕，还专门选了潮急浪高的时候投水寻父而去，大江之水载着她四处漂流。这样的孝女让许多人泣不成声，哀悼的人阻塞了一条条道路，好比当年的孟姜女哭倒长城，就连遥远的皇城都被这悲痛的场面惊动了。碑文写到此处，就将上虞长度尚大人的真正面目暴露了，他所要的就是惊动皇城的效果。生于乡间、长于民间的乡土知识分子，既没有李白逼高力士为之脱靴的狂放，也没有屈原以一己之死与天下抗争的豪壮，遇到此种事件，他们普遍会采取明哲保身的温和方式。譬如魏朗，他将写好的文稿烧了，还要谦逊地说自己的才华不如一个少年。就汤下面、顺水推舟，当事人的面子他也给足了，自己的命运也不至于产生意外的骚动。不久之后，官运亨通的度尚去到洞庭湖一带统领剿匪行动时表现出来的血腥与残忍，足以证明魏朗的判断太对了。读范文澜所著《中国通史》，老先生给曾任上虞长的荆州刺史度尚所下的结论是——农民起义的残酷镇压者！魏朗当然更明白少女曹娥的生死意义何在，只是他实在无力阻止一条江流入荒谬的历史中，聊以自慰

193

的是，在这些阴险的政治家联手谋杀大舜之江，使之成为只为少数人获取功利的所谓曹娥江时，自己的真正身份是一个不合作者，只要不使自己成为丑陋政治的同流合污者就行。这种心理状态通常是最普遍的。才华横溢的蔡邕和李白，在少女曹娥的碑前庙里那般吝惜，不肯多写一个字，其内心只怕也是如此着想。

　　历史与现实就这样心领神会地达成了一种默契，官僚政治和道德礼学不约而同地发起对尚未开花就已凋谢的美丽少女的异化，各取所需的人则是心照不宣地推行着他们并无恶意的合谋。非常遗憾，如果从某一年开始，这样的合谋变得只是为了表达对一个原本可以再活五个六个七个或者八个十四岁的少女的忏悔，那就好了。

　　多少人活得生龙活虎时尚且身不由己，想让死去的曹氏父女来把握自己的命运，简直就是比天还大的笑话。本是自己的人生和命运，却被他人有所图地加以利用，无端地夸张和放大。假如曹盱灵魂知之，女儿曹娥置自己不再的生命而不顾，必然招致他最激烈的反对。一如我在手机短信中与朋友所聊的那样，女儿是父亲前世的情人，是说父女之间的感情，将天下最深的几种情感元素合为一体了。所以，曹盱如能未卜先知，晓得自己死期将至，或是坦然相告，或是委婉暗示，总之，一定会让曹娥明白，绝对不能同父亲一道赴死，一副没有生命的皮囊，弃之江河湖海与深埋厚葬并无区别。人生和人死就不同了，仅仅说有区别还不行，因为二者之间的区别虽似乎看得见、摸得着，其实是大到无法用天下衡器来度量。

上虞长度尚果然受到皇朝赏识，被调任荆州刺史，后又当上辽东太守。在荆州任上，度尚剿灭了洞庭湖一带的大股匪贼，到了辽东，他又有大破鲜卑军队的纪录。五十岁那年，度尚死在辽东，他的儿女并没有将其尸骨运回山阳湖陆老家安葬。位于秦岭南麓的山阳县是多么好的地方呀，境内有天竺山脉和月亮、白龙两大溶洞，又有丰乡图、九冢星罗、二泉天鉴、道院曲流、天柱摩霄、石峡线天、孤山叠翠、金华相会等八大景致。度尚如果有过要用故土来安放自己尸骨的遗愿，后人哪有不依之理，实在是他早就晓得哪里死哪里埋入土为安的道理，几根白骨，一具僵尸，再怎么摆弄也是一文不值的废物了。

在传说中，硬将少女曹娥投身江流附会一个救父的说法。人都死了，如何相救？明明是女儿的尸首背回父亲的尸首，救的又是什么？到了这一步，所有能做的就只剩下对继续活在人世间的那些灵魂的救赎了。

回忆起来，历史上许多人文传说都被后来者用各种各样的方式编为说唱戏剧，曹娥投江寻获父亲尸体一事，从未见诸艺术，哪怕是最大众化的民间书场与草台，亦难见到有此表演。同在一县之地的梁祝化蝶的故事，却使得文人墨客、歌者舞者，千古以来咏唱不绝。两相比较，人心这杆秤，就称出了它们的分量。就说鲁迅先生吧，他在《二十四孝图》一文中评说，那个只有三岁的儿子，被抱在母亲的怀里，高兴地笑着，他的父亲郭巨却正在一旁挖土坑，要将他埋掉。因为家里太贫穷，郭巨连母亲都供养不起，儿子还要从中分食，只有将他活埋了，省下一份口粮给母亲。没想到意欲活埋儿子的土坑刚挖到二尺深，锄头下面竟然冒出一罐黄金，上面还刻着赫赫文字"天赐郭巨，官不得取，民不得夺！"鲁迅先生形容自己最初实在替这孩子捏一把汗，待到挖出黄金了，这才觉得轻松。然而他已经不敢再想做孝子，并且怕他的父亲去做孝子。其时，家境正在日趋没落，常听到父母为柴菜米发愁，祖母又老了，倘使他的父亲也学郭巨，那么，该埋的不正是他吗？如果一丝不走样，也能挖出黄金来，自然是如天之福。鲁迅那时虽然年纪小，也明白天下未必总有这样的巧事，万一挖下去没有黄金呢？鲁迅的老家绍兴与上虞地界山水相连唇齿相依，在他所写的关于故乡故土的文学与文章中，只有舜的消息，从未见到曹娥踪迹。他借二十孝抨击那时的人文精神实在是对人性的扼杀时，也没有顺便提及近在咫尺的曹娥之江，大概与李白和蔡邕的思路同出一辙吧！无人晓得那个时候的鲁迅，想没想过，离家门口不远的这条江，被称为舜江和被称为曹娥江的区别。在舜江的时代，天下人间属于民众，民众有权以舜的标准来选择治国者，其情形如同千万细流汇到一起成了大江。到了曹娥江时期，天下人间全由帝王主宰，民众凡事都要学少女曹娥，就像从杭州湾涌入的大潮，逆来也要顺受。

我到上虞的当晚所发送和接收的手机短信，还有如下一些文字。

她：曹娥江喜欢故事，不妨也留一点。

我：留得再多也没用，不晓得谁来传唱。

她：都互联网了，就别想元杂剧等等。

我：可是那位绍兴人也喜欢王实甫的《西厢记》。

她：但我更喜欢伏尔泰。

我：有人说那位绍兴人是中国的伏尔泰。

她：你这是在骂我。

她：估计你喝高了，快去江边走走。

我原本想来一句幽默：这时候还在研究本土文化与世界文化接轨大业，是不是想当先进性教育的正面典型！可索爱T618因没电而死机了。我无法再回复。夜深时刻回到2403客房，手机中回光返照一样的浮电，让我读到二十点二十六分时所收到的最后一条短信。

她：真喝多了，就别一个人去江边。

那天上午，在少女曹娥庙宇前的江堤上，我高高地站了十几分钟。很大的寒风从江里蹿上来，扑在脸上也不觉得难受，问题出在身处人群之中，却发现一种难以排遣的孤单在与自己纠缠不清。我在想一件事，一件说出来有些惊世骇俗的事，一件是以客人身份来看这条江，却对这条江有所不敬的事。好在后来我找到一些可以说服自己的道理，在特定时间特定地点特定背景下，这样的不敬其实是真正的尊敬，因为它在对一个时代的心灵负着责任。

刚刚见到这条在早春的久雨中变得浑浊不清的江，我就在心里轰隆隆地想念那条从未见过的江，想念她的浩然气概，想念她的人性佳境。还想往没有手机的公元一五一一年发一通短信，不管有无效果，也要肆意将为了一己的蝇头小利，竟然不顾历史名节的大小官吏痛斥一番。在这样的历史面前，大仁大义、大道大德、大爱大善的舜,更显得事关紧要、刻不容缓。这个被用了近两千年的名字,到了要改一改的时候,应该以舜的名义,回到舜的名义!让曹娥成为如烟往事,回到没有上虞长度尚的岁月之前,重归自由的、独立的、宽容的、浪漫的、理想的大舜之江!

哈尔滨 ◎ **为哈尔滨寻找北极熊**

　　我站在马迭尔宾馆外面等车时，手机响了。"爸爸！"准备上幼儿园的女儿刚刚起床，她习惯地靠着妈妈的枕头，在千山万水之外细声细气地要求："哈尔滨有北极熊吗？给我买一只北极熊！"我想也没想就答应了，丝毫没有料到这会是件导致自己在整个旅程中忙碌不已，并且险些无法完成的事情。

　　有四年了，我很少外出，一边写长篇小说，一边照看女儿和上高中的儿子，同时也在弥补曾经缺席多年的家庭生活。这一次上哈尔滨，虽然是临时得到通知匆匆忙忙地搭上末班车，到头来却排在因接受哈尔滨工业大学荣誉教授之职而先期到达的徐刚先生之后，第二个赶到犹太人在一九〇四年修建的马迭尔宾馆报到。隔天早上五点半钟，在火车站的贵宾休息室里等候迎接采风团大队人马的那段时间里，一队身着礼服手捧鲜花的哈尔滨姑娘在门口不停地走来走去。我不知道这其中已经包含着"马迭尔"的原意，逮住一位东道主问，他却不好意思地回答，从小就这么叫，从没想过这名称后面还有别的意思。后来，我查过资料才知道，百年前流连在哈尔滨的犹太人之所以要将自己的饭店称为"马迭尔"，实则是为了"摩登"。在哈尔滨的那些天，以及回到南方后，语言中的"马迭尔"与"摩登"仍让我觉得非常意味深长："摩登"是"马迭尔"无法改变的历史，"马迭尔"则是对"摩登"没心没肺的忘记。这样的事例在人人的经历中并不少见。

离家之前，太太将她去年深秋在哈尔滨的见闻重复了好几天。这些年，从北方到南方，我们的城市发展得异乎寻常地迅速，快则快矣，到头来所见到的无非是对香榭丽舍的抄袭，对莱茵河两岸的复制，再不就是临摹曼哈顿，翻印拉斯维加斯。大城市如此，中小城市或者再小一些的乡镇，更是明目张胆地东施效颦，盯着上海和深圳无休无止地参观学习，致使一方水土中的家园气氛丧失殆尽。经过四个小时的旅行，飞机落地后出现在眼前的北方名城，让我心里生出一种可以略感庆幸的陌生。在找到摩登一说之前，陪同者所有的介绍全部无法进入可以铭记的境界。正在涨水的松花江上仍旧可以游泳；正在举办的啤酒节上，只要花五元人民币买上一只酒杯，就可以仰起脖子尽情地享受中国最好的啤酒；太阳岛上正在进行有史以来最为彻底的清理与整顿；索菲亚教堂周边的房屋即将被拆除……想象中这座离冻土带很近、离极地极光很近、被萧红的呼兰河所环绕、被迟子建的漠河所烘托的城市，是与铺天盖地的大雪联系在一起的，冰清玉洁！没有雪的哈尔滨，无论怎样的百态千姿，也只能出乎我意料之外。毕竟雪的姿态最令人神往，因为雪的本质是高贵！

在久负盛名的中央大街上，听人说，脚下那一块块露出来的只有砖头大小的方块石，在当时每块价值一美元。这可是没有经过第一次世界大战后的经济大萧条、第二次世界大战后的全球通货膨胀，还有后来的半个世纪中世界经济不断出现的周期性衰退与危机的一美元。在那种年代，就算是最富有的纽约华尔街也不曾像哈尔滨这样，几乎是用黄金来铺就一条淌雨积雪烟云过眼的马路。为了了解中央大街在当时的摩登程度，我专门向一位在大学里教授经济学的朋友求证。他在电话里回答，第二次世界大战刚结束时，一盎司黄金的价格是三十六美元，到了一九九九年，其价格已变成了三百六十美元。仓促之中，他没有查阅资料，只能凭着记忆提醒我，到二十世纪末，美元已经贬值到只有世纪初的二十分之一。以黄金作为不变价格计算，中央大街建造之时，一盎司黄金大概相当于十八美元。我曾试验过，在中央大街上，不管是左脚还是右脚，都会踩着一又三分之一块石头。这就是说，百年之后的我，每走十二步就会将一盎司左右的黄金踩得闪闪发光。在整个远东，不管是同时期的上海，稍后一点的香港，还是更晚一些的东京与汉城，都不曾有过这种将千万黄金掷与泥土的事情发生，除了富有，除了摩登，除了奢华，在当时，还应该有一种只差一点点就会变成妄想的集群性的浪漫因素。那年那月，也只有满街都是嬷嬷和教士、街角上的卖花女曾是俄罗斯贵妇、玛达姆茶炉前拉手风琴的男人、不久前还是只说法语的莫斯科绅士的哈尔滨，才能使喝完半瓶伏特加、两杯不加糖的咖啡的激情构想变成现实。如今，当地人还敢说，不用出中央大街，就可以见识世界上所有的名牌。

一个三岁女孩所衷情的北极熊显然不是她的心里的一种名牌。

我在中央大街上不停地寻觅，不断地询问，我没有得到的回答。或者说，我得到的并不是回答，那些芭比娃娃和迪斯尼狗熊的代理商回应给我的表情全是带着矜持的否定。不只是她们，哪怕是卖水货手机配件的小店女人，笑容中也隐现着一种同整条街遥相呼应的冷傲。那位敢在远东的沼泽地上将一块石头埋入地下仅仅露出二十分之一真容的俄国人，独出心裁地设计出一座与东方各民族气韵迥然不同的城中之城，假如这种后来的变化是他当初就料定了的，那他实在是太有远见了。在南方，眼际里所见尽是妩媚：虞美人，声声慢，鹊踏枝，念奴娇，一剪梅，浣溪沙，水调歌头，蝶恋花。好不容易出现一个冷美人，多半还有若要俏、需戴孝的悲伤和忧郁背景。坦率地说，男人对女人的瞩目从来没有太多的审美与赏析的因素。行走在中央大街上的那些形体与修养上不曾熟悉的女人，让我情不自禁地想起了中原大地上那些来自北方的铁马金戈。我相信，一座建筑的冷傲，表达的是一个时代的信仰；一个女人的冷傲，表达的则是一方族人的力量。

那一天，在金上京遗址，一望无际的断垣残壁让我突然明白了一个道理：从金兀术，到后来受尽嘲笑的八旗子弟，在他们初盛之际，无论骑的是红马、黑马，还是白马，都是那样的冷傲。也正是这样的冷傲才使富饶的白山黑水平地生出一股高贵的气脉。想一想那些来自中原腹地的所谓的农民大起义吧，哪一次不是一哄而起，像饥饿的狼群一样扑向任何他们认为富裕的地方。大凡起事，财富总是他们的第一目的，第二目的就是女人了。说他们建立了新王朝是很无理的，而应该认为旧王朝的不再是被他们所毁灭。梁山泊里的宋江好歹当过几天县府小吏，所以他能想到无论如何也要将身名显贵的卢俊义拉入山寨。发起武昌首义的那群热血青年，因为上过一阵新学，知道自己身上并没有治国安邦的素养与才华，这才不惜拿着枪逼迫黎元洪出来统帅自己。北方的匈奴人，北方的女真人，北方的满清人，当他们决意进伐中原时，其中坚力量正是族人中的贵族。说这些佩戴兽骨披裹兽毛的人野蛮，只不过是汉人面对国破家亡的局面时的自欺欺人。在骨子里，在血液里，这些来自冰天雪地的征服者，支撑与涌动着的是黄河两岸，长江上下所稀罕的高贵。我不会去想我们的历史教科书应该颠倒过来做出修改，不再说农民起义何其伟大，北方民族的侵扰则是何等卑劣。事实上，历史教科书已经有所修正，不再对匈奴人、女真人和满清人出言不敬了。今年夏天，我在湖北钟祥市的明显陵听管理处的负责人讲了这样一个故事，讲故事的先生也是听国内考古界那些泰斗级的人物说的：但凡要动手挖掘"王"以上的陵墓，头天晚上当地一定会下倾盆大雨，这是考古界习以为常但又无法用科学规律做出解释的事情。也是在明显陵，导游小姐在讲述李自成的部下放火焚烧明显陵时，超乎寻常地表达出这样的意思：对中华文明来讲，历史上的农民起义是有百害而无一利的。一个南方女孩子能有这样的认识实在是很大的进步。但是这样还不够，我们的思想界还必须做更多的工作来扭转更多人脑子里的乾坤。这样做与其说是尊重史实，不如说是尊重现实，要想达到更深的思想境界，就必须重新检讨我们的认知武器，否则就只能长久地让顾城的诗句，高尚是高尚者的墓志铭，卑鄙是卑鄙者的通行证，成为历史与现实中的共同真理。作为东北亚政治经济和文化中心的金上京，最终沦落为一堆堆荒丘，那条曾经直通黄河、淮河和长江的绕城运河，也成了一条毫不起眼的水沟，却不是农民起义铸下的大错。有人说，这是历史的必然。可历史的必然又是什么？作为后人，由谁来解释这种放之四海皆准，却又等于什么也没说的必然在历史中的真正意义哩！

女儿一如既往地在电话里追问买到北极熊没有，其余的事一概没有兴趣。一条中央大街被我找遍了，当地的朋友和来自外地的朋友都说，随便买只熊吧，能哄孩子就行。我不想也不能这样做，明明是一只狗熊，做父亲的能对女儿说这就是北极熊吗？类似这样做法的大有人在，那也不是指鹿为马、黑白混淆。这有点像一个身在异乡的人告诉当地人，他们的城市是世上最美丽的所在。这种结论在事实上通常是错误的，然而这种错误本身却是美丽的。正因为有了这种美丽的错误，才有可能在环境日益恶化的时代，冒出比以往任何时候都多的"最适合人类居住的地方"。

我又想到心中的那个悖论，难道没有雪的哈尔滨就不是哈尔滨吗？习惯上将北方当成大雪纷飞极目苍茫的场所，我的足迹所至之处只是离北极熊出没的地方更近一些，因为女儿的愿望，又不仅仅是女儿的愿望，在南方想往北方，到了北方所想往的当然就比北方更北了。

经由青岛前往哈尔滨的飞机落地之前，舷窗外早早地铺开北方浑厚的原野，还有那条看上去有些小却格外无羁的松花江。机舱内还在循环着的来自武汉的空气。这就使人有了在一瞬间脱离旧气息、融入新气息的体验。那一刻，我站在从未到过的土地上，只觉得扑面而来的清新中有一股心醉的稠酽。这种稠酽让我产生一次次回忆，它使我觉得北方的天地原野草木河流皆有气味，甚至使我从到处都是绿得发黑的植物那里闻到阵阵浓墨的芬芳。几年前我在西藏，曾经仰望蓝天，幻想可以从庄严的白云中聆听出某些声音。与西藏所见的不尽相同，白云在哈尔滨上空缓缓地流动，宛如那些走过太多苦难，在金婚或银婚纪念日才披上婚纱的沧桑女人徐徐而过，身后那片蓝得很深的天空更像许多神往的眼睛。我有理由来让自己相信这就是民族文化与生活中本就稀少而今更加匮乏的高贵，就像我在中央大街上不时见到的，如果这方曾经彻底欧洲化的天地还不接纳这种人性当中的最特质，我们就只能彻底放逐自己的寻找，将国民性中的高贵情结扭成一只死结。庄严常在，高贵难修。得失之间，悲喜之际，经常是最微小的失当就使人前功尽弃。

女儿在北极熊前面加上"我的"二字，她在电话那边开口就问："我的北极熊买到了吗？"其实她不这样说，我也明白我必须为她做成这件事。这也是以我对哈尔滨的信任作为基础。我相信偌大的、在中国最接近北极熊的哈尔滨，一定能够满足一个刚刚开始认识世界的见到雪就欢天喜地的南方小女孩的愿望。

早来的那天晚上，女儿还没说出她的愿望。市委宣传部的几位工作人员将我带进一家名为露西亚的酒吧。酒吧里摆着许多旧时俄罗斯人在哈尔滨的生活用品，墙上挂着的也是那些主导中央大街修造的俄罗斯人的各种生活照片，酒吧主人的远亲当年在马迭尔宾馆举行婚礼的照片也赫然入目。酒吧主人的奶奶是俄罗斯人，女主人则是见到朋友和顾客都礼貌哈腰的日本人。这样的介绍顿时让人深入哈尔滨的近代史之中。酒吧里最醒目的是一架钢琴，尽管擦得非常亮，那根突兀地伸在外面的蜡烛架轻易就将其经久的岁月说得清清楚楚。邻桌上一个气质不错的女孩子问那钢琴还能弹吗，男主人作肯定回答时，女主人轻轻地笑了笑。天下没有不能弹奏的钢琴，问题是弹出来的是什么：响声，还是音乐？在听者心里，任何一种声音都不会只有一种回响。一架旧钢琴，曾有多少优雅如天鹅的手指在上面抒情过舞蹈过，当年的旋律不用弹奏就应该在我们的情怀中回荡。朋友们丢开我，悄然谈起一位我当然不会知道的女人。每个星期，总有一天下午，那个在我听来免不了有几分神秘的女人，独自待在那架旧钢琴前的座位上，有时候甚至是趴在桌面上睡觉，直到天黑了，外面的路灯纷纷亮起来才离开。酒吧主人大约也听到了这些内容，似是不经意地走近了说，有那么十来个人，看不出有别的值得深究的原因，隔上一段时间就要来独自占一个台位，一杯咖啡，一杯红茶，此外决不再要任何别的东西。还有两个更怪的老人，他们的习惯完全相同，晚上七点钟来，九点钟离去，每次来只要一杯冰水、几片柠檬。如果一个老人是星期六来，另一个一定会在星期天来，反之亦相同，两个人从没有在酒吧里相遇过。我以为这座酒吧与中央大街的年头差不多，问起来才明白它存于历史的时间，与听着窗外的林涛声早早入睡的女儿的年纪相差无几。一样东西经年历月之后变得旧了，就会有其了不起的地方。需要点蜡烛的钢琴，不用提醒便显出尊贵。不用动手弹奏，就这样静静地与她相对，想象夹在岁月风尘中的一只音符、一个音节、一段乐句、一篇乐章，在安宁中感受华彩，从短暂里体验悠长，将激越变成坦荡。老人也好，神秘的女人也好，只要他们愿意与不再点蜡烛的旧钢琴为邻，就不需要任何其他理由。

一叠酒吧主人自撰自编的《露西亚小报》随意地放在门后。虽是小报，那上面载有一些让我们心颤心悸的东西。在哈尔滨，有一位名叫弗洛夏的俄罗斯侨民，今年九十二岁了，是当年带着小提琴和钢琴，带着油画和鲜花，带着艺术家和小说家来此的二十几万俄罗斯侨民在当地的仅存者。二十世纪六十年代，一个除了俄语外，还会讲英语和法语，却不会说汉语的俄罗斯老人不管受到何等的羞辱，她只是竖起食指在与胸前第二粒扣子等高的位置来回摆动着，劝告那些人不要如此。在酒吧之外听到的故事，让我立即联想到小报上的俄罗斯女人。小报上还有一个老人写给在天国的父母的信："我饿极了，夜里睡不着，我想你们，我想听见爸爸的咳嗽声，想在你们身边。我做了一件事，也许会让你非常难过，但我的确做了。我用餐刀切开了手腕。我很害怕血，非常怕血，很快我把血止住了。我又用自己的手帕缠在那刀的刀刃上，我觉得那把刀太不了解我，它太简便了。今天是我六十三岁生日，我会好好地活下去。下午，米亚托夫兄弟来了，坐了两个小时，他们劝我到医院去检查一下健康，我害怕，不敢出门。他们带了很多吃的，还有一瓶红葡萄酒和肉、牛奶。我们一起喝了一点酒，祝贺我的生日。他说：现在'文化大革命'，苏联和中国的关系很不好，可是这和我们没有关系，也有很好的中国人。米亚托夫不害怕，他知道怎么走路，他穿着中国人的衣服，把帽子压得很低。请保佑这些好人吧！我不会再做那种事了。我很后悔，请你们原谅我，我是饿坏了，头脑太乱了。我在那餐刀里面裹了一张纸条，写了这样一句话：你不要帮着我让别人难过。"信的落款是一九七三年十二月八日，如果这个叫尼娜的女人还活着，正好与唯一留在哈尔滨的弗洛夏同岁。这时候的哈尔滨早就下雪了，我怀着从未见过隆冬时节松花江模样的南方心情，希望那雪能厚到再多的人践踏过也露不出底层的污垢。那是一个卑贱者最聪明、高贵者最愚蠢的时代。也正是那个时代，让卑贱升华为荣耀、高贵贬低为耻辱。到头来我们又不得不将历史早有定论的基本真理，重新用实践检验一番。

　　此时此刻，是我从露西亚酒吧出来的时候。那边大街小巷早已安宁下来，哈尔滨的夜晚，十点钟一过就难以见到当地人，那些仍在街上晃荡的大部分是外来者，少数当地人也是因为陪同的缘故。然而，在南方，我们的城市反而掀起阵阵别样的喧哗。熟睡中的女儿轻轻咳了几声。女儿是过敏体质，稍不经心便会如此。回家后陪女儿去芭蕾舞学校练舞，只顾看着她乐，忘了及时换下那身天鹅般的小舞裙，秋风一来女儿就感不适。调整了几天，既做雾化，又喷鼻子，才控制下来。熟睡的女儿用一只小手搂抱着那只北极熊。站在她的小床边，轻轻地拿时才发现北极熊已被她身上的汗浸湿了。我很庆幸，自己到底寻找到了北极熊，三岁的女孩对此不会分得清楚。可我分得清楚。也许是心情所至，同女儿先前拥有的各类小熊相比，北极熊的模样怎么看都有一份与众不同的尊贵。

返家的那天早上，我离开马迭尔宾馆，离开著名的中央大街，沿着陌生的街道独自走了近半个小时，走马观花般越过三处穿着红衣绿裤，挥舞着过于夸张的大扇子，忘我地跳着大秧歌的女性群落，进到一处街道被挖得千疮百孔，在拆旧楼和待建新楼相互映衬，虽不是百废待兴却貌似百废待兴的地方。临街的一些小店门口仿佛还有昨夜的杀猪菜在飘香。这些房子没有任何值得夸夸其谈的历史，包括建筑时间，其模样却比将中央大街垫得如此著名的那些石头还陈旧。据说，依照各种自然和非自然磨损的规律，那些有幸铺在中央大街上的石头还有三百余年的时光供其炫耀。以我将要进入的那座名为玩具城的楼房为中心的这一大片街区，哪怕它承传着这个城市的真正日常，因为平常得近乎平庸，从竣工的那一天起就注定会早早地重归尘土。按照行业分类，女儿所期盼的北极熊应该在玩具城的二楼或三楼。从二楼到三楼，再到二楼，再到三楼，记不得有几个卖主对我说过相同的话，北极熊有啥好看的？好在我终于找着北极熊了，那是在第二次来到二楼的一个角落里，一个中年女人从一大堆绒毛玩具中拎出一只北极熊扔到我面前，特地说了一句，你要是昨天来我也没货，这是昨天晚上送来的。回到宾馆，送行的东道主已经等在房间里。都以为我没找到北极熊，有人带来一只可爱的小白熊，另一位更是送给我一只打开来可以放进一卷卫生纸的绒毛狗。勉强说过谢谢后，我打开手里的包裹，取出那只北极熊。在一阵不大的惊呼声中，夹着一句疑问："北极熊怎么是棕色的？"我一下子愣住了。是啊，从来北极熊都是白色的。卖主的货物中本有一只白色的北极熊，但在一念之间，我觉得棕色的更耐脏——说到底，在潜意识里自己还是有着同许多人一样的念头：这不过是件玩具！一如平时我们所想：这不过是一些房子！这不过是一座城市！任何时候，高贵与平庸就是这样只有一念之差，所以当年的中央大街才能成为哈尔滨后来的形象，才能用当下叫得最响的一种观点来形容我所理解的哈尔滨：百年来的历史已经证明，中央大街的建设走的是一条可持续性发展之路。换言之或者说是推而广之：可持续性发展的根本要素不是时髦和时尚，而是一种弥漫在灵魂中的高贵。

　　我又想到了"马迭尔"。在一切"摩登"面前，我们无非处在两种角度之下。在部分人那里，它不过是生活游戏中一种新颖玩法，可以一只脚伸进去，也可以两只脚全伸进去，无论哪种姿态，都是为了后来的抽身打转。在另一部分人那里，摩登的意义重大了许多，既是态度，也是目的。对于富贵来说，"摩登"是因故掉在地上的一只纽扣。我有些明白那些将白山黑水引到长江的贵族们没落下去的原因了。那天晚上，我们去一个地方观摩赫赫有名的东北二人转，坚持到最后的只有陈世旭、刘庆邦、臧棣和我，别的人都走了。走得最早的是徐坤她们。老家在沈阳的徐坤后来用她那惯有的将锋芒藏于无形的语气说了一句话："别处演出的二人转，更俗！更野！"徐坤的话让我想起有人暧昧地说过的"要看真正的二人转就必须到县里去。我们见到的二人转已经有所节制干净了许多。"然而，一想到如何用两个字来形容这种多少年前就在白山黑水之间广受欢迎的民间小戏，心里就冒出两个字：粗鄙。当年的白山黑水，当年的林海雪原，当年的帝国王朝，当年的梦幻城市，在岁月的潮汐中一浪一浪地沉沦下去，留下如此末日狂欢般的且歌且舞。城市里的二人转，女人穿上了洁白的长裙，男人更是没有不是西装革履的，眉眼之际飞流的尽是时下的摩登。同所有末代帝王一样，主宰金上京的最后君王也免不了日复一日地将摩登当成了高贵。这种精神日益下流的朝代，岂能为天下万物花开流水东逝的真理所容忍！流传在民间的文化是历史进程的活化石。二人转当然不能例外，它的存在足以证明，一个时代的精神从高贵跌入粗俗时，这个时代便只能以悲剧存于历史。

有了这句话后，我才可以说："我到了一趟哈尔滨。"

石家庄 ◎ **剃小平头的城市**

天空深邃，平原宽阔，一座城市摊在那里，无论从哪个角度进入视界，都不会觉得突兀与惊艳。这样说来并不是千篇一律，北方大平原上有很多城市，大的小的，超大的和特小的，各种各样的城市群里，唯有被称为石家庄的，像一个任何时候见面，都能保持着质朴本色的亲朋好友，哪怕是突然从拐角后面冒出，或者是大老远款款地迎面走来，既不会使人心惊胆战，也不会让人熟视无睹。这样的风格很容易被定性为朴素，而朴素是一种可以让绝对多数人欣然接受的赞誉。然而历史是会反对的：历史怎么可以朴素呢？历史一旦朴素了，是不是就等于可以忽略和漠视呢？

城市周边是那座像祖宗一样不好意思用朴素来形容的太行山。六十年前，一支用深山野岭的艰险锤炼多年的军队突然行动起来，山洪般扑向在城市中生活得沾沾自喜的另一支军队。与秋风落叶相比时间不算短，与春水东流相比时间不算长，城防就被击破了，败军所维护的旧政府也垮台了。垮台的没想到，上台的也没想到，说大就大、当小亦小的一座城市就这样在几天之间彻底易手了。身为对手的旧的地方政府，更没想到的是，自己竟然就是压倒一头骆驼的最后的那一根稻草。历史总是要在随后的时光里才能看清楚，一年之后开始的那种排山倒海摧枯拉朽般的大逆转大反攻，毫无疑问地始于在当时还看不出对时局有何决定意义的石家庄解放之役。

一点雨滴打着芭蕉，一丝轻风拂倒炊烟，能不能料到暴风雨紧随其后？鼎鼎大名毛泽东，斯时斯刻不得不化名李德胜，在陕北的黄土高坡深处小心翼翼地躲避着铁了心非要捕获他的几十万大军。也许是为了鼓舞士气，也许是真有先见之明，反正唯有他说过，石家庄的收复，是他所统率的红色队伍战略大反攻的开始。此后的历史果然依照着他的理想所书写，也果然让石家庄一战成名，在与其他赫赫有名的城市相比时，写下别具辉煌的一页史记。

历史是一个好大喜功的家伙。对于历史，所有的阅读者又都无一例外地默许了这类若在日常生活中绝对招人厌恶的习惯。历史又是一个粗枝大叶的家伙，只满足于将每一页中的大小角落用流水账填得满满的。譬如六十年前的石家庄，历史说得没错，对她的收复是从塞外到岭南普遍解放的先兆。然而，比历史所言更为重要的是，这件事本应该被表达为世世代代所渴望的和平生活的到来。

比六十年前还要早一些，加拿大国的白求恩大夫来到城市身后的大山里，他说了，自己远渡重洋而来，最大的愿望是帮助中国人战胜法西斯，过上和平的日子。怀着同样理想的人还有印度医生柯棣华，如今的城市街头高耸着他们的塑像，还有一座归属共和国军队系列中的"白求恩和平医院"。因为感怀白求恩之死而抒写过名篇的毛泽东，几年之后终于也来此地。那时候的石家庄已遍插红旗，发现他的到来后，北平城内的对手秘密派出十万大军，剑指石家庄附近的红色中央司令部。明知身边能打仗的只有万余人马，毛泽东闻讯后却仍然胸有成竹地说要给对手一点厉害看看。他拿起笔，写了一篇文章，让新华社电台播了出去，号召他所统率的军民，三天内做好歼灭敌人的准备云云。一曲"空城计"，逼退十万雄兵。这种宛如茶余饭后顺手操办的小事，在随后的日子演绎得更加淋漓尽致。从南京或者北京来的和谈代表，往返了一次又一次。虽然没能最终达成全国和平协议，也还是完成了让千年古都北平平安易主。

历史本应恰如其分地将石家庄表达成一座和平之城，而非战神之域。毕竟关于和平的种种关键过程大都发生在此地，至于结果，有的成就了，有的无法成就。成就了的就会结一只外地果实，成就不了的结不成果实，却还是留下了与和平诞生相关的灵魂与精神。由此想来，这座城市的朴素，其深蕴的却是精神与灵魂上的和平。正如这座城市里普遍留着小平头的男人，不爱夸张，不事喧嚣，背后里却扎扎实实地做着许多事情。就像他们的老祖宗所修的赵州桥，明明是工匠李春的杰作，在被传说成鲁班的神话后，也改不了他们淡淡地从桥上走来走去的无欲。又由此想回去，一方水土养一方人，一样性情成一样事，也正是这种仿佛切下太行山一角堆砌而成的祥和之城，她不朴素谁朴素，她不和平谁和平！

214

西安 ◎ **蒿草青未央**

　　一棵荒草用细细的根须抵达千年史实，一行黄叶用小小的叶面采集千年的荣光，一瓣野花用嫩嫩的心蕊扰动千年的芬芳。

　　这就是长安城，荣华末路唯有荒草。

　　这就是未央宫，历史日后尽是浮尘！

　　千百年前，这里曾是龙首山。

　　千百年后，这里又是龙首山。

　　岁月之间，肯定有过那座方方正正、四面筑围墙的未央宫；也肯定有过东西长二千一百五十米，南北宽二千二百五十米，面积约五平方公里，内有四十多座建筑的未央宫。同样宫城之内，肯定有过居全宫正中，台基南北长三百五十米，东西宽二百米，最高处达十五米的前殿。这一刻，脚下的所有和全部，又都回复成平常人也能察觉风水极好的龙首山模样。并且，当地人还不肯将其称作山，只管与黄土叠叠的汉中大地一样，笼统地叫作塬。

站在这样的山上或者说是塬上，秋天刚刚来到，花儿们连忙开谢了，叶子们却不着急染上红黄。满眼之中的绿自然不那么理直气壮了，一阵风吹来，甚至是一片阳光刮来，就会显出深处里已经在弥漫的枯瘦。

这情景，正如南方楚地民谣所唱：风吹麻叶一片白。下一句唱词是：葫芦开花假的多。从南方楚地一路攻城略地，率先攻陷长安城的刘邦，果然依着"怀王之约"抢得"秦王"位置而号令诸侯，如此，中华天下岂不是将要称为说"秦语"的"秦人"与"秦族"？好在西楚霸王倚天怒吼，顷刻间山河倒置沧海横流。面对英雄愤怒，刘邦只得领了"汉王"衔，一时憋屈得无奈，竟然成就了千年万代的"汉人""汉语"与"汉族"。诎寸信尺，小枉大直，莫非善忍，哪得长安？一棵葫芦藤蔓铺天盖地开花，到头来只结得几只瓜果，那些结不了果的花儿，鲜也鲜过，艳也艳过，也招过蜂，也惹过蝶，最终还是逃不脱作假的命。历史高高在上，在现实的眼光里，如同上面青黛、下面粉白的麻叶，有风吹与无风吹，景致大不相同。

分得清的是前世，分不清的是重生。荒草再猛怎么生长千百代？一丛丛狗尾草偏偏要光鲜地摇滚，宛如未央宫内六大殿中的大汉重臣。芳菲再浓如何弥漫万万岁？一片片瘦芭茅在炫耀地飘扬，好比未央宫外十八阁里的汉室小吏。

左手捡起一只瓦砾，掌心里有了一座殿的沉重；右手拾得半个瓦当，指缝中夹带着一处阁的优雅。抬起左脚，无论是不是小心翼翼，都会将东阙踢得空空回响；落下右脚，无论有没有故意，注定要将柏梁台踩得踏踏实实。向西一声喷嚏，足以让西司马门风雨飘摇；向东一下咳嗽，定招致东司马门草木惊心。

帝宫未央，周回多少兴衰。

焦土一抔，拂一拂就得见天禄；老尘一捧，闻一闻就想起石渠；泥巴一坨，捏一捏就造就金华；沙砾一掇，数一数就数出玉堂；浮灰一团，吹一吹就飘来白虎；流沙一把，漏一漏就变成麒麟。离宫别殿，崇台闳馆，总记得星宿般列列环绕。

王者长乐，更知岁月无敌。

飞灰一阵，如裙袂飘落掖庭；汀泞一掬，如胭脂抹到椒房；土骨一堆，像英姿锦绣合欢；石子一粒，像玛瑙闪耀昭阳；残垣一列，似淑女窈窕鸳鸯；枯沟一带，似珊瑚出浴披香；荒径一路，为红玉流连蕙草；兽迹一行，为白玉圆润兰林；断墙一面，当长袖画眉飞翔；青石一方，当翡翠夜映凤凰。后妃闺室，粉阁香楼，忘不了虹彩般灿灿流霞。

雁过留声，那些早已开过花的舞蹈得汪洋肆意而累得歇季的虞美人，除非来了赵家飞燕，还有什么可以再叹三十六宫秋夜长！风过留痕，那些早已飘香过，芬芳得醉生梦死的野蔷薇，若是迎不来陈家女儿，也就没有人留恋金屋修成贮阿娇！天涯望断，正在不远处悄然伫立的雪花与梅花，等待的是那位步出长安，千载琵琶作胡语，永远出塞的美妙昭君！

不知从何处刮来的秋风醉了，仿佛刚刚穿越汉武大帝流连过的三千余种名果异卉，棠枣、樗枣、西王母枣；紫梨、青梨、芳梨；霜桃、含桃、绮叶桃；紫李、绿李、金枝李；赤棠、白棠、青棠、沙棠；朱梅、燕梅、猴梅、紫叶梅、同心梅；白银树、黄银树，千年生长树、万年生长树、扶老树、金明树、摇风树、鸣风树、琉璃树。百里长安，铺陈绿蕙、江篱、芜蘼和留夷。十里未央，尽是揭车、衡兰、结缕和庆莎。茈姜蘘荷，葴持若荪，鲜支黄砾，蒋芧青蒨，天下奇花妙草，世上国色天香，可以遮蔽江湖大泽，可以蔓延帝国原野，只是抵不过一夜风尘。树还是树，草还是草，花还是花，却——还原成树中杨柳、草中青蒿和花中酢浆。

荒郊旧址，古来绝唱。

野遗之上，满目无常。

那天，在未央宫遗旁，同行的一位朋友忽然说起，曾有甘肃朋友送他一只汉代陶罐，摆在家中的日子，一家人天天做噩梦。有一回惊醒时还记得梦中之人对自己说的话：若无鬼魂，何来惊扰？一旁的另一位朋友接着说，她曾留一位女友独自住在自家的另一处房子。女友住了一晚，临别时与她说，夜里曾被某种软体东西抚摸。女友也是见过世面的，她镇定地将那软体东西推开，还说不要这样，三番五次之后才没动静。这处房子只有八十平方米，放了许多古物。女友走后，她马上去那里"开会"，对着屋里的古物说话，要它们守纪律守规矩，否则就请出门外。朋友此处房子是否再有软体东西出没不得而知，得到汉罐的朋友将其放到地下室后，家中一切便重回安宁。

来自楚地的刘邦，大概更在乎中国南方的魔幻之于自身及汉王朝的现实。于楚地中心湖北随州孔家坡出土的汉简中有几支简记载用鸡血祭祀土地神，其中有简文"央邪"，表明其时"央"与"殃"相通，"殃邪"当然是指殃祟与灾祸。如此例证还有云梦睡虎地的秦简、长沙马王堆的帛书，既然秦汉时期普遍将"殃"写成"央"，堂堂汉高祖，肯定对身后之事有所预见，"未央宫"就应当是没有灾难，没有殃祸的王宫了。

经历吕氏之乱、七国之变、巫蛊之祸，待到商人杜吴于宫中酒池杀了王莽，校尉公宾斩其首级，未央的意义，无论解释为没有尽头，还是理解成没有祸患，都不过是传说罢了。

正如朋友们所遭遇的，百代千年的未央宫存于当下、活在当下的意义，重要的是在长乐长安之上，不使那些历史中的邪恶再犯人间。史遗所在，宁肯葳蕤酢浆作了国色，唯愿苓离青蒿是为栋梁，也不让前朝奸佞重享半缕阳光。一棵草的未央，于过往是莫大遗恨，对历史则要摛笔穷鞠。人文烝会，瑰异日新。如此芳草积积、嘉木满庭，才有天下兴盛、无极长安的深远寓意。焦土累累、雁碛遥遥，那些生长在历史中的狗尾草，飘荡在时光里的蒲公英，都将具备现实的强大力量。

宁波 ◎ **滋润**

生活在南方，对湿润有着别样的感情。

记得第三次去北京，是参加《青年文学》召开的我的几部中篇小说研讨会。时值一九九二年夏天，在中青社的地下室招待所住了一晚，早起后，朋友发现我的左眼忽然变得通红。急忙去医务室看，一位女医生只是随便瞅了一眼，便问你是南方人吧。听我作了肯定回答后，她斩钉截铁地说，没事，是不适应北方的干燥，眼球表面的毛细血管破裂，过几天就会吸收干净的。一九九三年第二期《青年文学》的封面人物登了其时我的照片，知道的人，还能看出我眼睛中的异样。在北京待了几天，女医生所说的吸收，在我回到武汉以后才真正出现。自那以后，我也拥有许多人不喜欢北方的理由——太干燥！

所以，我就没有理由不喜欢南方的湿润。正如眼下，长江中下游两岸绵绵不绝的梅雨时节，无论是在家里，还是在办公室，没事时宁可站着，只要不坐在椅子上，就是一种幸福。可我仍然不会埋怨，并且由衷相信，湿润是南方人生的一种根本。

去年十一月，我去西北某地时，突然接到朋友的邀请，从干涸到十几个人共一盆水洗洗的黄土坡上的窑洞，直接飞到宁波。这是我第一次来到这座城市，由于是深夜到达，直到第二天早起，才产生对她的第一感觉。怎么说哩，当然是很好。不是虚情假意，也非虚与委蛇。想一想，一个人在干旱得习以为常的地方，最渴望什么？当然是水。而一个在长江边玩水长大的人，去到那种干旱得对水都麻木了的地方，自然更加怀念天设地造的江河湖泊了。

偏偏宁波懂了一颗对水的不舍者之心，在我抵达宁波的第一个早上，就下了一场不大不小的好雨。

那一天，只要在户外，我就坚持不使用任何雨具。

并说，自己是从西北来的，那里的人将打伞当成一种罪过。

宁波的雨，竟然如此深得我心。人在室内时，她便下得激越而豪迈。一旦发现我们走到门口，那雨马上变得温婉而抒情，细细密密地从空气中弥漫下来，比打湿脸庞多一点，比浇透衣服少一点，让人实实在在地放心地走在雨中。

说来很怪，这么多年，我一直没有机会来宁波，自来过一次后，不算因故没有成行的那几次，仅成行的，半年之内竟然来宁波三次。

第二次从武汉自驾来宁波，时值四月，沿途没有不是艳阳高照的。一到宁波，天就下起雨来。待我离开宁波，出城区不远，那雨就消失了。所以，第三次来宁波时，心里已经不可能有其他假设了。从武汉开出的动车到上海后，不出站依然是动车转到宁波，七小时的动车车程，我一直在入神地看一位藏族肢残写作者的长篇小说打印稿。但在放下书稿，朝着车窗外若有所思时，一定会在心里重复地问：宁波会再下雨吗？

宁波后来用我所喜欢的湿润回答说，会，一定会下雨。

事实上，在我前往的路上，宁波正下着一场少有豪雨，只是当我们走近时，那雨才变得温情脉脉。对于外来者，走马观花是其永无休止的真理。第一次来宁波，只与仿王羲之《兰亭集序》中所书的"此地有崇山峻岭，茂林修竹，又有清流激湍，映带左右"的诗意而建造，是为浙东古代雕刻艺术最集中、最精致，内容最丰富的建筑之一林宅，有一些接触。第二次来宁波，也只看了两个地方，除了少有人去，却有国内最早全木榫穹隆顶结构的保国寺，再就是赫赫有名的天一阁了。坦率地说，第三次来宁波，所了解的是比天一阁的存在更让人为之心动的另一种事实，二〇一〇年十一月二日的《宁波日报》刊载：据不完全统计，全市现有各类博物馆、纪念馆、陈列馆84家，其中国办71家，民办13家；由文化文物系统归口管理的博物馆、纪念馆、陈列馆31家；国家三级以上博物馆10家；向社会免费开放66家。让人觉得惊讶，同时又更觉得欣慰的是，文童所说的13家民间博物馆，馆舍总面积有4480余平方米，藏品总数已逾19600件。这如何不让人心动！如何不使人觉得，这一场无声细雨在湿润这座城市！

在宁波的最后一天下午，去阿育王寺，瞻望佛顶骨舍利。

一行人一边排着队，一边听管事的僧人细说瞻望之要领与心得。说是，自从佛顶骨舍利供人瞻望以来，无数得到佛祖引领的人所看到的景象，再没有任何重复的，人所各异，异所各人。终于轮到我们一行，我诚惶诚恐地上得前去，尽可能地贴着阿育王塔的小小飞檐，放飞自己的视野。或许只有十秒钟，这样短的时间，想要看清一种影像该是何等的不易，更何况是在金玉辉煌的背景之中。所以，我只能说从中看到了自己的一种感觉。至于是什么，则不敢轻易地说定。

从寺庙里出来，上了车，迷迷糊糊中像是又遇到一片雨雾。

睁开眼睛的那一刻，心里突然冒出一个词——滋润！

是这样的，在阿育王寺内的阿育王塔中，我所看到的正是一种滋润，将人的渴望还给人，让人的渴求满足人的滋润。

正如宁波的雨，可以轻浥心尘，却不会寒侵筋骨。

丽江 ◎ **在母亲心里流浪**

去丽江，不管是何年龄，一定要去听一位歌手的歌。即使是与音乐最无缘，也能因为他的那个令人奇怪的姓氏，而多一些对这个世界的好奇。

在丽江小住，因为过年，现代情感与传统情绪纠结得格外深，以至于意外得出一种与历史社会无关，纯属个人的结论——这座在文化上只配与茶马古道共存亡的小城，能够在航天时代大张旗鼓地复活，应是无限得益于那些从来不缺少才华，也从来不缺少浪迹天涯情结的知性男女。

那天下午，我从客栈里出来，随心所欲地沿着小溪将自己散漫到某条小街。清汪汪的流响若有若无地相伴着。水声之外，其余动静亦如此，不到近处，不用心体察，皆不会自动飘来。就这样，我走进一所"音乐小屋"。十几年前我写过一篇也叫《音乐小屋》的小说。眼前的小屋似乎有某种默契，我在小板凳上坐了下来，听着弥漫在四周的歌唱，有一句没一句地与那位开店的彝族姑娘搭着话。最终，我从她手里买走了一大沓歌碟。虽然歌碟有些来历不明，那些歌唱却是真情感人。据说，在这些本地制作的歌碟背后，漂泊着许多比音乐还自由的自由歌手。

小街的青石，光滑得像是从沧桑中溜出来的一页志书。

小街的板房，粗犷得像是垂垂兮长者在守候中打着盹。

小街的空旷，幽幽地像是明眸之于女子越情深越虚无。

这时候，我还没想到，再过几个小时就会遇上一位自由歌手。

在这段时间里，首先，天黑了，肚子饿了。接下来，在爬到一所餐馆小院的二楼上看古城灯火时，因为限电，身边一带突然了无光明。不得不离开时，我们还是不想选择灯火通明如长安街的四方街等，偏要沿着背街深巷，在青石板成了唯一光源的暗夜中缓缓潜行。当光明重新出现时，正好看到一处可以推门进去的酒吧。坐下后，那位男歌手为着我们这种年纪的人唱了几首老歌。突然间，酒吧里也停电了。

点蜡烛时，我们聊了起来，了解到他叫丑钢。我忍不住问，这是你的艺名吧。丑钢却说是本名，而姓丑的都是满族人，还说自己曾经是银行职员，做歌手已经十几年了。过年的丽江，一限电就是两个小时，这一次我们不想刚坐下就走。而丑钢也拿起一把吉他，唱起他自己写的歌——《老爸》。只听他唱了一段，接下来我们就能跟着唱："爸爸，我的老爸爸，那天你突然病倒了。我说爸爸，我的爸爸，你不要离开我和妈妈！"这样的歌唱让人心动，其理由自不待言。

接下来他唱起《老了》:"老了,真的感觉老了。一切都变化太大,再不说那些狂话。老了,纯真的心灵老了,不过仅仅二十几岁吗,却真的感觉老了。我真的老了,我已付出太多代价。天真离我越来越远,我却根本留不住它。我真的老了吗,看到打架我好害怕。生存,说白了更像一种挣扎。执着,其实只是没有办法。理想,我已差点忘记了。对不起,我不能再唱。我感到饿了,妈妈……"

听这一曲,恍若在小街拐弯处,与命运撞了一个满怀。

不是能否躲得开,而是这一头撞得有多重。是翻出几个跟斗,或者几个踉跄,再不就是满脑门金星灿烂?老了是一种命运,从年轻到老了是一种命运,刚刚年轻就觉得老了也是一种命运,只有年轻而却没有机会老了更是一种命运。谁想反其道而行之,从老了再到年轻,无论如何,都是痴人说梦,而不可能是命运。

曾经听过别人说,丽江必须靠自己去无人的小街上寻找,才能发现。客栈老板亦说过,有美丽女子三年当中十几次投宿门下,所要做的便是满街寻找。不晓得她找到"老了"否?想来能够让人一生中寻找到老的,除了命运,不可能有其他。

与我共有过的小街上的"音乐小屋",何尝不是某种命运!在找到她之前,丽江小街是别处的一种言说。一旦命运撞将过来,这些便顺理成章地有了事实发生。不仅仅——不仅仅是某种新艳际遇,那些太微不足道了,就像用一张小面额纸币就能在小街上买到扮酷的帽子与秀美披肩。重要的是在哲学辨察、史学明鉴和文学感怀之上,用双手实实在在地抚摸到一生中无所不在的命运,顺便掂一掂其重量。

在丑钢的自由歌唱下,从忧郁到安宁只有一步之遥。

作为一名从长春到北京,再到深圳,最后来丽江并爱上丽江,不肯再走的歌手,他比自己姓氏更奇怪的是从没有用流浪一词来形容自己。

直到我们需要离开酒吧时,被限制的电都还没来。

于是,我情不自禁地想:面对黑夜,无法流浪。除非流浪的人和灵魂揣着一粒烛光。然而,有着烛光一样的理想,就不是传统的流浪了。

离开丽江,回到武汉,收到丑钢的短信。回复时,我形容他是在母亲心里流浪。实际上还想说,能在母亲心里流浪,最轻微的歌唱,也会是最深情的感动。一如普天之下,每个人都曾想到并说过的:我饿了,妈妈……

黄石 ◎ 水边的钢铁

"汉冶萍"这个概念在历史上出现的时间不算长。

如此重要的近代中国文明史没有及时出现一代人的成长过程中，实在遗憾。好在这样的遗憾还有弥补的可能。

在我的那些描写鄂东的小说中，常常不经意地提及长江边的小镇巴河，以及另一个更小的小镇兰溪。鄂东那一片大山里的物产，经由两条大河，到达这两个小镇后，下一步就会横渡长江，进入黄石的市场中。"汉冶萍"也在黄石，这地方，曾经是比远处一切大地方更真实的地方。先说袁仓煤矿，小妹的保姆家的儿子，参加三线建设后，从兰溪过江到黄石，被安排到那里当工人后，头几次回老家，提亲做媒的都要挤破门。再说黄石最有名的大冶钢厂，一位同学的父亲在那里当工人，同学的脚长大后，父亲送他一双白色帆布劳保靴子，一起打篮球时，场上其余九个人都怕被那靴子踢着，只要他起了三步上篮，所有人都躲到一边，让开大路由他直取篮筐。还要说说黄石锻压机床厂，上高中一年级那年，县城里有一大群十五六岁的高中生被那家工厂招了工，之后时常成群结队地回来，穿着那家工厂的蓝色工作服，蹬着劳保皮靴，一个个神气得就像现今的明星。

对黄石的深刻印象，还在于现在很少有孩子喜欢的港饼。那时，每逢过年，家里的孩子就会分到一只港饼，外面是芝麻，里面有馅夹着冰糖颗粒，嚼起来咔嚓作响，要多惬意有多惬意。

长江流向东方，黄石是其重要的节点。这一段江面宽阔，水流舒缓，而且深度还足够，但凡能在长江上行走的船只，都有机会靠港。

那时候，还有一种怪念头，为什么黄石在江南，而不像黄安、黄冈、黄梅那样全在江北？黄石真实的模样，直到一九七七年我才明白。当年我受工厂派遣，到袁仓煤矿调查一件事情，既赶上天晴，也赶上下雨，那从天到地的黑乎乎，让我有些不敢相信自己的眼睛。那时候，我已知道，这地名中的黄字，皆因那地方有黄色的表层土壤或者石头。那一次我对同行的长辈说，黄石不应该叫黄石，而应当叫黑石。

在惨痛的民族历史上，黄石真的可以叫作黑石。

历史中的黄石，最著名的还是"汉冶萍"。由近代中国工业文明之父张之洞亲自创立的汉冶萍公司的兴起与没落，就像是黄石曾经遍地的矿石与矿渣，集民族荣耀与民族耻辱、资源富足与资源枯竭于一身。足以代表近代中国的兴衰与荣辱的"汉冶萍"是用钢铁铸成的，也是用血汗凝成的。这些年说"汉冶萍"荣耀的人很多，"汉冶萍"那噩梦一样的耻辱却少有人提及。一九一一年至一九二五年期间，受到不平等条约的制约，日本钢铁垄断资本以比国际市场低得多的价格从汉冶萍弄走生铁八十九万余吨、铁矿石近千万吨。其间正逢第一次世界大战，国际钢铁价格暴涨，日本却以极低的合同价掠取生铁二十余万吨、矿石一百五十余万吨，日本八幡制铁所依靠所获暴利实现了第三次扩充计划，钢产量实现成倍增长。在国民政府管治时期，汉冶萍公司完全被日本所把持，一九二八年四月，日本当局制定了"关于汉冶萍公司今后措施方案"，决定"公司之事业，今后仅限于矿石之采掘与出售，终止生铁生产"，将中国第一家钢铁联合企业变成专为日本提供钢铁原料的企业。一九三八年十月大冶沦陷后，大冶铁矿彻底沦为日本重工业原料基地，一九三八年至一九四五年先后运往日本的铁矿石达四百二十七万点七六万吨，成为支撑日本发动侵略战争的重要军需物资。

也是因为惨痛，毛泽东才说出这一句名言："就是骑着毛驴也要去大冶钢厂看看。"

与相关人员闲聊，说起钢铁概念股票，他们自豪地为我们遗憾，在"汉冶萍"旧址上兴起的大冶钢厂的股票，在本行业中一枝独秀，并遗憾我们错买了别的钢铁概念股票。如今大冶钢厂所生产的特殊钢，是国内顶尖行业必需的，又是国际上任何一家钢铁企业对中国实行实际上的贸易禁运的。还有其他诸多方面，作为承接"汉冶萍"历史的钢铁企业，应该是一个民族从没落走向兴盛的见证。

"汉冶萍"旧址上还留有一座水塔，人说是日本人修建的。从八十年前一直使用到不久前，因为换上国产的阀门才不能再用了。说者无心，听者有意，这平常的话，让人觉得很不舒服。走近水塔，站在两只所谓国产的阀门前。换了别的东西，还不敢说什么，因为在阀门厂当了十年车工，因为当车工时所加工的阀门正是这种普通的单闸板与双闸板样式的，两只阀门是两百毫米口径的，这也是当年自己工厂的当家产品。可以负责任地说，这个世界没有使用八十年而不磨损变坏的阀门，也不可能有八十年中不曾拆换的阀门。要么不用，要么使用。就像汽车轮胎，不使用的阀门也会氧化与变形，只要使用，作为密封的两个金属面就会磨损，一旦磨损了就会漏水漏气，就得及时更换。人说修建这水塔的红砖也是从日本运过来的，自己这里的红砖建不了这水塔，还说日本人建的输送冶炼原料的栈桥用炸药也炸不垮，等等。这些说法的流行，比资源掠夺更可怕，天下哪有这等事！不用去远，就在汉口老街上那些用先辈双手制造成的红砖建成的房子，哪一所不是百年以上历史？那没有炸掉的栈桥分明是有意留下作为文物的！对人来说，可怕的不是财富被掠夺，而是文化意志的屈从，这才是莫大的耻辱。

侵略者最为得意的肯定是文化的奴役，文化的奴役则表现在文化的自卑。

小时候，乡村中人对黄石这类大地方同样存有文化的自卑。在同一民族之内，这样的自卑比较容易得到化解。在侵略与被侵略者之间，在侮辱与被侮辱者之间，那种表现为自卑的言行，于人性深处是情怀与思想的麻木。

对一个国家来说，钢铁企业的荣辱就是每个国民的荣辱。

对一个人来说，所面对的日子才初显安逸，便对往日的血泪史信口开河胡说八道，有可能是另一场灾难的前奏。

咸宁 ◎ 城市的温柔

我去咸宁总也看不够想不透的是温泉。

在两山之间，淦河猛地拐了一个急弯，像是一个矫健的男子汉斗牛士将腰身一扭，便贴着牛身牛首和牛腿牛尾潇洒地躲开那凶狠的公牛一样，淦河拂过潜山之牛腿，擦过香吾山之牛角，浩浩荡荡地载着汤汤渺渺的畅怀得意昂扬而去。有歌而不唱响，有曲却不悠扬，只把那份亘古的气势写在清澈的水面上。我从山里来到外面，视角里总带着高山大岭的基础，因而不止一次地对淦河上那个叫月亮湾的去处产生一种错觉。事实上那段清流，全然不似男子汉性格，山夹也好，山挤也罢，它的流淌依然是那般舒缓沉静，带着一种哲学思考的意味。如果仅此还可以说它像是一位有学问的男人，可它偏偏还明白无误地凹凸许许多多的柔情与温顺、荡漾与回旋的尽是女孩子一般清纯与无邪、至爱与真情。为什么有湾水不急，为什么有滩浪花浅，皆因那水底有温泉。

由于说水底温泉有十二孔，由于说温泉水温在四十几摄氏度，我愈发相信自己的判断，只有女孩才是双数，只有女孩的温情才会这么冷暖适度。有一天，我从一本杂志上读到，那让男性世界热血沸腾的斗牛场上开天辟地出现了女斗牛士。在那一刻里，我想到了咸宁温泉，我没有亲眼看见女孩斗烈牛的场景，但我毫不怀疑它就是淦河流过潜山和香吾山留下的一处叫月亮湾、一段叫温泉河的那种模样。

对于南方的这座小城来说，除了赐名温泉以外，的确没有其他的最佳选择。大自然给了人类许许多多的恩赐、然而人类往往无视这种恩赐，不惜背叛、不惜抛弃，离乡背井地来到除了人和房子以外最多的东西就是罪恶的所谓城市。在这样的城市里，连温柔也是有价格的。即便价格最高的温柔，也像那些假山假水，因为矫情而在多数时间里非常靠不住。水龙头里流出的热水充满了铜臭，甚至那些只在小房子里蒸腾的热气中还弥漫着淫荡。南方的这座小城却是少有的例外，人们来此筑城的唯一理由是这里有十二孔温泉，有一段被十二孔温泉温暖着的河流。

在那种朴实无华的劳动之后，温泉便是一种滋补液，无忧无虑地沉浸其中，身心被大自然作一次次洗礼，洗净的是肌肤，清洁的却是灵魂。本是求生的人来到了温泉寻一份依靠，后来，得到的竟是朝圣的感觉。温泉日夜洗涤小城，将污垢冲入河中化为肥沃滋润两岸，小城因此至今保留着乡村一般的宁静与清纯。

灯红眼不红，酒绿心不绿。

温泉的温柔实实在在是一种超然的体现。

那个在中国近代耻辱史上无人不知的冈村宁次也在此作过小憩,温泉想必洗过他身上的征尘,洗过他身上的血腥,然而温泉却不肯洗去他身上的罪恶。温泉也洗过在那场南方边境战争中被火焰烧伤的将士,温泉还给他们健壮的体格,却没有软化将士们的意志。温泉洗过墨砚也洗过泥牛……超然的温泉温柔地包容着天下,天下的万般造化在温泉之中却只有一种,温泉只有温柔也只需温柔。

女孩的温柔每每造化出强大勤勉的男子汉,温泉的温柔造化一座城市,一方水土。在城市里已没有真正的温柔了,一份温柔的付出背后是一份同等的补偿,而一份补偿的背后则是对心灵的一次刺伤。大街小巷里,矮屋高楼中,充斥着一股股弥天的焦灼与浮躁,人的心性都在偏移,毗连无尽的楼房群如同一列企图行驶在已被抽去枕木的铁路上的火车,随时随地都可能发生颠覆。城市的颠覆是在内心深处,它的形体不会垮掉,相反的它会变得华丽和奢侈,只是在作为城市的灵魂,人的意志与精神会随着温柔的畸变而失去家园,成为笼罩着城市的流浪者般的气息与云烟。

拥有温泉的小城这时无法回避地成了我心中城市的楷模。城市也应有祥和,城市也应有淡泊,城市也应有宁静,城市也应有温馨与温柔。这不是奢求,这是我来到城市后最强烈的感受,没有这些城市就是不健康的,不健康的城市只会成为我们生存环境中的毒瘤。

温泉是小城的福分,小城理应加倍珍惜这份温柔,别让温泉毁于奢侈,也别让铜锈毁掉温柔。温泉属于每一个普通的人,它的天性是自然,这一点对于城市与人来说都尤为紧要!

嘉鱼 ◎ **大功**

　　一个人行走的足迹，往往就是历史的足迹。譬如这次去嘉鱼，在某种意义上来看，最合适的说法应该是历史的选择。像我这样的一个人的确算不上什么，但是当一个个生命被冠以战士，并且由几千个这样的生命组成的集团，在一夜之间从黄河流过的华北大平原，驾驶铁骑疾驰到长江涌起的共和国粮仓一样的江汉平原时，他们的每一步行走，都会在大写的历史上留下不可磨灭的印痕。

　　如果没有一九九八年夏天的经历，很难让人相信，一场雨竟会让一个拥有十二亿人口的泱泱大国面临空前的危险，以至于不得不让这支战士人数几十年来一直雄踞世界首位的军队，不得不进行自淮海战役以来最大规模的战斗调动，而他们的搏杀对手，竟是自己国土上被称为母亲河的长江。在去嘉鱼的公路右侧，江水泛滥成了一片汪洋，让人情不自禁地想起亘古神话中的大洪荒。从北京来的一位资深记者告诉我，有关部门已将《告全国人民书》起草好了，如果洪水失控便马上宣告。这位记者心情沉重得说不下去，同行的人好久都在沉默不语。当我们又是车又是船地来到簰洲垸大堤上，面对六百三十米宽的大溃口，不堪负荷的心让人顿时喘不过气来。那轻而易举就将曾以为固若金汤、四十多年不曾失守的大堤一举摧毁的江水，在黄昏的辉照下显出一派肃杀之气。这时，长江第六次洪峰正涌起一道醒目的浪头缓缓通过。正是这道溃口，让小小的嘉鱼县，突然成了全世界瞩目的焦点。正是这一点让济南军区某师的几千名官兵在二十一个小时之内奔行千里，来到这江南小县，执行着天大的使命。

对于这个师的一万三千名将士来说，抗美援朝时的特级战斗英雄杨根思曾是他们心中无上的骄傲。可是和平对于向往英雄的军人总是格外地残酷。一道裁军命令让一万个英雄的理想在刹那间成了永远的梦想，曾让将士们自豪的建制番号就要成为心中挥不去的痛，新的建制只能留下现有官兵的零头。在嘉鱼县城实验学校某团临时驻地里，我头一回听见那些校官们谈到自己的下岗问题。他们直言不讳地说，全师将有数百名军官下岗。我是八月二十日来到这个部队的，这个日子离他们开始整编的预定时间只有六天。但是一场跨世纪的洪灾，彻底夺走了他们为自己的明天与未来思考的机会。这个团同师里的其他团队一道，八月八日中午从原驻地出发昼夜兼程赶到武汉，然后又马不停蹄地独自赶往嘉鱼。九日上午车队进县城，当地群众刚拥上来欢迎，命令就下来了：拦阻江水的护城大堤出现两处重大险情，数百名官兵连安营扎寨的地方都没看见，便跑步冲上江堤，一口气干了十一个小时。

说来也巧，这个团有八十三名战士是嘉鱼籍的，当他们从大卡车里跳下来，沿街冲锋时，他们中的一些人被自己的亲人认出来。当父亲母亲哥哥姐姐追上来喊着这些战士的名字时，他们除了回头应一声以外，连惊喜的笑容也没来得及给一丝。一位名叫刘党生的战士，后来在驻地门前站岗时，因其乡音被县电视台的记者辨出，而拍了一条新闻。家住乡下的父亲在电视里看见后，连忙来县城里。父子见面时，刘党生正在江堤上扛着土包加固子堤，没空同父亲讲话。父亲就追着他来回走，并不时伸手帮儿子一把，后来干脆同儿子一道一人扛一只土包，父子二人一下子成了一个战壕的战友。另外一名战士的遭遇更巧。那天他在堤下同战友一道值班，忽然见到堤上有自己村里的熟人，他连忙追上去打听，才知道挨着哨棚最近的那座灾民窝棚就是自己家人此时的家。战士走进那被洪水洗得一干二净的家，同家里人简单说上几句话后，又回到值班岗位，从此再也没进过这近在咫尺的家门。

我在这支部队待了三天三夜，这期间不知多少次面对当地群众来慰问时顺手贴上的一幅标语出神。标语是这样写的：来了人民子弟兵，抗洪抢险更放心。这样的时候，我总会想起团长张德斌和政委陈智勇反复说过的一句话："视灾区为亲人、把灾区当故乡。"他们说这句话来源于陈毅元帅的那句名言："我们是人民的儿子，哪有儿子不孝敬父母！"这个团的前身是新四军一师一团，向来以打硬仗闻名，团下属有四个大功连队，淮海战役两个，抗美援朝一个，还有一个是在一九七五年河南驻马店抗洪抢险中获得的。时间选定一九九八年八月里让这支部队在特殊地点上与历史和未来作了次碰撞。在三国古战场的南岸赤壁镇，有一道名叫老堵口的江堤，是当年国民党军队的一个师用泥土和芦苇筑起来的。当然这不是那支后来被解放军彻底击败的军队有意给对手留下的伏笔，但这无疑是常胜之师是否名副其实的又一轮考验。八月中旬，老堵口出现一处直径半米的管涌，从管涌里喷出来的江水达五米高。此时，旅游胜地赤壁镇已被搬得空空如也！

团属炮营几百名战士冲上去，用尽了一切可能奋战了几十个小时，硬是奇迹般地将凶猛的管涌治服了。在我前往嘉鱼的路上，碰见一支海军陆战队的车队。当时天上雷雨交加，地上狂风怒吼，他们的行进更显威风八面。海军陆战队是去替换驻防赤壁镇的炮营，这样的威武之师却面临一场尴尬：当地的干部群众坚决不让炮营走！他们太信任炮营了。不知这些生长在古今兵家必争之地的人们知不知道，这场与洪水的决斗是这支英勇善战的部队的最后诀别。也许他们根本就没有想到这么棒的部队竟会说撤销就撤销！

对于战士来说，他们知道这是不争的事实，因此他们表现得格外珍惜。来到嘉鱼后，战士们最流行的有两句话：用汗水洗去身上的污垢，当一个受人尊敬的好兵；多吃点苦，将来做人有资本！

团长张德斌告诉我，他们的家属也特别能战斗。政委陈智勇同妻子是在老山战场上相恋的，他们有个可爱的儿子叫陈思。哪知小家伙患上严重的肾病，才十一岁两腿就肿得不能走路。他们好不容易找到国际知名的肾病专家黎磊石教授，治了一阵，刚有些好转，陈智勇就随部队上了抗洪第一线。小陈思在家苦思冥想，画了一幅如何为江堤堵住溃口的设计图：所用材料为钢筋水泥、橡胶和棉絮。我在电话里同小陈思交谈过一次，问他是否给他妈妈添了麻烦。他奶声奶气地说："我是男子汉，怎么会哩！"六次洪峰从嘉鱼通过后，团里的军嫂张燕从漯河发来一封给全团官兵的慰问电函，她说："……我真想马上赶到你们身边，为你们洗衣、烧水、做饭，来安慰你们的疲劳。你们太辛苦了，在这里我代表军嫂们，代表家里的亲人向你们说一声真的好想你……"张团长挥动着慰问电函说，这也是他们团的战斗力。

八月二十一日上午九点整，我们还在这个团里采访，突然来了紧急命令，五分钟内五百名官兵便在张德斌、陈智勇的率领下驱车直赴发生险情的新街镇王家垸村。陈智勇后来说灾难考验人时，正是上帝对谁的垂青。面对他们的又是一个罕见的管涌，它在离江堤一千五百米的水田中，直径达零点七五米，流量为每秒零点二立方米。发现它时，它已喷出一千多立方米泥沙。水田里的水有齐腰深，管涌处，离最近的岸也有几百米，而离可以转运沙石料的地方有上千米。那一带是血吸虫感染区，可张德斌和陈智勇想也没想，就率先跳进水中，在前面为战士们开路。

我有幸在管涌现场目睹了这场与灾难赛跑的全过程。没在水中的稻穗上，战士们用血肉的身躯铺成了两条传送带，团长政委不时高喊："决不能让簰洲垸的悲剧重演。"有两个连队已在附近江堤上突击干了一天一夜的活，还要轮换休息，早饭都没吃，便又赶来抢险。陆续赶来的部队达两千余人，泡在水中的这些最早到达的官兵直到将两百多吨堵管涌的沙石料全部运到现场才上岸吃午饭，这时已是下午两点。

我在第二天的报纸上读到有关这次抢险的报道，所有报纸无一例外地都只让人从那句"两千多名解放军战士参加了抢险"的语言中，才能感受到他们曾经存在过。我不知道那位同样是战士们背到管涌现场的泥石堆上的记者，是否写了这些消息中的一篇。我庆幸的是自己数次被记者们当作了抢险的战士，我为自己的鱼目混珠而自豪。我将这些报纸拿给一些官兵们看时，他们飞快地扫了一眼，然后淡淡一笑。

这笑让我忽然来了个念头，既然大智若愚，那么会不会是大功若无？王家垸管涌下午一点四十五分才开始由技术人员倒下第一袋寸口石，但那些根据某些人的行程来写的文章却说中午十二点险情就基本排除，那些显赫的名字又一次散着油墨香时，张德斌和陈智勇正带领战士苦战在水田里。从下水开始，二十一小时后，正是第二天清晨六点二十分，战士们用冲锋舟运完了最后一批沙土包将蓄水反压管涌的围堰垒好后，大家手挽着手，高举着红旗，唱起那首士兵们最爱唱的《当兵的人》。那一刻，朝阳正在升起，在他们的身后彩霞有一万丈高。没有任何镜头对准那一张张英姿勃勃、再厚的泥水也掩不去青春光彩的脸庞。

实际上他们无须别人来评说。听听大功三连的连歌：《这就是三连的兵》！听听大功六连的连歌：《打不垮拖不烂》！再听听大功八连的连歌：《英雄的连队英雄的兵》！三连连歌中有这么一句"打胜仗，出英雄，为国为民立大功！"簰洲垸的悲剧没有重演，那位六十二岁的老专家曾泡在水中对我说："这些战士一个能顶几十个壮劳力，没有他们，长江大堤恐怕不止垮几十次！"灾难像被关在瓶子里的魔鬼，一切的企图都成了徒劳。这是真正的大功，它将安宁与平常，不事声张地交还给还在享受平常与安宁的人，不使他们觉察到灾难曾与自己擦肩而过，所以大功确实若无。

　　我真希望，在中国军队的序列中，这支部队的番号永远不被删改，我也希望，这么好的官兵应该尽可能长久地留在部队中。我想嘉鱼的人民在面对日后哪个雨季的洪灾时，也会对记忆中的这支部队说，真的好想你！我还想，只要长江还在流，它就是这支曾与它鏖战过的部队数千名将士永远的绶带！

玉树 ◎ **任性到玉树**

终于踏上"万里长江人文行走"的最后一程了。最近一阵一直在创作新的长篇小说,按过去的习惯,这样的时候我断断不会三心二意地再去做别的事。然而,一想到终于有机会拜谒到那日日夜夜从我们生活中流过的滚滚大江的本源,就觉得再重要的事情也值得往后推一推。

记不得上次任性是什么时候了。这一次,我是下定决心了。而且还是一次做出三个任性的决定。第一个决定是要乘高铁,由武汉到兰州再转西宁,飞机再快捷也不选择。第二个决定是必须到玉树,衔接第三阶段走过的金沙江和第四阶段将要率先行走的通天河,再横穿可可西里抵达沱沱河,而放弃经德令哈与格尔木也能抵达通天河上游的经典旅游线路。第三个决定也是不坐飞机,只乘汽车在高原上长驱八百二十公里到达第四阶段的起点玉树。

有人说,任性首先要有本钱。其实不然,关键是必须承担任性所带来的各种效应。二〇一七年七月十九日从武汉出发的高铁，像是患了冷热病，过郑州、西安、天水等地，虽然车厢内空调质量还可以，但还是扛不住车外不断变化的气温，一会儿需要加上外套，一会儿又恨不能将衬衣脱了只留下文明人从来不会裸穿的背心。还有兰州转往西宁的动车上，那些持站票站在车厢过道上的乘客，将三分之一个身子凑在我的肩膀上，隐隐约约地唤起二十世纪九十年代在南下广州的火车上被挤成人肉干的记忆。

让人尴尬的还有，武汉在发高温预警，西安在发高温预警，兰州在发高温预警，都到了号称凉都的西宁，手机上跳出的也是高温预警。西宁当地从来不用空调，住处的房间里连电扇都没有，赶上许多年来最热的一天，即便是从火炉武汉来的人，一旦缺少降温的设施，面对老天爷的任性却无计可施。好在有当地的朋友用热情做空调，一边说全西宁找不到一台空调，谁要是装了空调，那就等于是在嘲讽凉都，一边请我等到夜里十一点半开始喝青稞酒。都要到凌晨一点了，天亮之后就要开始翻越九道大山的我发现，青稞酒真的如朋友们所说，是最好的空调，喝着喝着，天气就转凉了。开始喝着青稞酒时，我心里还在想，要不要知会老省长，都来这儿了，而且未来的活动肯定要见诸当地媒体，真个一声不响，在情商上总会有点小折扣。一杯接一杯地喝多了，就只记得称赞盛夏时节的青稞酒，是一道解忧的良药，再也不管其他。

第二天早上，按照事先安排，在《青海日报》的一楼大堂，我与三江源国家公园管理局的负责人就三江源地区行政区划的历史遗留问题谈得很火热。从规划长江源之行开始,我就对作为长江之源的格拉丹东冰川落入两省之间行政管理的某种尴尬有了疑问。没想到此时此刻提及此番话题,竟然颇为沉重。我也没有想到,当自己为因应这个话题,摊开那本预备此番行走而购得的几十年前的油印小册子,竟引起管理局负责同志的极大兴趣,因为是早期相关地区的土地资源调查综合报告,对方甚至有种如获至宝的感觉,连连称太有缘分了。

在漫长的行走计划中,长江源这一段被放在七月中旬,也是巧了,先是三江源自然保护区在联合国大会上成功申请成为世界自然遗产。接下来宝鸡到兰州的高铁于七月九日正式通车,使得像我这样因患有飞机恐惧症而对山水大地格外亲近的人,在前往西宁时,也有了现代性选择,同时也能享受现代化带给人类的高质量生活方式。

与三江源国家公园管理局负责同志的谈话还在进行时,手机铃声响了,一接听,竟是老省长打来的。我赶紧说,昨天到得晚,又被文化界的朋友拉去喝酒,没有及时报告。老省长既往在湖北多有口碑,后来调任青海,听说我们十一点到后才开始喝酒,就开玩笑说:"怎么不叫上我,那时我还没睡。"老省长仔细问过我们的行程后,很遗憾来不及在青海见面,只能待有机会再回武汉时再聚。在电话短暂的交谈中,老省长多有提醒,并说如有困难,到时候直接找他,我则回应自己也算是老青藏了,不到万不得已不会麻烦他。几分钟的电话交谈,也算是一种交心。老省长从江苏到湖北工作，再从湖北前来青海，毕生与长江结缘。我们的行走也是从长江下游到中游，再到上游，最后来到长江源头。相比我们历时四十天的"万里长江人文行走"活动，包括老省长在内的许许多多将毕生奉献给长江的人，更是用自己的人生在行走，方式不同，方法不同，对于长江的情怀却无差异。谈起这些，老省长听后轻轻一笑，随口说了一句在湖北时他最爱说的那句话："我们只是在做些实事。"

放下电话，举行过简单的出发仪式，踏上八百公里行程，过日月山、河卡山、鄂拉山。临近姜路岭时，熟悉当地情况的司机发现还没有正式通车的高速公路上不断有跑长途的大货车迎面驶来，便试着也将车开上高速公路，接下来翻越大野马山、小野马山就变得容易多了。心里一放松，想法也就多起来。这两年，高铁和高速公路都在快速向着西部高原延伸，既是一种经济上的溯源，也是一种政治上的溯源。

天下事情，莫不是殊途同归，那些看上去风马牛不相及的事，并非真的互不相干，只不过是我们的意识没有到位，我们的思想也没有进入到正确轨道。修筑在永冻土上的高速公路两旁，可见到一排排造型奇异又不失优雅的金属杆。这些金属杆具有与电冰箱类似的制冷功能。中国的高速公路建设者独具匠心地将这巨大的土木工程按最简单的家用电冰箱方式进行处理，这想法何尝不是殊途同归？一个简简单单的构思，就解决了世界高速公路建设史上曾经无法逾越的难题。

翻过前面的巴颜喀拉山就是玉树市，青海省作家协会主席、藏族才女梅卓突然来电话。有昨夜那一顿酒，她自然知道我来青海了，我也知道她当时正在远离西宁的果洛，但断断没有想到，我正前往玉树，她也在前往玉树。

我本有多次机会早几年来通天河边的玉树，却因特殊原因没有如愿。这一次不请自来，前两次受邀需要我做的事情，像是仍旧摆放在那里等着我来完成。

终于来到通天河边的玉树，高原的阳光格外明亮，高原的树荫格外清凉。一座从地震废墟中新建起来的大楼里，聚集了一大群散发着浓烈艺术气质的玉树人。作为不速之客，我受邀参加他们的"《玉树篇章》系列文学作品首发式"。这一次不请自来，虽然晚了些，玉树用这样一种出乎意料的方式表达对我们的欢迎，让我依旧可以任性地说，来得正是时候啊！我还任性地说，尽管在都市里，各种欲望碰撞得电光四射时，肯定会产生瑰丽的文学灵感，那些巨大的文学元素，注定只会蕴藏在山的最沉重处，水的最清纯中。

站在玉树，第一眼望见通天河，那清一半、浊一半，激扬左岸、温情右岸，可以迎着高山一头撞过去，可以梦想天外迷离洒出去，如此任性正是长江源起的福地。为了长江的任性实在是一种主观与本能的美妙结合。

踏上高原的人是需要一点任性的。

没有了任性，高原上的诗意就会躲藏在雪山的另一边。

乡野

柳暗花明又一村

江南 ◎ 茉莉小江南

长篇小说《圣天门口》中有位会用军号吹曲子的冯旅长，他吹的曲子叫《茉莉花》。小说改编为电视剧时，用《茉莉花》曲调作为这部四十八集年代剧的主旋律。不曾料到音乐刚配好，阿拉伯世界闹起"茉莉花革命"，剧组的人一紧张，就将全部配乐推倒重来，一下子就乱了作品心绪。更想不到，时过境迁，前不久，这个世界有影响力的众多国家首脑齐聚杭州西湖，其间最令人心动的音乐正是《茉莉花》。说起来，《茉莉花》作为歌曲，还是二十世纪三十年代一位出生入死的共产党员在战火纷飞之际于太湖边写成的。

陕北有山丹丹，这本是天造地设；江南产茉莉花，就不必心猿意马。

一直以来，从上海起沿长江逆流向上到南京这一段，常熟、南通、无锡、苏州、江阴、镇江、扬州，是大一些的地方，小一些的地方，尤其是周庄、同里、西塘、乌镇、南浔和甪直，每走一处，无一例外。南京和扬州等大一些的地方，宛如茉莉花束，周庄和西塘等小一些的去处则是茉莉花朵。甚至瘦西湖、玄武湖和太湖等水域，也像晨露或小雨淋过的茉莉花，淡雅清清，远香徐徐。

都是用大水洪波滋生，黄河醉心于牡丹，长江下游又名扬子江的这一段痴情于茉莉。牡丹花开之处，天上地下差别不大。茉莉花开之后，人间世情各有千秋。若比美人，扬州是少女盈盈十五，又有那瘦西湖做成的小蛮腰；无锡是二十几岁的待嫁新娘，用一座太湖做镜子，忸怩是婉约还是盛装；苏州是初为人母的少妇，什么粉脂都上妆，什么衣着都风韵，无论什么人群站在其中都出色；镇江则像半老徐娘，因为成熟，丰姿更胜，雅韵更深。

身为江南美艳之首，南京像什么呢？从中山码头上来，凭着望江楼的窗台眺望，只见洲滩秀逸、江涛浑厚，轻帆与巨轮，轻盈的格外轻盈，奔放的更加奔放。忽然想起南京被称作江宁府时，丈夫为知府、妻子为诗人的那对夫妻。那知府叫赵明诚，妻子叫李清照。二人相亲相爱宛如天作之合，如果没有那场突如其来的兵变，谁也无法推测这段爱情童话会被诗词文章演绎到何种高度。歹徒恶棍横行霸道之际，怎一个赵明诚，丑得了得，一改平素的儒雅大方，带着两名部下，系上一根绳索，溜下几丈高的城墙独自逃命，全然不管平日里耳鬓厮磨的爱妻与嘴上总说生死与共的全城百姓性命。所幸兵变被他人平息，之后不久，赵明诚带着李清照离开江宁往湖州赴任。途经乌江，早已是婉约派首席情感大师的李清照，突然豪情喷薄，写下那首"生当作人杰，死亦为鬼雄。至今思项羽，不肯过江东"的千古名篇。大多数人不懂其中玄机，以为诗中文字一笔一画都可化作英雄宝剑，不知在英雄史诗之后，还藏着一部旷世的爱情悲剧。知情者说，赵明诚在湖州任上不到一年便一命呜呼，本质上是被这首诗活活郁闷死的！

从江宁到南京，时而京畿，时而废都，时而烟花数十里，时而血海几尺深。如此城楼城堡城池，婉约时如李清照，豪迈时如李清照，遇上寻寻觅觅冷冷清清凄凄惨惨戚戚的境地，不做河东狮吼，不以村妇疯癫，只引出项羽作为怀想，将痴情换成死心，直教懦夫明白，自己已没资格谈情说爱，可见李清照的真了不起。

曾经的南京拥有无数情话，拥有过李清照自然是最了不起的情典。

茉莉花香得如此柔嫩，江南爱情故事才会格外动人。

一座甘露寺，将镇江的北固山从古来兵家必争之要塞变成丈母娘相女婿的风水宝地。一场风花雪月事，一段美满姻缘情，活生生被羽扇纶巾的政客、纵马沙场的武夫弄得杀气腾腾。危险归危险，最终好事还是成了。成了好事以后，那些于爱情背后做些肮脏事情的手脚，反而成为这段国家级绯闻的重要注释。北固山上的那段长廊，因为没有听到摔杯声响，昭烈帝的项上人头才没有顺阶而下，滚落进长江。而此事最妙的是那孔明先生，一辈子只与隆中茅屋里结发的极丑女子厮守，不仅识得孙小妹深爱刘皇叔的柔情，还破解吴国太的心思，认定吴国太一定会喜欢上儿子的政敌。只能说诸葛亮对江南茉莉花有着睿智见解，懂得那花香中深藏不露的情爱密码，所以才不安排刘皇叔去曹操的地盘相亲。

这种事情如果发生在北方黄河边，一百个刘皇叔也插翅难飞。儿子的对头送上门来，俺老娘不帮一把谁还会帮上一把？情到江南，自成学问。中国的爱情史，一百万字中有九十九万九千字是由丈母娘执笔。北固山巅那尊屡遭雷击的铁塔，仿佛一支铁笔，是为见证山南山北山东山西的爱情而变身残缺的。眼前情爱明明是丈母娘当家做主，却硬要将一些眉来眼去、暗通款曲、私订终身，当成男女交合的正途，人人都不说真话、不写真相，不就等于笔是废笔吗？几千年来，丈母娘把持的爱情好与不好，甘露寺不是证明吗，这是佳话呀！漫天杀伐终归要回到美人浅笑之中，如果按丈母娘说的去做，吴蜀没有刀兵相见，岂不是江南苍生一大幸事！

没有内乱内战，不再兄弟阋墙手足相残！多几个这样的丈母娘，是邻里乡亲的幸福。多一批这样的丈母娘，是家国民族的幸福。

北固山真个是丈母娘山！

甘露寺应该称为丈母娘寺！

江南秀美，在于山水，在于花草，在于这些深入人心的关乎情爱的传说。那个白娘子，在许仙面前是何等可人，不然就不会让一个读书人明知对方是白蛇化身，还死活不改爱心。茉莉花是江南美人的真身，美人是江南茉莉花的幻影。到了长江这里，茉莉花也好，美人也罢，都是水浪的花与朵。那白娘子是通读了长江之心，才成为江南女子精灵，柳径轻移，花蕊绕日，媚肢缠风；小窗愁绪，梨花带雨，蝉露秋枝；香帐独眠，胸雪横陈，鬓云洒地。这一切本就十分迷人，还要如绣花一样，针与线恰到好处地做了一次邂逅。那终身不得反而得之的快意，一番怨别，足够相思千古，也就怪不得她秀目圆瞪、柳眉重大。不只是她要引江水淹了金山寺，流了十万年的长江看在眼里，心有疼痛，愿意帮白娘子一把，才有一股股江涛像茉莉花海一样涌上高高在上的金山寺。

　　茉莉花开遍的江南，实在可以令人像茉莉花一样略有羞怯地告诉世间——爱在江南。乌江上的李清照，甘露寺中的丈母娘，金山寺前的白娘子，将最不可能的爱情早早地写成诗剧，向四面八方流传。小花茉莉，小镇江南，丰盈的不只是柔情，还有丝丝入骨的大雅大善大纲大观。

赣南 ◎ 新三五年是多久

赣南是我如今常常要去，并且常常牵挂的命定之地。

第一次去，是五年前的春节。那是我头一回陪妻子回娘家。年关时节，火车上人很多，就连软卧车厢也没法安静下来。火车在赣州前面的一个小站停了几分钟。我们抱着只有十个月的小女儿，迎着很深的夜，就这样几乎什么也看不见地踏上了总是让我感到神秘的红土地。到家后的第一个早晨，那座名叫安远的小城就让我惊讶不已，包括将一汪清水笔直流到香港的三柏山和小城中奇怪地起名天灯下的古朴小街。我是真的没想到赣南的山水如此美妙，第一次行走在她的脊背上，天上下了雨，也落了雪，浓雾散过之后，冬日暖阳便习习而来。从安远回武汉，那段路是白天里走的。山水随人意，美景出心情，这样的话是不错。回到湖北境内，将沿途所见一比较，就明白对什么都爱挑剔的香港人为何如此钟情发源于赣南的东江秀水。

我是在大别山区长大的，二十世纪二三十年代，鄂东和赣南两地有着非常特殊的渊源。在安远的那几天，妻兄不止一次地对我说起，此地从前也是苏区，在政治上三起三落的邓小平，第一次就"落"在安远。那一天，他带我去看毛泽东著作中屡次提及的"土围子"，即当地人称为围屋的建筑奇观。汽车先在一处苍凉的废墟前停下来。妻兄说，从前，这里是一处围屋，赣南一带最早闹革命时，里面曾经驻扎着一支工农红军的部队，号称一个营，其实也就一百多号人。那一年，他们被战场上的对手围困住了。对手虽然强大，却屡攻不下。对峙了一个月后，一架飞机从天际飞来，将一颗颗重磅炸弹扔在做了红军堡垒的围屋之上。曾经坚不可摧的围屋被炸成了一堆瓦砾，红色士兵的血肉之躯没有一具是完整的。历史的围屋有的毁于一旦，有的仍旧生机盎然。当我站在另一座名为东山围的真正的围屋中间，看着庞大的古老建筑，超过一千人众的鲜活居民，还有围墙上那一个个被迫击炮弹炸得至今清晰可辨的巨大凹陷，情不自禁地想象，曾经有过的残酷搏杀是如何发生的。

我们这一代人是在革命文化中泡大的。从能识字起，就抱着那一卷接一卷仿佛总也出版不完的革命斗争回忆录《红旗飘飘》看。围剿与反围剿、遵义会议与四渡赤水、爬雪山与过草地、《十送红军》与《长征组歌》等词汇及凄婉壮美的歌曲，自然而然地成了文化修养的一部分。在时代快车面前，历史真相往往擦肩而过也难为搭乘者所知之。如果仅仅是一次接一次的探亲之旅，老岳父退休之后所种植的丰饶的柑橘园多半会同无数相同的青翠一道，将红土地上的壮烈定格成用勤劳换得的甘美。

二〇〇五年五月十三日，我在南昌与中国作家重访长征路采风团的同行一起，同江西省委负责同志座谈时，大部分话题还在赣南柑橘味之美已经成为世界第一上。第二天的年后，车到瑞金，在扑面而来的遗址遗迹面前，脑子突然冒出小时候读过的一篇文章：《三五年是多久》，并惊讶于它在心里深藏了这么多年，居然一点也不曾丢失。当年红军仓促离开瑞金时，一位老大娘拉着红军战士的手，问何时能够回还。红军战士说三五年。老人等了三年不见亲人回，等了五年还不见亲人，她以为三加五等于八年，可是还不行，等到当年的红军战士真的回来时，她一算：三五一十五，原来是十五年。

隔一天，到了兴国县，才晓得还有比老人的等待更让人为之动容的。一位当年刚刚做新娘的女子，自红军长征后，多少年来，每天都要对着镜子将自己打扮得整整齐齐，然后去那送别丈夫的地方等候他归来。这位永远的新娘，从来就不相信那份表示丈夫已经牺牲的烈士证明书。她只记得分别的那个晚上，那个男人再三叮嘱，让她等着，自己一定会回来陪她过世上最幸福的日子。我们到兴国前不久，一直等到九十四岁的新娘终于等不及了，她将生命换成另一种方式，开始满世界地寻找去了。

这样的等待让人落泪。还有一种等待则让人泣血。在兴国县一座规模宏大的纪念馆里，挂满了元帅和将军的照片与画像。在将星闪耀的光芒下，讲解员特地告诉我们，新中国成立后，一位将军以为革命成功了，家乡人肯定过上了好日子，他高高兴兴地回到家乡，却发现当地仍旧那样贫穷，便流着泪发出誓言："家乡不富不回来。"

这些事，在过去都曾有过书面阅读。站在赣南的红土地上，我才感受到这一切原来如此真实。就像后来到了贵州的铜仁地区，几十年后的今天，那里的生活还是如此艰苦，不时能见到公路旁竖立着国务院所认定的贫困县的石碑。那里的道路还是如此险峻，我们虽然乘上了汽车，但是走完每天的行程还是累得腰酸背痛。遥想当年，那种困苦更是何种了得！

私下里我问过一位兴国人，那位非要等到家乡富了再回来的将军后来如何，对方只是轻轻地一摇头，随后一转话题，告诉我另一个故事。二十世纪八十年代，兴国和于都两地曾经流传一句话："兴国要亡国，子都要迁都。"说的是当地的贫穷。有一次，国务院派一个调查组来到某地，村干部为他们做了三菜一汤，三个菜做熟了，剩下一个汤因为没有柴火了而烧不开。无奈之中，村干部只好将自己所戴的斗笠摘下来，扔进灶里当柴火烧了。因此我便猜测，那位为家乡人过好日子忧心如焚的将军，后半生将过得比当年的长征还艰难，因为在他心里除了作为执政党的一员，所必须继续坚持的党性长征之外，还有作为普通人的人性长征。感恩对一个人来说是一种道德。一个历经数不清艰难困苦才从受压迫地位上获得新生的政治组织，对执政基础的感恩，不仅也会被理解为良好道德，更是确保自身能够源源不断地获取新的政治资源的唯一途径。如此，就不难理解，穿行在赣南红土地上的京九铁路为何将科学常识抛在一边，而在被血与火浇浴和焚烧过的高山大壑中曲折前行。这些感动了历史的人民，有足够的力量让钢铁拐个弯。

那一天，在瑞金，顺路参观了当地规模最大的一处柑橘园。绿得有些忧郁的一棵棵树上结满了指头大小的青果。有人问我，老岳父的果园有没有这般大。当然这话是戏谑，同许多赣南人的选择差不多，老岳父的果园只有二十亩。从一开始，当地政府就制订了十足的优惠政策，任何一片柑橘园，从下种到收获，绝不收一分钱的税费。老岳父多次笑眯眯地说过，三五年过后就好了！老岳父所说不是三五一十五年，也不是三加五等于八年，不出三年，或者五年，那时，每年就能从这片果园里收益一万几千元钱。老岳父的柑橘园种得较早，如今已有了他所预期的收益。在他之后大大小小的柑橘园的兴起，宛如当年闹苏维埃一样火热。只要和那些在新开垦土地上培育柑橘幼苗的人聊起来，一个个都会充满期冀地说着相同的话："过三五年就好了。"果真这样，将军若是健在，一定会毅然还乡，与祖祖辈辈都在贫苦中挣扎的赣南人一起开怀大笑。长征精神是伟大的，更应该是勃勃生机的。离开瑞金之前，当年的红军总参谋部门前，几个当地的男人正在一棵参天古树下面忙碌着。看样子是在为盖新房预备桁条，有人在拿着弯弯的镰刀刨那树皮，有人挥动斧头，按照黑线将刨过皮的树进行斧正。见到的人莫不会心一笑，这是意味，也是象征。

当年那位老奶奶所惦记的三五年，那份盼归的心情背后，是盼望那些庄重的允诺。即使她真的只怀着朴实的思念情怀，那也应该使得领受这份情感的人，更加牢记那曾经的千金一诺。

江油 ◎ **铁的白**

不管走到哪里，我都不愿改变在离开故土之前就已经刻骨铭心的那些称谓。每年的五月，纸质的、电子的、视图的、文字的传媒都在说"杜鹃花开了"，而在口口相传的交谈中，大家还会说"映山红开了"。而我，不管走到哪里，不管有没有此类一路从南方开到北方的花，一旦必须表达这些意思时，都会坚决地使用一个在多数人听来极为陌生的名词：燕子红。

我的燕子红盛极而衰时，涪江边的杜鹃花也开过了。

平原的川北，丘陵的川北，高山大壑的川北，地理上的变化万千，映衬着一种奇诡的沉寂与安逸。插秧女子的指尖搅浑了所有的江河，数不清的茶楼茶馆茶社茶摊，天造地设一般沿着左岸席卷而去，又顺着右岸铺陈而回，将沉沦于大水中的清澈清纯清洁清香，丝丝缕缕点点滴滴地品上心头。相比于牵在手中的黄牛与水牛，驾犁的男人更愿意默不作声，毫不在意衔泥的燕子一口接一口地抢走耕耘中的沃土,这种季节性失语,其关键元素并非全由时令所决定。多少年前,那个来自北方的大将军邓艾以三千残兵马偷袭江油城,守将要降,守将之妻却主战,留传至今,已不止是一方沧桑碑文。后来的蜀国只活在诸葛亮的传说中,而不属于那个扶不起来的刘阿斗;后来的江油同样不属于那个献城降敌的守将,让人铭记在心的是那嫁了一个渺小男人的高尚女子。男人犁过的田,长出许多杂草的样子并不鲜见;女子插秧,将生着白色叶茎的稗草一根根挑出来远远地扔上田埂,是良是莠分得一清二楚。

在川北,我总觉得温情脉脉的女子在性别区分中更为精明强干。

一个男人说:"花好月圆。"

一个女人答:"李白桃红。"

男人又说:"水冷酒一点两点三点。"

女人又答:"丁香花百头千头万头。"

转回来轮到女人说:"三层塔。"

不假思索的男人说:"七步梯。"

这个女人却说:"别急,我还没有说完——三层塔数数一层二层三层!"

恃才傲物的男人目瞪口呆半天才说:"七步梯走走两步一步半步!"

惹得旁观的人一齐哄笑起来。

男人叫李白,后来曾让唐朝皇帝的庞臣高力士亲手为其脱靴。

女人是他的妹妹李月圆,后来无声无息,只留下一抔山中荒冢,一片白如细雪的粉竹。

流传在江油一带的故事说，为了安抚时年尚幼的李白，父亲出了一句上联"盘江涪江长江江流平野阔"兄妹俩分别对上"匡山圌山岷山山数戴天高""初月半月满月月是故乡明"。后人都知道，李白将自己的毕生交付了诗，又将诗中精髓交付了月亮。此时此刻，作为民间最喜欢用来彰显智慧与才华的对联，男人李白又一次输给了女人李月圆。

到达成都的那天上午，赫赫有名的四川盆地被五月少有的大雾笼罩着。出了火车站，等候多时的一辆桑塔纳载着我迅速驶上通往绵阳的高速公路，那一年，我也曾走过这条路，去探望在川北崇山峻岭中的某个军事单位里当兵的弟弟。行走在那时候的艰辛完全见不到了，于疲劳中打了个盹，一个梦还没有开头，便在属于江油市的青莲镇上结了尾。"李白就出生在这里！"将一辆桑塔纳开得像波音七三七一样快的师傅伸出右手指了指出现在眼前的小镇青莲。那一瞬间，犹豫的我几乎问了一个愚不可及的问题："哪个李白？"我在心里三番五次地打听。司机与李白的妻子同籍，都是湖北安陆人，所说的每一个字都在乡土与乡情的热潮中浸泡了许久。几天后，一位大学毕业后回江油做了导游的女孩，用一种比历史学家还要坚定的口吻说："李白出生在我们这儿，《大百科全书》上就是这样记载的，郭沫若的判断是错误的。"差不多从第一次读唐诗时开始，凡是比我有学问的人全部众口一词地说，李白出生在西域小城碎叶。如果用国际上通行的籍贯认定法，李白应该是哈萨克斯坦人，而不是中国人。曾经被称为在此方面最具权威的郭沫若先生并不是唯一者，现今备受学界尊崇的陈寅恪先生，也是此种论断的始祖级人物。江油人非常相信哪怕是郭陈这样学富五车的大知识分子，面对浩瀚史学典籍，也会有力所不逮之处。他们所列举的古人名篇中，的确不乏自号青莲居士的李白出生地亦是小镇青莲的白纸黑字。作为后来者，自然法则让我们与生俱来地拥有可以站在前人肩上的巨大优势，所以，面对前人的局限，任何贬损都是不公正的，我们所看到的前人错谬，应该是前人伟业的一部分。没有前几次的探索，江油人也不会有现在的理直气壮，说起那个跟着丈夫来江油避难的西域女子，在江油河边洗衣服，一条鲤鱼无缘无故地跳进她的菜篮，夜里又梦见太白星坠入腹中，随后便生下李白的故事，仿佛是那刚刚发生的邻里家常：还记得鲤鱼是红色的，嘴上有两条须，沾了水后阳光白闪闪的，一如后来李白诗中不同长者的白须白发！又记得拖着长尾巴的太白星，初入母亲怀抱时是凉飕飕的，一会儿就转暖了，这种来自天堂的温情，致使李白的生命从受孕的那一刻开始，就注定了自觉自洁的自由之身。

五月是一种季节！五月是一种灿烂！那一块块依山而建、有清风明月碧树新花相随的青石，因为李白的诗篇而熠熠生辉。阳光下碑刻的影子很小很小，诗魂的覆盖很大很大，弥漫着越过高高的太白楼，锵锵地归落到握在石匠手中的铁钎上。几乎在同一时刻，同行的众人一齐记起，多少年前，那位蹲在溪流之上，立志将手中铁棒磨成绣花针的老太婆。天边飘来一朵无雨的白云，山上开着无名的白花，水里翻涌清洁的白浪，假如传说无暇，贪玩逃学的少年李白则是何其幸运，再不发奋，岂不是天理难容！在铁棒一定可以磨成针的真理之下，并非必须将铁棒磨成针。铁越磨越白，铁棒越磨越细，醉翁之意不在酒，一头白发苍苍的老太婆不经意间就将与铁毫不相干的李白，磨成能绣万千锦绣文章的空灵之针。磨成针的李白自江油而一发不可收，去国数千里，忽南忽北，去东往西，足之所至，诗情画意千秋万载仍在人间涌动。哪位老太婆哩？有谁还记得她的模样、她的姓名、她的伟大与不朽？一如隐藏在莽莽川北的小镇青莲——她造就了诗词的盛唐，却被盛唐的诗词所埋没，她造就了唯一的李白，却被李白的唯一所争议。有一种伟大叫平凡，有一种不朽叫短暂，一个人的笔墨总会是万千乡情的浓缩，一个人的永恒一定是无数关爱的集成。白发三千的老太婆想必是一位熟识人性的老母亲，对她来说，母爱是最容易被记起，也最容易被忘记的，此中道理与阅历一定被她早早经历过了。

又是一个女子！从童年到少年再到青年，一样样的女子每每在生活中所起的作用，当是决定李白一生一世以轻灵飘逸为诗风诗骨的某种关键！

"江油南面三十里处的中坝是川北商业荟集的地方，有'小成都'之称，从青杠坝出发向江油前进的七十里路程中，尽是平坦地带，种满了一望无际的罂粟，五颜六色的花朵，争芳斗艳，确是美观。这是入川后所看见的最大幅的罂粟地，良田美地上，竟为毒物所占用，不免感慨系之。"这是张国焘在回忆一九三五年率部进攻江油时所写的一段文字。当地人也说，当年川北的富庶完全在于有鸦片的种植与收获。在罂粟妖冶的迷惑面前，我很奇怪自己竟然游离了文学惯有的描写，不再习惯于用罂粟来形容某些女子，显现在思绪里的全是那些坐在茶馆里吸食鸦片，或者宁可扔掉刀枪也不肯放下鸦片枪的旧时川地男人。虽然罂粟与鸦片是外来的，李白那时还没有这类美艳的毒物，却丝毫没有妨碍川北男女在李白诗词之外的人生中分野出高下。阅读李白，满篇不见川北女子，满篇尽是川北女子，眼睛一眨，便会遭遇李月圆的温良，心灵一动，磨针老太婆的恭俭就能扑面而来。

铁因磨白而使成材，路因踏白而被行走。

没有磨白的铁是废铁，没有踏白的路是荒径。

那些没有载入李白诗篇中的川北女子却无损毁，一如既往地生活在以小镇青莲为诗意起点的整个川北大地上。就像李白以画屏相称的窦圌山，我所看重的不在于其诡其异，而是那朗朗如白雪的云。又像行走在当年李白求学匡山的太白古道，亦不在于那峥嵘崎岖，只想重蹈此中特有的于泥泞中自净的洁白山光。

宛如燕子红与杜鹃花、映山红，这样的山，我的乡土中也有，这样的路，我的乡土中也有。这样的山和路，人人都应拥有。

罗田 ◎ 天姿

深情莫过深秋，红颜哪堪红叶。

沿着巴河水线边雪一样洁白的细沙，一程程逆流向上。将城市尘嚣丢在汽车的尾气里，再从纷乱如麻的通途中，选择一条用忧郁藏起残春的平常道路，远望大别山，伫对大别水，抢在偌大的北风到来之前，寻一寻温柔过往。直到那些像细沙一样多的传说变成天堂寨下坚冰般纯情的巨石。

那些名叫九资河的田畈，那些名叫圣人堂的山冲，那些名叫千基坪的林场，凡此种种细微的地理，春风拂拂时，大小如同一朵花苞；此刻，因为秋已深，因为霜已近，才变得如同一片向着天空瑟瑟的红叶。

清风缕缕掠过，丝丝情意分不清是微寒或者稍暖，悄然颤抖只在心中，谁让她变成参天大树的摇晃，留下落叶漫天飘散，更使落叶幻化群山。青山座座扑来，重重喟叹想必是为着前世与来生，环顾求索才上眉梢，恍然间流泉飞溅白云横渡，只见得薄雾浓霞搂去了丰腴山坳，高挑峰峦。

五角枫红了，刺毛栗红了，鸡爪槭红了，茅草葛藤灌木林，一丛丛一片片地红了，最红最红的却是山间道道田埂上，处处土岸边，用一棵棵孤独聚集而成的乌桕林海。奔着秋色而来，可是为了追究人生某个元素？是少年用竹笆将太多太多的乌桕落叶收拢来，铺在自家门前晒成过日子的薪火？是青春将太艳太艳的乌桕落叶铺陈开来，陶醉成对所有岁月的倾情浪漫？那样的红叶，是任何一棵树都会拥有的火热之心。那样的红叶，是任何一个人都能点燃的蜡烛青灯。那样的红叶是藏得太久的心在轮回，那样的红叶是迸发太多的情在凝眸。

是昨日晚霞的宿醉，还是今朝晨露的浓妆？或者是二者合谋将天堂迷倒，摔落银河里的许多星斗，暂且栖身乌桕树梢。风不来时，绵绵红叶可忘情。雨不落时，磅礴红叶胜雨声。片片只只，层层叠叠，团团簇簇。终于能够不必相信灿烂等于匆匆，匆匆过后还有足以撼动心魄的重逢。终于明白夏天偶尔可忆春花，冬日永远记得秋色。

无所谓欢乐，欢乐再多，红叶也不会为了某种心情而特殊热烈。也不必矜持，含蓄再美，红叶也不会为了某种性格而改变明艳。平平常常踏踏实实就行，用挤满水稻醅香的沃土铺路，款款地走向用红叶燃烧的山野。轻轻松松明明白白亦可，受丛生花草芳菲的季节拥戴，悠悠然迈向用红叶拥抱的胸怀。没有忍耐，也不需要急躁。没有伤感，也不需要快乐。唯独不能缺席的是记忆中的怀念，或者是怀念中的记忆。红叶是情怀中的一颗心，红叶是一颗心中的情怀。记住了红叶，就不会遗忘赤诚。

不用盼望，明年，明年的明年，还会在这里；不用纪念，去年，去年的去年，总会在这里。红叶让春花的来世提前，又让其前缘重现。百年乌桕将一切愁苦尽数冬眠在斑驳的树干上，又将红叶高擎于天，就像人世间总是需要的信心与信念。

秋叶一树，正如那座天堂大山的掌心红痣！

罗田 ◎ **灿烂天堂**

到罗田，听到最多的话，总是与天堂有关。

如果是刚到的客人，很快就会有人上前来客气地问："去天堂吗？"

当你还在犹豫时，又会有人插进来，认真地说："若不去一趟天堂，就是白来了。"

换了外地人，谁不会在心里嘀咕："天堂虽好，哪能这样来去自由，随随便便。"

不管别人怎么想，罗田人反正是说惯了。他们不在乎别人会想，天堂再好，也不如人间实在。他们还要问："是不是刚从天堂回，天堂好不好玩，天堂好看不好看？"其实，罗田的天堂不在天上，罗田的天堂只在山上。他们说出来的是天堂般的概念，实际所指的不过是一座山。我的朋友在胜利镇外看到一幅横挂在公路上空的标语：胜利通向天堂，打着寒噤说："这种话不能细想。"天堂虽是一种传说，慢慢地就真的成了一种境界。按照传说里的规律，要去那九霄云外的天堂，只有一条路可走，可这条路却是正常人和健康人所百般不愿见到的。罗田人所说的天堂，并不需要人用九死来换这特别的一生，也不需要人用心去造七级浮屠。罗田人自己常去，并且极力蛊惑别人去的天堂，其实就是大别山主峰天堂寨。它是两省三县的分界处，也是长江与淮河的分水岭。

围绕这座山生活的人有很多很多。出于风俗，别处人都严格地不将天堂寨叫作天堂。只有罗田这里的人敢这么叫。比较一山之隔的两省三县，罗田的发展最快，日子也过得最好。也许就是因为这一点，所以他们对天堂一类的美好事物比别人感受得快一些、深一些。一字之差，透露出来的是两种心境。

天堂应该是好地方。天堂也的确是好地方。

到了天堂才晓得，世上的天堂各不相同。那是因为每个人心里都有专属的天堂。

通向天堂的路，喜欢沿着大大小小的沙河漂流而行，听任山溪山水山流洗尽心头的尘垢。一群在我的童年中叫作花翅的小鱼，还像我童年见过的那样，在清亮得不忍用手去掬的水汪里，彩云一样飘来飘去。河里的水与天堂那山上的水一脉相连，河里的风与天堂那山上的风一气呵成。还没到天堂，就能闻到天堂气息。小鱼花翅简直就是天堂那山脉上开着的季节之花，无须去看盘旋在群山之上的苍鹰，也不用去计较奔突在车前车后的小兽，适时的春光早就铺满了盘山而上的二十里草径。大别山里，让人印象最深的是那种只有斯时斯地才会叫它燕子红的花儿。燕子红不开则罢，一开起来整座山就像火一样燃烧起来。在天堂那山上，燕子红燃烧的样子太火了，就连满脸沧桑的虬藤古松也跟着一片片兴奋地摇曳不止。

清水赏心，花红悦目。安卧在罗田境内的天堂自然无法脱俗。它将一座名叫薄刀峰的山铺在自己脚下，不肯让人轻而易举地达到心中目的。四周的高山大壑像是在共谋，同着远处的天堂一道，合力将一条小路随手扔在绵延数里的山峰上。曾经见过卖艺者的双脚游戏在街头的刀刃上，明知那刀不会太锋利，也还要为其发几声惊叹。薄刀峰是一把横亘在天堂面前的利刃，在没有经历过它时，任何关于它的道听途说都是苍白无奇的。如此高山大岭，竟有人能将它锻造为天地间的一种利器。小心翼翼地将双脚搁上去后，会不敢相信，自己的肌肤尚且完整。步步走来，唯有清空在左右相扶。一滴汗由额头跌落，在白垩纪的青石上摔成两半，无论滚向哪边山坡，感觉都能一泻千里。

度人去往天堂的薄刀峰，无心设下十八道关。每每在刃口上走一段，面前就会有横生妙趣，兀现哲思。

山水自古有情，能读懂它则是一个人的造化与缘分。

我们相信这就是天堂，我们也认为自己来到了天堂。

天堂本来就是我们心中熟悉的美丽与灿烂。

英德 ◎ 大巧若石

时下，只要踏上旅途，便不难看到道路两旁，哪怕是胡乱堆放，也还是有意安排的地方出产。英德当地出产一种名为英石的观赏石，在男男女女所说的活灵活现外，还有着相当古老的佐证。苏东坡当年两过此地，只为会一会那块名为九华的美石，头一回因为在贬谪途中，虽然觅得了，但是有心无力带不走；后一回倒是拨云见日，曾经沐浴过的皇帝浩荡终于重现了，却又遗憾心仪的美石九华遍寻不得，纵然有雄文华章相伴，也免不了丢魂落魄，于旅途中撒手仙去。再有当年的米芾，宁肯得罪朝廷宠臣，也绝不放弃一块现存于美国大都会博物馆的英石。说起这些当然是一种扬眉吐气。可英德人还是很委屈，由于一部《水浒传》而在民间话语中变得赫赫有名的生辰纲中，英石占了相当一部分。毕竟山高水远险阻重重，一有变故，偌大一块石头肯定会在民夫们的亡命途中第一个被抛弃。苏州、无锡等地便有石为证。英德人在乎的不是自己的石头被人拿去了，无论是皇亲国戚达官贵人，还是浪荡学子布衣平民，石头不分大小，人众不辨贵贱，只要是拿走石头的，都会受到他们的欢迎。让他们觉得抱屈的是，好好的英石，大大的英石，只是因为身在苏杭，便被活生生地改了名分，成了本与太湖一点也不相干的所谓太湖石，好似往日的良家女子，只要流落秦淮河上，便一定得改头换面，用那些芳芳香香翠翠柳柳的意思作为姓名。

好山好水的英德，正是将人世间的稀奇应在天造地设的石头上。所以他们才毫不含糊地为从来都是身外之物的名谓较真！踏上英德地界，眼皮一眨，就能见一块雄奇俊异的大石头，立在街头，是为街景；立在庭院，是为家景；立在旷野，是为风景。而那些立在路旁的石头，如果是形单影只的，还可以一眼望去，喜欢了就多看几下；审美疲劳了，也不必往心里去。就像沙漠戈壁上的沙暴，那小小的，亦可以当成大漠孤烟直。让人惊心动魄的是沙暴骤然疯狂起来，赶上无处躲藏，只能待在如蜗牛般前行的汽车里时，唯有任它们呼啸在车窗外。那天在英德，就是这样。汽车三弯两绕后，如耳熟能详般见惯了一个个在各处流连的所谓英石，猛然间发现公路两旁雄立着望不到边的森林一样的奇石铺天盖地而来，心中诧异也就可想而知了。

那重重叠叠前的美轮美奂，那鬼斧神工下的酣畅精妙，那无以复加的旷世奇葩，想形象的尽可以在其中形象，要抽象的尽可以于其中抽象。现实主义也好，现代主义也罢，艺术的林林总总，不仅全都可以在自然天成的此地寻觅到，就算是那些名声显赫的著名雕塑作品，如果搬来此地，对照之下，也会相形见绌。这许许多多的奇石，仿佛是昨日撒下的种子，趁着淅淅沥沥的春雨破土而出，一夜之间就能长大成形的。前人曾经有过定义，好的英石应该瘦、皱、漏、透，四大特征缺一不可。如今的审美者不再受此局限，山野滴露，顽石穿心，细流涓涓，熔岩洗石。英石的漏与透想改也改不了，唯一的瘦，有二的皱，如今的选择就可以不同了。新发现的种种柔软舒曼，新崛起的种种婀娜风姿，新流行的种种绚丽妩媚，正如英德不再因三江总汇而继续以舟楫代步，新建的京珠高速公路和也快成为传统的京广铁路，天天都在沿线播洒新气象，古老的英石哪能不因之心动！

　　但凡好山好水好的地方，一定要出一些稀奇事情。光有山不行，光有水也不行，非得两样上天宠物聚齐了，位于岭南的英德就是如此。英石之奇旷古以来都是为了给人看和玩。在英德的那天，我忽发奇想，以英石的四大特征来评判，当年苏东坡可以泛舟穿行的碧落洞不就是一块巨大到不能再大的奇石么！如此，对英石的观赏就会多一个角度。那种只从外部相看的用不着说了，当我们舍身投入各式各样如碧落洞一样的岩体之中，一边仰人鼻息，一边仰天长啸，体会那些被浊流放大的大岭之漏与峭壁之透，何尝不是一种从内部获得的洞察。至于那两座庞大的现代水泥工厂，仍然是事关英德之石的一种展望，那是用梦想来观赏，它所看到的只能是三江之上每一条细流的未来，以及细流之畔一方水土的未来。

涪陵 ◎ 涪翁至静

　　长江沿线数十座城市，上海、南京、武汉、重庆一类的庞然大物，知道的人自然很多，往下稍袖珍一些的城镇，最有名的一定是涪陵。丝毫不夸张地说，只要有中国菜的地方，那里的人都会知道涪陵。那小小模样实在不起眼的涪陵榨菜，不好说是浓妆淡抹，换一种感觉说在甜酸苦辣涩咸淡一切口味面前总相宜是绝对不会过分的。高兴和不高兴时，疲倦与不疲倦时，饥饿和不饥饿时，一个人和一群人时，任何状态下，但有一碟涪陵榨菜上来，听不见欢呼，看不见欢笑，单单那筷子，有多少双就会伸出多少双，以此表示内在的欢欣。

　　一九九六年秋天，我沿长江从巫山、奉节、万县到丰都，在还没有被水淹的旧码头向上爬了半天，所看到还是沿江滩摆放着的无穷无尽的榨菜坛子，好不容易到了码头上，所见到的还是榨菜坛子，除此，人与车与街巷都是次要的。二十年后，我终于来到涪陵，无论是江边码头，还是大街小巷，很难见到闪着釉彩的坛子，好像涪陵这里不再生产榨菜了。

奔波几千里冲着榨菜而来的一定是个吃货。

不想做吃货的来涪陵，通常是为着白鹤梁上那条石刻的大鱼。

石鱼盛名在外，号称人类历史上最早的水文站，以至于似三峡水库这样举世闻名的伟大工程，都必须专门考虑提供万无一失的保护，甚至有说法，若无良好方法，三峡水库方案就要重新设计。因为石鱼是涪陵的，更是世界的。沿着九十米高的电梯，走进长江江底，头顶着几十米深的长江水，肆无忌惮地凑近白鹤梁，种种石刻一幅接一幅，看完这里再看那里，好生生的水里石鱼，不知不觉地变成了高蹈于人间之上的某种东西。

涪陵有一种静，从长江江底回到涪陵街上，春夏之交的太阳到了温度最高的节点，也没有影响到涪陵，许许多多的静足够遮蔽街上的轰隆，各种各样的汽车就在眼前，听上去就像没有动静。这样的静，或许与榨菜的出产与流行相交，谁见过吃着榨菜而喧哗震天？或许还与江底的石鱼相关，别说是人众，就是汹涌江涛在石鱼面前又能如何呢，一千多年了，流水哗啦逝去无数，石鱼一声不吭还是石鱼。

静与寂寞无关。

静与孤独也无关。

静与绝望更是风马牛不相及。

唐乾符年间扬州有个叫黄损的秀才，曾经很安静地来到后来叫涪陵的涪州，起因是他偶然将一块祖传的用羊脂玉雕成的马儿送给一位无缘无故追着索要的老人。之后年轻未娶的黄秀才，在一条船上与一个叫玉娥的女子一见钟情并私订终身，并且定下三月后的十月初三于涪州再聚。从扬州到涪州，长江之长堪比情长，黄损于良约之日赶到涪陵，找到系于数株枯柳之下玉娥家的船。有情人还没来得及相拥相抱，船就脱了缆绳，涪陵江水，如银河倒泻，舟逐流水，去若飞电，瞬息之间那船与玉娥就不得寻了。

这是明朝作家冯梦龙的传奇小说的一个。

传奇小说最不传奇的是其结局。在"三言二拍"中，那些死了几次的人都有个好结局，秀才黄损与美人玉娥自然不会失去团圆机会。我身在涪陵，复诵前人佳作，最喜欢的还是行云流水地写到黄损往长安应试时，因为苦苦惦记着玉娥，进考场时只是随例而入，举笔一挥绝不思索，只当应个故事，哪有心情去推敲磨炼。金榜开时，高挂一个黄损名字。黄损最终抱得美人玉娥而归，靠的就是在涪州练习的静的功夫。人都在考场上了，还能不顾功名前程，用思念恋人的情怀写着试卷，真的是静到极处了，将一应世俗置之度外，谁知偏是应故事的文字容易入眼。冯梦龙说的这话，是文学的至理，也是涪陵的前世今生。

武则天当皇帝时，奸臣来俊臣肆意弄权，朝官侧目，上林令侯敏偏事之。也就是说，别人都不理奸臣时，这位叫侯敏的负责皇宫园林的小官却曲意奉承巴结。侯敏很幸运，有一位好妻子董氏，适时苦劝，说来俊臣是国贼，不可能长期得势，一旦正人君子回朝，身边的党羽肯定会遭殃，要丈夫对来俊臣敬而远之。侯敏听了妻子的话，有意与来俊臣保持距离，因而惹怒来俊臣，将他贬到涪州任武龙县令。侯敏不想离开京城，想辞官不做了。妻子劝他，京城已是是非之地，长住不得，赶紧走为上策。侯敏带着妻子来到涪州后，将自己的名帖递到州府，不意写错了格式，州官看后说，连自己的名帖都写不好，如何当县令。便将侯敏上任的公文放置一旁不予处理。侯敏忧闷不已时，董氏又劝丈夫少安毋躁，就当朝廷放假，多闲住些时日。这一住就是五十天，其间有匪寇攻破武龙县城，杀了本该离任的县令，就连其家人也无一幸免。不久，来俊臣在京城被诛，其全部党羽尽数流放岭南，侯敏再次得幸免灾。典籍中这些文字，读来真个是静气安神。

到了清末民初，涪陵仍然叫作涪州，却发生一件静如朗月的事。护国运动期间，滇军总司令顾品珍率队入川，在家乡任团总的表弟王敬文带着顾品珍父亲顾小瑜的亲笔信，前来谋取州县之职。顾品珍让手下将其录为涪州知州。在任职仪式上，王敬文将涪州说成陪州。监誓的民政厅长提醒他看看委任状，王敬文看了眼后急忙改口，又将涪州说成是倍州。民政厅长当即收回委任状，并告知顾品珍，顾品珍当即遣返王敬文回乡，并口占短诗一首相赠："欲作州官不识州，时陪时倍费思筹。家严是你好姑父，莫把小瑜作小偷。"此顾品珍若是没有与众不同的静，能否成为朱德的老师彼顾品珍就有疑问了。

涪陵将这三件事当成经典，是一种了不起的静。

第一件事反过来看，寂寞也可以是真正的静。

第二件事反过来看，孤独也可能是真正的静。

第三件事反过来看，让贪婪的人彻底绝望也是真正的静。

涪陵的静也是得了真传。"白帝晓猿断，黄牛过客迟。遥瞻明月峡，西去益相思。"李白被贬夜郎，经过涪陵，这几句诗写的是自白帝城往上游走，到涪陵附近的境况。杜甫写涪陵"黄草峡西船不归，赤甲山下行人稀"。元稹在写过"曾经沧海难为水，除却巫山不是云"后，更直接写出了"碧水青山无限思，莫将心道是涪州"，以及"怜君伴我涪州宿，犹有心情彻夜弹"。之前往后还有多少描述，难以说清，只要写到真情处，谁也脱不了与静的干系。非常好做比的是陆游写自己"舣船涪州岸，携儿北岩游，摇楫横大江，褰裳蹑高楼"。免不了感时后又写"小人无远略，所怀在私仇。后来其鉴兹，赋诗识岩幽"，即便是前面字字表示对朝政的强烈不满，情韵最后还是归于岩幽之静。

最是黄庭坚晚年被贬谪为涪州别驾，给自己取了个别号涪翁。宋元符三年，即公元一一〇〇年，黄庭坚游白鹤梁，题下"元符庚辰涪翁来"七字。粗看是屡屡因文惹祸，老来知趣，加上一点心灰意懒，整个人变得谨慎了；细想恰恰是一身静气与山水天地有了沟通，哪怕再多一个字也是对那样境界的惊扰，更别说多写一句，凑成个对联，或者多写几句，变成一首诗，更是画蛇添足。有了这七个字，再看那石梁上的其他文字，不免会心一笑。放在从前，黄庭坚肯定有许多话要说。人到了这境界，就没必要饶舌了，说得越少，留下静气越多，后人越是能够心领神会。比如今次我来，说了这么多，简直就是全部替他说话了。

凌云 ◎ 这温情是紧要

总听别人说，一道看似平常的茶，潜伏着雅俗好坏正邪各种因素。我是个嗜茶但从不品茶的家伙，有时候免不了受到影响，对着一撮毛尖状的茶叶存疑，又有冲着一杯熟悉到不识颜色的茶水辨证，还会为了天下独有的茶香寻思与别的花草的区别，再用同样心思琢磨有茶的境界，能否真的妙到不可言说？

好山好水出好茶，什么叫好茶？在离长江南岸很远的南方，一个脱离长江水系，做了珠江源头名叫凌云的地方，那里有一群人将黑颜色当作美丽，染透身上的所有露在外面的服饰。在属于这些瑶族人的山里同样少不了茶。那天正在茶林中走走停停，心里想着，一身素缟的靛青瑶族女子，在嫩绿无边的山野间采茶的样子，与别处花团锦簇的采茶女子，在审美上孰轻孰重。手机里忽然传来消息，有人邀请我去一个茶名显赫的地方品茶与访茶。在第二时间我表示遗憾，而没有选择在第一时间拒绝。我不能直截了当地表示自己一向不喜欢那种茶，尤其不喜欢越来越多地喧商业利益之宾，夺茶山茶树茶叶之主的行为。

一个人断断不能因为自己的欣赏，就肆无忌惮地放大自己的不欣赏。我不想去的那个地方出品的那种茶，毕竟也是万千饮食男女唇舌所好的上品。一个人岂能只顾自己而硬要坏他人好事。就像见到别人在那里不是装模作样、不是忸怩作态、不是无聊生事，是真正热爱、真正投入、真正痴迷地用最软的嘴唇、最细的舌尖品着值得细细品味的茶滋味时，偶尔有几个片刻，我会平白无故地悄然笑一笑，又笑一笑，再笑一笑，而断断不会作其他评论。

旧事泛起才会导致会心浅笑。与旧事相遇时我只有十八岁，在一处深山水库工地上被人当成技术员。临时住的稻场上架了一口用来炒茶的大锅，还有省里派人送来的揉茶机。如果没有这机器，单凭十指揉制那些刚刚起锅的芽叶，既累人又费时。山野中人偏偏要在耕种间隙，做一种特制的茶。薅过水稻，收罢小麦，穿草鞋的男人将草鞋脱了，光着双脚，找来一只板凳坐下，没穿草鞋的则直接坐在板凳上。板凳前面放一块青石板，青石板上放着从锅里取出来的热气腾腾的细茶嫩叶。没人洗手不要紧，关键是没人洗脚。男人们将那踏遍山间泥土与青草的赤脚踏在青石板及茶的芽叶上，使劲地搓来揉去。我见过也听过他们说，某次村里给省城爱茶也懂茶的人送去一些茶，对方深为喜爱，特送来揉茶机表示谢意。村里人将机器揉制的新茶送到省城表达回谢，对方却不高兴，嫌这茶不好，点名只要与前次一模一样的茶。山野中人只好按对方的意思去做，却不好意思说这茶是用脚板揉出来的。省城那些人的品位，笑翻了全部揉茶人。

说这些话的他们的笑容，像花一样开在我的记忆里。我那绝非不怀好意的窃笑里，一直有对品茶太精细者的担心，怀疑他们是否正确理解揉进茶香中的乡间野性？事实上，在水田里浸泡一天，在沙土中磨砺一天，这样的赤脚具有更多乡野气息。

在这叫作凌云的地方，山有山的野性，却比画笔更艺术。水因水的乡情，而超越文章所能表达的境界。至于那让好茶人心驰神往的白毫，从到达的第一天，就不间断地品了又品，个中滋味到底有没有蕴含同样久负盛名的边地气质？抑或南华古城纯正绵厚的命定？那天，因为天上还在下着暴雨之后的小雨，因为地上反射着黄昏到来之前的天光，茶园里的山和山里的茶园，被不多不少的云雾迷糊了，肯定很美的圆润山头曼妙树冠，硬是让来人看不出太多的美。一身夏装更是挡不住避暑胜地的秋日哆嗦，待进到山顶采茶人的房屋里，深呼一口寒气后，第一眼望着的不是茶与茶壶，而是茶与茶壶之下的一盆炭火。围坐在火盆边，采茶女子拿起一把木勺，揭开一把安放在炭火上的老大土罐，一股茶香忽然腾空而起。待那把木勺舀起一些茶水带着潺潺声倾入炭火旁边懒散放着的茶杯，不等拿起来，关于茶的最重要意境已经弥漫于心。

我想起少年时候冬季到十几里外的大山深处砍柴，又饥又渴又冷时上路边人家讨得一杯热茶喝下去的温暖滋味；我想起上中学放农忙假到田野上帮忙收获酷热赛过火烧时，远远地有人拎来一只巨大的茶罐，不待吆喝便跑将上去，倒出一碗和体温差不多的茶水，对着太阳畅饮的滋润滋味、我想起长大离家后每一次回家，母亲用滚烫的开水泡上满满一杯茶端过来时，做儿子的用嘴唇浅浅一试，那种一口喝不下去，又很想一口喝尽的恩情滋味、我想起的还有此时此刻，与新老朋友坐在一起，围对炭火，环伺友情，小小茶杯盛下的是与茶长久共存的温馨记忆。

我想起的还有，人对山野的淳朴，山野对人的哺养，或许正是通过山野中人用脚揉制的茶传递到千山之外、万水之中。这世界的一切全都有着人所不知的秘密交流，完全由着自然法则出现的茶，肯定是城乡之间秘密交流的最常见方式与捷径。相信茶是对的，唇齿相依的滋味才是茶的本性。让上帝的归上帝，恺撒的归恺撒，到凌云围着炭火喝上三六九杯从土罐里舀出来的那些清香，是让茶回归了茶！即便是汗流浃背的盛夏，也要来上一壶。即便没有家人或朋友相伴，独自一人时更能体会这脉脉温情对于我们的紧要，因为这温情从来就是我们一生中的紧要。

二郎镇 ◎ 天香

  一座山从云缝里落下来,是否因为在天边浪荡太久,像那总是忘了家的男人,突然怀念藏在肋骨间的温柔?

  一条河从山那边窜过来,抑或缘于野地风情太多,像那时常向往旷世姻缘的女子,终于明白一块石头的浪漫?

  山与水的汇合,没有不是天设地造的。

  在怡情的二郎小城,山野雄壮,水纯长远,黑夜里天空星月对照,大白天地上花露互映。每一草,每一木,或落叶飘然,或嫩芽初上,来得自然,去得自然,欲走还留的前后顾盼同样自然。

  小雨打湿青瓦人家,晨曦润透石径小街。都十二月了,北方冰雪的气息早已悬在高高的后山上,只需轻轻一个哆嗦,就会崩塌而下。小街用一棵树来表达自身的散漫和不经意,毫不理睬南边的前山,挡住了在更南边驻足不前的温情。

  一棵树的情怀,不必说春时夏日秋季,即使是瑟瑟隆冬,也能尽量长久地留下这身后岁月的清清扬扬、袅袅婷婷。细小的岩燕，贴着树梢飘然而过，也要惊心一动，被那翅膀下的玲珑风，摇摇晃晃好一阵。当一匹驮马或者一头耕牛重重地走近，树叶、树枝和裸露在地表外的树根全部怔住了！深感惊诧的反而是鼻息轰隆的壮牛，以及将尾巴上下左右摇摆不定的马儿。

　　山水有情处，天地对饮时。一棵树为什么要将那尊沧桑青石独拥怀中？若非美人暗自饮了半盏，趁那男人半立之际，碎步上前，将云水般的腰肢与胸脯，悄然粘贴身后，临街诉说心中苦情，有谁敢如此放肆？乾坤颠倒，阴阳转折，将万种柔情之躯暂且化为一段金刚木，做了亿万年才炼就强硬之石的依靠！一如江湖汉子走失了雄心，望灯火而迷茫，将离家最近的青石街，当成天涯不归之路，饮尽了腰间酒囊，与数年沉重一起凝结街头，在渴求中得幸久违之柔情，再铸琴心剑胆。

　　树已微醺，石也微醺。微醺的还有那泉、那水、那云、那雾……

　　所谓赤水，正是那种醉到骨头，还将一份红颜招摇于市。只是做了一条词，便一步三摇，撞上高入云端的绝壁，再三弯九绕，好不容易找到大岭雄峰的某个断裂之缝，抱头闭眼撞将进去，倾情一泄。有轰鸣，但无浑浊；很清静，却不寂寥。狂放过后是沉潜，激越之下有灵动。在天性的挥霍之下，桃花源一样的平淡无奇，忽然有了古盐道，以及古盐道上车马舟楫载来的醉生梦死、萧萧酢歌。

　　所谓郎泉，无外乎将人生陶醉，暂借给潜藏在亿万年的岩层中那些无从打扰的比普通水还要普通之水。这样的泉水，看得见红茅草和白茅草的根须，年复一年，竭尽所能地向最深处送去一颗颗针鼻大小的水滴。只是不知这些年，又有了多少草根的汗珠！相同道理，这泉水少不了清瘦黄花，冷艳梅花在爱恋与伤情中反复落下的泪珠。任谁都会记得其中多少，只是无人愿意再忆伤情抑或残梦重温。在有诗性的白垩纪窨藏过，再苦的东西，也会香醇动人。

流眉懒画，吟眸半醒。

临水泛觞，与天同醉。

似轻薄低浅的云，竟然千万年不离不弃！

分明貌合神离的雾，却这般千万年有情有义！

云在最高的山顶苔藓上挂着，雾在最低的河谷沙粒上歇着。一缕轻烟，上拉着云、下牵着雾，一时间淡淡地掩蔽所有山水草木，仿佛是那把盏交杯之性情羞涩。还是一缕轻烟，上挥舞着云、下鞭挞着雾，顷刻间酽酽然翻滚全部悬崖深壑，宛若那鸿门舞剑之酒肉虎狼。淡淡的是淡淡的醇香，酽酽的是酽酽的醇香。淡淡之时，一朵梅花张开两片花瓣，如同云的翅膀；酽酽之时，两朵梅花张开一片花瓣，仿佛雾的羽翼。偶尔，还能听到一块石头尖叫着，从梅的花蕾花瓣堆成山也高攀不上的地方跳出来，夸张了一通，然后半梦半醒地躺在野地里。让人实难相信，世上真有不胜酒力的石头？

是往日珊瑚石，还是今日珊瑚花？映着幽幽意，从山那边古典地穿越过来，又穿越到山那边的二郎小城。

是一只岩燕，还是一群岩燕？带着剪剪风，从云缝里丝绸般落下来，又落在云缝里的二郎小城中。

　　山水酿青郎，云雾藏红花。山和水的殊途同归，云与雾的天作之合，注定要成就一场人间美妙。舒展如云，神秘像雾，醇厚比山，绵长似水。谁能解得这使人心醉的万种风情，一样天香？

柘林湖 ◎ 一种名为高贵的非生物

一个人终其一生，不知会做多少荒唐事。那些立即就懂了的，自然是用同步进行的一笑了之。有些荒唐当时并不晓得，过去了，经年累月了，非要被某种后来才发生的事物所触发了，才会明白。

那一天，我去到江西永修境内的柘林湖。到达湖边时，一路上不曾间歇的夏季豪雨突然停了。徐徐退去云雾的水坝旁，更是突然露出一块标示牌，上面分明写着：桃花水母繁殖基地。桃花水母是学名，平常时候人都叫它桃花鱼。叫桃花鱼的人与叫桃花水母的人不同，只要开口就不难分辨出，是治学古生物的专家，还是天下人文故事的口口相传者。

多年以前的那个夏天，我曾经奔着桃花鱼而去，那是奔流不息的长江为桃花鱼最后一次涨水。秭归的朋友在电话里告诫，这几天不来看，就只能永远地遗憾了。依照家在三峡的朋友们的说法，桃花鱼也不是想见就能见到，排除了当地人，许多专门奔桃花鱼而来的人，两眼空空来与去的实在太多了。朋友所指人与桃花鱼的缘分，不是俗来俗去的所谓桃花运。就连当地人也说不清楚，同样的天气，同样的时辰，同样的水流，体态婀娜的桃花鱼有时候出来，有时候却不肯露面，不使那些渴望的人一见钟情、心绪飞扬。那时的桃花鱼生长在秭归城外的那段长江里。如九龙闹江的咤滩上，有一座每年大半时间都在江底隐藏着的鸭子潭。我去时，朋友在当地的熟人一律往天上望一眼，然后众口一词地断定，这天气，见不着的。在我与百闻不如一见的桃花鱼相逢在水边后，朋友才说，其实，他是最早持这种看法的人。我去的时候，小妖一样的桃花鱼，偏偏一身小资气质地现形了。多年以后，只要有审美的需要，就会情不自禁想到此种细细的九亿年前的尤物。譬如柔曼，譬如风流，譬如玉洁冰清，譬如款款盈盈，再也没有比得过这汪洋蓝碧之中所荡漾的了。

现在，我当然懂得，任何的绝色无不属于天籁，不要想着带她去天不造、地不设的去处。人的荒唐就在于不时地就会冲动，想着那些非分之想。我从礁石那边的江流里捞起一只瓶子，洗净了，装了一只桃花鱼在其中，然后就上了水翼船，不等我回到武汉，刚刚接近西陵峡口的那座小城，绝色桃花鱼就在荒唐中绝命了。过完夏天，又过完秋天。一条大江在屡屡退却中再次将鸭子潭归还给想念的人们。从满江浊水中脱胎出来的潭水一如既往地清澈，然而，这已不是桃花鱼灿烂的季节了。山崖上的红叶扬起凛冽寒风。江水终于不再退了。那座因为空前庞大和空前纷争而举世瞩目的大坝，如期将这条最自由和最独立的大江彻底套上了枷锁。那些铺天盖地倒流而来的巨大漩涡,沿着枯干的江滩反扑回来,在不计其数的时光中,向来不惧怕激流浪涛的细细桃花鱼,当然无法明白,从不涨大水的冬季,一旦涨起大水来,注定就是她们的灭顶之灾。

失去桃花鱼的不是桃花鱼本身,而是那些以人自居的家伙。科学的意义自不待言,对于普通众生,他们失去的是不可再生的审美资源。后来的一些日子里,偶尔谈论或者是在书文中阅读桃花鱼,总也免不了会猜度,没有见过桃花鱼的人一天比一天多,当他们的阅历让其与那早已成为虚空的桃花鱼相逢时,传说中由四大古典美女之一的王昭君涕泪洒入香溪河中幻化而生的桃花鱼,是否会被想象成北冰洋边人所尽知的美人鱼!

仿佛如幽深的思绪,柘林湖边的那块标示牌,不动声色地为我更换了一种旷远、静谧的背景。这样一片浩瀚的水面,宛如一本智者的大书,翻动其页面,又有什么不能告之于人的呢?清水之清,被风吹起,俨然那薄薄霜色铺陈大地。湖光自然,被山收拢,一似莽莽森林落光了叶子。在居所所在的武汉,人在天界伟力面前第一位敬畏的就是水。在水的前面,只要被称为武汉佬,便是个个见多识广。而柘林湖还是让我震惊。

年复一年,日复一日,那些总让城市无法整理的清洁,随风入怀,汪洋肆意,毫无顾忌地游走在总是渴求一片冰蓝的情怀里。

于是,我在想,在桃花鱼古老的生命里,真正古老的是那份不与任何尘俗同流合污的高贵。宁可死于每一点来历不明的污染,也不改清洁的秉性。宁可葬身万劫不复的沧浪，也不放弃尊严随波逐流。与柘林湖水同游，时常有滴水成线的细微瀑布，送来深厚修养的轻轻一瞥；翡翠玛瑙散开的小岛大岛，也会端明九百九十几个情爱，没有任何阴谋地坦荡说来。也许，柘林湖此时的高贵只是一种风景。对于人，是这样。桃花鱼却断断不会这样想，高贵是其生命中唯一的通行证，舍此别无选择。有桃花鱼的柘林湖，理所当然值得每一个有心人去景仰，并且还要深深感谢它，用怡情的清洁、用梦想的冰蓝、用仰止的浩然，在大地苍茫的时刻，为滋养一种名为高贵的非生物，细致地保养着她所必需的墒情。

小孤山 ◎ 孤山二度梅

去宿松，为的是小孤山。

过黄梅，想的是二度梅。

眼看就要立冬了，天气预报说有强大寒潮明天抵达。长江中下游一带从来如此，夏季欲热先冷，冬季欲冷先热。一路上天气晴好，车内热得有些过分，不得不开起空调，而昨天这车里是开着暖气的。车到两省两县交界的界子墩时，我想起三十年前，在黄梅参加一场黄梅戏调演活动，中间得空，也是经由界子墩到宿松闲逛，其古朴模样的小街，满街黄梅戏对白似的乡音，令人至今难忘。那一次，有朋友极力推荐去看看蔡山，虽然没有成行，自此心里就有一种信念，蔡山是黄梅戏最初的根源。

蔡山没有小孤山名气大，却承载着一首名气比小孤山大很多的诗。李白当年去庐山，途中泊舟蔡山下，写诗描述山上有极为险峻的楼，站在上面伸手就能摘下星星，所以自己"不敢高声语，恐惊天上人"。诗中之楼建在蔡山山顶，高如百尺的危楼名叫江心寺，可以摘星星的楼就叫摘星楼。

李白路过时，此山此寺此楼，尚在长江中流。岁月流逝，一晃千百年，也不知是哪年哪月，流量达到每秒近十万立方米的长江，稍一腾挪就向南跑到老远的庐山脚下，将海拔不过五十八米的小小蔡山孤零零地丢在方圆百里的冲积平原上。与蔡山一样孤单的还有山上那棵梅树，凭着它一千六百年的香艳记忆，当然晓得自东晋至今，大江上下林林总总的变迁。只可惜那一千六百个华年尽数流逝后，独自存世的花与朵，让孤单变得比记忆更加沉默。世上千年梅花不少，冬天绽放了，春天又再次绽放的梅花也不少，一千六百年来，一千六百个冬天和一千六百个春天，都不曾不开花的二度梅，这世上仅存于蔡山上，古寺旁。

梅开二度时，头一番花儿映照冰雪是秉承自身属性。雪都落尽了，冰都融化了，还要再次绽放的花儿，一定获得了为人间才华作表达的灵性。这样一想后，我便禁不住拿起手机，与当今黄梅戏后杨俊隔空聊了一阵。杨俊是当初红遍南北的黄梅戏五朵金花中的三姐，当年华丽芬芳的五姐妹，如今只剩下杨俊还在舞台上，用一己之力独自撑起黄梅戏虹霞。我们先聊的是那位黄梅戏后中的戏后，正如二度梅是梅花中的梅花。

一树晋梅，注定要成就地方上一段造化。

梅花重放，谁说不是为了一方黄梅戏水土？

明弘治《黄州府志》记载："黄梅山，在县治西四十里，山多梅树，隋唐时，皆以此名县。"蔡山为黄梅戏最初的根源，道理就在于此：没有蔡山就没有二度梅，没有二度梅就没有黄梅地名，没有黄梅地名黄梅戏又从何而来？民国十年的《宿松县志》中，第一次出现有关黄梅戏的记载："邑西南与黄梅接壤，梅俗好演采茶小戏，亦称黄梅戏，邑青年子弟，每逢场作戏时抑或有习之者……"

说起来宿松属安徽管，黄梅归湖北属，现实中几乎看不到天然分界，山为一体，水是同流。宿松三珍中的黄毛湖壳薄肉满的白虾、大官湖晶莹剔透的银鱼、龙感湖味鲜肥美的鳡鱼，同样是黄梅物产的奇葩。一九六九年六月至八月，宿松下雨一千一百四十八毫米，黄梅也平地波涛四溢。一九七一年六月至八月，宿松下雨仅二十毫米，黄梅也旱得水井冒烟。一道长江大堤更是难分彼此，道光十四年两地一起修建同仁堤，是为现今同马江堤基础。光绪十一年，又合作筑泾江口外堤，全长二十余里。民国三年，再联合修建的马家港至华阳镇长江大堤全长更是达七十华里。

黄州府是黄梅县的顶头上司，上级数落下级向来宜正说不宜旁道。宿松是黄梅的外省邻居，邻居说邻居从来是谈笑风生，丑话当作好话说。黄州府官方文字无人计较，宿松说黄梅，黄梅也不计较，反而是宿松自己，从百年前暗讽邻居全是戏子，变为现今百般争辩，要将黄梅戏作为传家之宝。

我前些时候在北京参加的一个会议上，做报告的领导虽然说的是普通话，某些语调听上去如鄂东乡音，音韵如黄梅戏对白，我当即上网搜索一下，果然是近邻宿松人。鄂东山前，皖西山后，有太多相同习俗，比如各地乡间没有不喜欢黄梅戏的，因为喜欢而形成相同的戏风戏俗。比如，村里人唠叨着要看戏了，就会托几个有名望的人抛头露面，议定相关事项，接洽戏班或剧团，然后用红榜公布。开锣之前，再选一个会武功的人领头，带些年轻力壮的人去搬行头，以防万一有人暗中捣鬼，半路上抢走行头，戏班或剧团来了，戏也演不成了。最过瘾的是唱对台戏，地方上总有些人好胜逞能，同时同地，各请戏班，各搭戏台，台口相对，各唱各的。谁接的戏班好，行头漂亮，演技高超，台前看戏的人就多。输了人气的一方若不服气，便会找各种借口挑起事端，为此常常引起械斗。不管地方官吏调解有效无效，来年的对台戏只会更精彩。对台戏是乡间令人爱得要死又怕得要命的事，年年盼，月月盼，有对台戏看时，大家像过年一样开心，一旦打将起来，马上变得像鬼子进村那样惊慌失措。怕归怕，只要有对台戏，十里八里的乡亲都会蜂拥而至。地方戏事，关键是"点戏"，无论是写戏约定的主题戏，还是由地方头面人物点的戏，既要有自己的偏爱，也要照顾看戏的观众情绪，最重要的是乡情，比如，姓於的忌演《於老四倒瓦》，姓张的忌演《蔡鸣凤辞店》，姓陈的忌演《陈世美》等。上面几点做好了，皆大欢喜了，轮到最后的送邀台，家家户户按事先约定的，排着队将各种各样的物产堆放在戏台台口，那景象，比秋收时的丰产还喜庆。至于多情男女在看戏过程中生发的各种美妙，更是乡间平静生活中不可多得的梦想。

　　二度梅花开，不知演绎出多少悲欢离合，演化为一门艺术的唯有黄梅戏。天下文人莫不恋着梅花，在葳蕤自守、蒹葭浩荡的乡间，千年开不败的梅花，造化出众人尽皆喜爱的黄梅小戏，并在那梅香汇聚去处，开天辟地孕育出一位黄梅戏后中的戏后，也算是将天意百分之百用到位了。

历史与传说是一对互不买账的冤家，说起黄梅戏时却难得一致。都认定黄梅戏起源于黄梅县的采茶歌和其他民歌小调，萌芽于明末清初，那时的黄梅县境"一去二三里，村村都有戏"。孔垅镇邢大墩的邢氏家谱记载，黄梅戏后中的戏后、祖师奶奶级的名角邢绣娘，曾四次奉诏为乾隆献演，那一阵子江湖普遍传诵："北方梆子有二，黄梅调子无双。"乾隆以后，《天仙配》《上天台》《打猪草》《夫妻观灯》等黄梅戏剧目广泛流传于以黄梅、九江、怀宁为中心的大江南北五十余县。道光年间，江西一位县令写了一首七绝，描述黄梅戏在当地流传的景况："如何不唱江南曲，都作黄梅县里腔。"让今人读来也觉得绘声绘色。

宿松也会说黄梅的那句口头禅："不要钱，不要家，要听绣娘唱采茶。"一九五三年，宿松全县有乡村民间剧团一百六十三个，演员达四千多人。绝大多数剧团演出呈现"春紧夏松秋垮台，冬天又会搞起来"的状态。一九五六年四月，宿松县黄梅戏剧团赴武汉演出期间，与苏联乌克兰歌舞团同台联欢。让这一年的民间剧团登峰造极地发展至一百九十三个。甚至还排演了描写农村合作化时期发生在鄂东黄冈的真人真事的《刘介梅》。

有民谣唱着以邢绣娘为代表的黄梅戏旧时盛况：黄梅宿松姊

妹多，不做生活专唱歌。然而，宿松最值得一说的还是黄梅戏历史上第一个具有明星气质的男主角方玉珍。清末民初，这位身为打铁匠，取了一个女性化名字的宿松小伙，带着擅长扮演花旦或青衣的弟弟，兄弟俩以夫妻戏和兄妹戏巡演于九江、武汉和上海，成就黄梅戏一代小生的美名。

　　一树二度梅，先前开的黄梅戏花叫邢绣娘，后来开的黄梅戏花有杨俊等人。这一点也是自邢绣娘之后，众多黄梅戏表演艺术家与黄梅戏娘家及流传的黄梅戏民谣仅有的关联。作为度过劫难重回舞台的当今黄梅戏后，杨俊的经历还可以是蔡山二度梅的另一种诠释。隔空与她说话，谈及从邢绣娘到严凤英，再到五朵金花，几百年间，常有不错的男主角，却一直不再有方玉珍那样领一时风骚的小生。杨俊回答说，黄梅戏唱腔是男女同调，男声能唱出女声那样的清高润扬，又不失才子俊朗风情、英雄洪武气节，实在太难了。黄梅戏后这话的另一层意思是，如此小生只能寄希望于天降奇才，而不要企图培养与训练。

　　沿着宿松县复兴镇外的长江大堤走上几公里，小孤山终于越过高高的白杨树梢，出现在蓝天白云之中。记忆中，曾经乘船顺流而下时，走的小孤山南；逆流而上时，轮船行驶的方向是小孤山北。二十多年不见，载人的汽车居然一个刹车就能停在小孤山的山脚下。

　　孤峰还是孤峰，却不再是诗书文章所说的屹立江心。绕山一周还是一华里，却分成水上与陆地两部分。更不好意思的是，一路走来在心里做了各种预案，如何涉水上岸，登上古往今来一直尊称的长江绝岛，眼见着的只是一座半岛，与千重波折、万顷浪荡毫无关系。一如二度梅开，天使黄梅戏后，用邢绣娘与杨俊那样的碎步走着，还诗意地甩着水袖，都能到达与启秀寺共进共出的山门。幸亏七十八米的海拔高度没变。隔着长江与南岸的彭浪矶相对相望没变。再往稍远一点的东方，与战争史上声名赫赫的马当要塞互为犄角也没变。孤山虽小，历来誉作海门天柱，大禹治水，始皇东巡，圣者刻山彰显，帝王勒石纪功，一前一后都曾写下"中流砥柱"四个大字，除了仅存的典籍，见不到半笔真迹与功名。山石之上，岁月远古，沧桑也改变不了的是小孤山对洪荒的傲立见证。

纵使有了遗憾，小孤山依然不缺少世间罕有的不凡。上到凌空江上的观海亭，一放眼，就觉得扑面而来的不是长江，而是真的从东海滚滚而来的大潮。那说海潮之于长江如何的白话与诗文，归根结底，全都落实在小孤山上，界潮祠前，万里长江独一无二地刻着的一句话仿佛是为天地做告示："海潮止小孤山为界！"还说修建界潮祠是为了让山川灵气变得更多更美妙。唐朝人曾经写过相关诗句"浔阳江上不通潮"。浔阳江口，就在小孤山上游不远处，天气极好时，甚至有可能看到浔阳楼的影子。江风颤颤，海潮微微，面朝东方可以观察大海潮起潮落的身影，转过身来向西，就只有从春流到秋的江水了。这样的时候，孤单了亿万年的小孤山，硬是逼着水面形成一只人所共称的海眼，是小孤山的心性，也是小孤山的力量，除此再无他物能在不动声色之间，将这世上最大的河流轻轻一扭，悄悄一拧，奔腾不息的江水也好，到此为止的海潮也罢，全然化作一座巨大漩涡，将天地人间看了一个透彻。

我曾经有过一种说法，上面有最高的天，下面的一切当然就是小了，旁边没有别的山做任何比较，怎么说也只能是个孤。小与不小都不要紧，要紧的是不是孤。这样的话，说的是云天旷野，一旦参照到血肉生命的历史，比如虽然不在长江之上，却也相去不远的烽火山。一九三八年七月二十七日，侵华日军久攻此山不下时，竟然像魔鬼一样施放毒气，使得坚守在山上的五百名壮士惨死，附近山下三十多户一百多口人也无一人幸存。这样的山，无论是小还是大，在历史的纪念中，永远不会孤独。

看够了小孤山上的江水与海潮，下山后再回望小孤山的奇险孤秀。偏偏这时，不远处飘来一句黄梅戏，让斜阳照耀下的小孤山平添些许人生气韵。山川江海如果是一曲大戏，这小孤山岂不正是黄梅戏数百年来屡屡寻找不得的当家小生！这样的念头不必与任何人说，完全是个人内心在问答。从邢绣娘到严凤英到杨俊，在她们的艺术生涯里，肯定有一位硬朗峻拔的搭档潜藏在心曲里。就像这小孤山，在黄梅戏故乡故土之上，如此雄阔壮烈峻峭，早就浸润在任何曲调的最深处，不必再去追寻任何一种外在的形式。

那句水柔无骨的话，是何等的傲慢与偏见！一座小孤山，将亿万年如歌流水本质展示了些许。水的傲骨，本不需要用小孤山来说。就像人等，一直惦记黄梅戏后之外是否还有黄梅戏王。人世俗了，非得雌雄对等，王后平均，世间之事本是有岛没岛江水都要长流，有泉没泉青山总是长在。置身天地，就不要去想那个孤字。面对江海，最好别多想什么小不小的。做一棵树，就要像二度梅，尽一切可能绽放一千六百年，甚至再绽放第二个一千六百年和第三个一千六百年。只要长江还在奔流，一首小曲，就该努力像黄梅戏，唱成蔡山！唱成小孤山！

胜利小镇 ◎ 白如胜利

  一直以为大别山腹地那座属于罗田县的胜利小镇只会是心中的一个忧郁而多思的结。

  经常的，因为艺术的缘故，一个人面对浮华的城市发呆时，胜利镇的小模小样就不知不觉地从心底升腾起来。要说这么多年来，我在大别山区里待过的山区小镇少说也有十来座。不管是已做了自己故乡的英山，还是因为一段文学奇遇而让我念念难忘山那边安徽省的霍山，我的经历一直与各色小镇连在一起。之所以胜利会在这些小镇中脱颖而出，全在于它给了我一些特别的记忆。前不久，一群城里的朋友说是要去我的老家看看，而我竟毫不犹豫地带领他们去了这样一个在心里做了结的地方。

  多年前的一个秋天，我只身一人背着一包空白稿纸，乘上破烂不堪的长途客车，沿着羊肠一样蜿蜒的公路第一次走向这座小镇，飞扬的尘土绝不是好旅伴，可它硬是挤在一大车陌生的当地人当中，与我做了足足半天的伴。好不容易到达目的地，还没放下行李，天就黑下来。在久等也没有电来的黑暗中，住处的一位刚从县城高中毕业出来的男孩，用一双闪闪发亮的眼睛盯着我问："这一来要住多久？"我将牛仔包中的稿纸全拿出来，在桌子的左边堆成半尺高，告诉他，等到这些稿纸被我一个个方格地写满字，一页页地全挪到桌子的右边，我才会离开胜利。男孩用手抚摸着那叠得高高的稿纸，嘴里发出一串啧啧声。

那一次，我在胜利一口气待了四十天。小镇给我最深的印象是它那无与伦比的洁白。

这样的洁白，绝不是因为最初那如墨如炭的黑夜在我心中的反衬，也不是手边那些任由自己挥洒的纸张，对其写意。它是天生的或者说是天赐的。在紧挨着小镇身后的那条百米宽大河上，静静地铺陈着不可能有杂物的细沙。在山里，这样的细沙滩已经是很宽广了。它能让人的心情像面对大海那样雄壮起来。年年的山水细心地将细沙一粒粒地洗过，均匀地躺在那座青翠的大山脚下。那色泽，宛若城里来的，在镇上待过一两个月后的少女肤色。又像镇上的少妇，歇了一个冬天，重又嫩起来的身影。一到黄昏，细沙就会闪烁起天然的灵性，极温和地照着依山傍水的古旧房舍，俨然极光一样，将小镇映成了白夜。四十个日子的黄昏，我在这细沙滩上小心翼翼地走过了四十趟。每一次双脚踏上那片细沙滩，心里就会有种不忍的感觉。就像没有进城前所经历的一些冬季早上，开门出来时面对出其不意地铺在家门口的大雪一样。胜利镇外河滩上的细沙有七分像雪，当它只为我一个人留下脚印时，它的动人之处就不只是抒情了。在后来时常会有的沉思中，那行细沙为我的行为所铸成的行走之痕，总是那样明白，不仅不可磨灭，甚至还在时光流逝中显得日渐突出。有这样的沙滩在，哪怕是有电的夜晚，胜利的灯火也无法明亮。

直到现在我还在想着自己关于胜利的最大愿望：找一个属于夏天的日子，再去那里，在那细沙滩中安然睡上一夜，将自己的身心完全交付最近的清水，狠狠地享受这无欲的纯洁。

胜利镇有一条自清朝就存在的古巷。作为往日的兵家必争之地，最新的幽静完全替代了再也见不着的由过往仕女乡绅用欢笑编织成的繁华。古巷的一头就是细沙滩。在胜利的时候，我总是在下游的某个地方，顺着细沙滩一路走来，然后踏着河岸上古老的青石板一头钻进古巷。一个人在沙滩上走的时间长了，内心免不了会苍茫惆怅。特别是在黄昏之际，古巷里初上的灯火仿佛就是那久违的人间温暖。无人的古巷里，脚印落在青石上啪啪作响。听上去，分明就是年轻的父母用自己的空心巴掌，疼爱地抚摸一样击打着自家婴儿光洁的屁股。这时候，古巷两旁那些镂刻着百年光阴的杉木铺门，已经一块挨一块地合在屋檐下，只留着一道五寸的缝隙。每天，我的脚步声总要惊动一两道这样的门缝。随着那一阵不太响却也显得急促的吱呀声，扩大的门缝后面就会出现一张充满盼望的少妇的脸。还没到歇冬的时候，少妇们的肌肤里浸透了阳光里所有阴冷的成分。看着陌生的我，她们免不了要在失望之后很快就补上一个微笑。很早就听说，罗田女子善感多情。弥漫在胜利镇古巷中的这些微笑让我不得不相信，一个孤单的男人永远也无法拒绝这样的微笑。我转过身去，听着近处的木门轻轻地关严了。再回头时，除了心中一片洁白，别的已经全部消散。

　　再去胜利镇时，汽车一溜烟就到了。小镇的模样大改，曾经住过的小楼，不再是银行，已改做了邮政局。住在小楼里的那个从前的高中毕业生也不知去了哪儿。镇委书记老董带着我们绕着小镇转了半圈。古巷还在，先前的少妇也还在。大家一样地在自己的面孔上多了几个岁月。几个新做的少妇，不时忙碌地出现在我们前头。偶尔她们也会无缘无故地冲着一群从未谋面的外来人笑上一笑，还没等到黄昏日落心思归宿，那笑里就含着几分温柔几分缱绻。在离细沙滩最近的地方，一个刚嫁来的女子冲着老董说："你也来看河呀！"老董说："这河又不是专给城里人看的，为什么我就不能看。"女子说："我是怕你看花了心。"一旁的人插嘴说："老董真要花心，也只会花在胜利。"因为是正午，看上去河滩白得如同冬季里铺天盖地的大雪。我又起了从前的念头，如此无瑕的沙滩，正好能使人的身心轻松地与天地交融一次。

　　上一次离开胜利镇时，我带走了自己的长篇处女作《威风凛凛》。

　　这一次离开时，我能带走什么哩？洁的胜利！白的胜利！

青藏高原 ◎ **会歌唱的高原**

　　由于搭乘的是军航，飞机在拉萨贡嘎机场一落地，首先见到的不是心中曾以为的那些色彩斑斓的充满神秘宗教意味的藏族男女，而是被高原紫外线晒得像紫铜一样的军人。听不见在内地机场听惯了的那些美丽女孩子们动听的招呼声，身边弥漫着的尽是威武中透着森严的吆喝，有一阵子自己总以为还没来到青藏高原，而是误入了某处军营。

　　来接我们的司机小何是个军人，他在青藏高原上开了多年的车。见面时，我对他那种微笑有一种熟悉的陌生感。在高原上待了些时日后才知道，这陌生的东西是由于高原缺氧造成的。它叫迟钝。在缺氧的条件下，人对身边事物的反应，比在内地低海拔地区要慢上半拍。后来，在前往岗巴、亚东与纳木错的几千公里旅途上，每一个人都领教了缺氧条件下频繁的思维故障：再熟悉不过的诗词会想不起来，唱过千万遍的歌曲总也想不起旋律。

那一天，我们登上海拔四千九百米的塔克逊哨所，面对那两位哨兵，我们说什么话，他们都只是简单地对我们嘿嘿憨笑，偶尔有几个字蹦出来，但是绝对没有超过三个字的一句话。时隔多日，我还清楚地记得他们说"你好""再见"时，那让人觉得有些麻木的声音。塔克逊属岗巴县。去之前，西藏军区的徐明扬少校曾对我讲了一个故事：一位跋涉去岗巴视察的将军，遇见一位正在放羊的战士，将军上前与他说话时，那位战士除了傻笑，对他说的唯一一个字就是"家"。将军当时就流下了满脸的泪花。在全国唯一不通公路、也不通电话的墨脱县，上级专门下了一道命令，凡在墨脱的官兵，每月可免费用军用电台给家里发一封电报。在这世界最高的高原上，人的思维网络出现什么故障是再正常不过的。到达岗巴的那天晚上，当地驻军首长给我们介绍情况时，一行人中竟没有几个能再提出些问题。睡到半夜，一个个头疼得像是被谁念了紧箍咒，纷纷摸黑爬起来，找水找舒乐安定，拼命地往下咽。

在青藏高原上，还有一种不畅通，那就是公路，小何驾着大客车，满眼血丝、满手血泡，不知多少次拖着我们从悬崖峭壁上小心翼翼地驶过，车内的女作家们不知多少次蒙上眼睛不敢往窗外看。在雅鲁藏布江劈开的峡谷里，山水泥石的凶险太常见了，让人心惊的是那车辆有时像飞机一样在半空中飘浮的滋味。好在去岗巴的路上有大戈壁，那时候，汽车就成了一头牦牛，望着无边无际的地平线，车与人都有了一种悠闲。因此，才会有汽车翻过一座海拔五千多米的山口时，成都军区的女作家王曼玲一开腔，几个人竟一齐将平时那首高不可攀的《青藏高原》唱到青藏高原上空那蓝得如洗、白得无瑕的云端的意外。当歌唱被宏大的高原再次震慑时,长久的沉默中,那从未有过的神圣、深沉与庄严,如同远处的雪山,一下子矗立得很高很高。

几天几夜中,我们将藏南的每一条公路都走到了国境线的哨卡上。七月五日零点三十分又回到日喀则。睡了几个小时起床后,军分区李沛上尉通知我们,他们的政委不能来看我们了,夜里附近村庄发生了泥石流,村庄被全部毁灭,死了八个人,政委已带部队上去抢救。从日喀则往拉萨走时,才发现这条路是从上海过来的三一八国道,来自上海的女作家陈丹燕很兴奋,一路上高山反应不轻的她难得地开心笑起来。开头是四千八百的里程碑一块块地被司机小何甩到车后,大约走了一百公里后,一条几公里长的汽车长龙蜷缩在雅鲁藏布江边。一问才知道前面有泥石流,最先到达的车辆已被堵了两天两夜。

好在我们到得晚,只等了两个小时,路就通了。车队中,那些排在前面的民用车辆自动地停在一旁不动,让某部运输团的四十多台训练车队先行通过。司机小何不无骄傲地说,这是他们团的,如果不是他们团队的一百二十多名官兵用手用锹帮着那唯一一台挖掘机干了一天一夜,这路起码还得堵上一天一夜。小何将一切都探听清楚了。我们的大客车夹在那些军绿色大卡车中,从被泥石流摧残得面目全非的国道艰难地驶过时,小何忽然朝我们要没有打开的矿泉水。他抱了几瓶,停下车将它递给站在泥泞中指挥的一名军人,回转头才告诉我们这是他们的副参谋长。小何后来连说几次，副参谋长曾是全军区最帅的军官。汽车那时一晃而过，我们只看见有种英姿不同凡响，这种感觉也能从那些还在耐心等候的司机们的眼神中看出。

这时，我们并不知道还有更大的灾难在前面等着。在那场灾难过后，我们许多次听人在无意中提起这个汽车团，他们提到这个团的番号时，目光中满是崇敬，甚至是敬畏之情。在西藏，没有哪个山口哨卡的官兵不知道这支部队，因为所有从内地运来的给养，都得由这个团运转到他们手中。

在一个叫尼木的地方，我们停下来找个路边小店吃东西时，那四十多台车轰隆隆地驶进旁边的兵站。我们要走时，小店女老板正忙得不亦乐乎，迟了一阵才给开发票。正是这几分钟拖延，使我们这些总想急着赶路的人，避免了一场灭顶之灾。

又行了七八公里，二十来分钟。拐过一座山嘴，一种像雅鲁藏布江的怒吼，又像沉雷滚滚的声音从车窗外一掠而过。接着前面的一辆吉普车急速地倒了回来，有人还向我们招手示意。车停后，我们都下去站在路边，看着前边两三百米处，半座山坡将公路埋得无影无踪，无论是陪同的军人，还是我们这些作家，都久久沉默不语。

山上还在往下滚着乱石，小何将笨拙的大客车从狭窄的公路上掉过头来，载着我们毫不犹豫地直奔兵站。待到进了兵站大门，负责这次活动的《西南军事文学》副主编裘山山长出了一口气说，这时候她都忘了自己就是一名军人，心里只想着要是有解放军在身边该多好！一个女人对着身边的那些男人说这些话时，应是让这些男人觉得尴尬。但在青藏高原，我们一点也没有觉得不舒服，在生命登上如此高度以后，人会很自然地臣服于内心感受到的更加伟岸的东西。当副团长司传宗和副参谋长刘宏伟并肩走向我们时，还没有开口对我们说什么，我们就已领略到像青藏高原一样深厚辽阔的胸怀正拥向这一群落魄之人。

那天晚上，他们将仅有的一些菜肴全都搬出来给我们吃，还有酒。不知是谁提议让刘宏伟副参谋长唱歌，并且掌声响了好一阵，真的听见歌声响起时，不少人眼泪忍不住出来了。那是多么动人的歌唱，一米九〇的个头，坐在那里也像一座山，而歌声则像山谷的风阵一样，无论怎样的抒情，也掩不去那刻骨的悲壮与苍凉，这样的真情足以征服每一个有着真情的灵魂！孙慧芬动情地说，他的脸即使烧伤了，也是世界上最可爱的人。副参谋长那被烈火破坏的面孔在歌唱中越来越冷峻，一旁刚刚说笑不止的副团长顿时陷入深深的忧郁，从此一言不发，无论怎么劝说，也不再去碰那酒杯。空气中弥漫着浓厚的无以托寄的感情，仿佛还可以看到那在温馨家园之外孤苦漂泊的灵魂。

我们后来得知，他们团去东线林芝训练的车队中，有一台车载着四名战士，滑入路旁的溪谷，平常那么庞大的车辆，在江水中连气泡也没冒一个就无声无息地消失了，什么也别想找到，能找到的只有洒满青藏高原每一条公路上官兵们的泪水。

深夜的歌声，久久地回旋在雅鲁藏布江那深深的峡谷中，这青藏高原的血脉里涌动着高原汽车兵命运的交响！

第二天下午，公路还没有修通的希望。军区派了两辆车在泥石流的那一端等着我们，我们决定冒险爬过那座从高处塌下来的山坡。司传宗和刘宏伟两位中校派了三辆吉普车和十几个战士将我们送到塌方处，我们将大客车、司机小何与行李箱留在兵站，每人只带上一点必需的东西。当我们走向那不知深浅的泥石流堆起的泥沼时，许多人都在身后观看。十几个男女不知哪儿来的胆量，一个个毫无惧色地往那魔鬼脸色一样的泥水扑过去，如同赴汤蹈火一般，就连头天晚上还在发烧、上吐下泻的陈丹燕也几次婉拒了身边护卫的战士背她的提议，一步步地走过雅鲁藏布江汹涌波涛之上，冈底斯山万丈峭壁之下，那泥石流设置的巨大陷阱。我们每一个人都知道在自己的身后有一名年轻的战士，可更要紧的是我们每个人心中从此镂刻着一副不朽的军魂。

八十米宽的泥石流被我们蹚过，半身泥水的我们同迎接我们和护送我们的军人紧紧地拥抱在一起，所有人的眼眶里都盈满泪水，直到七月九日，我们返回成都后的晚宴上，所有人才将这泪水无忌地释放出来。当时，李鑫红着眼眶举着酒杯说了半句话："为了边防战士——"话声一顿时，所有人都不吝地洒出这个年纪应该是比黄金还宝贵的泪水。

我们又忘情地唱起《青藏高原》。在我们的眼前，浮现出一个巨大的灵魂，它也在歌唱。它像一只飞碟，又如同一只硕大的车轮。这样的高原，这样的歌唱，容不得一点虚伪与矫情，只有真情与真诚才能行走在如此悲壮的大地上。我们像每临出战的巴西队那样手拉手，做了这次青藏高原之行的最后行走。我们永不忘记那一次次响彻心灵的歌唱，并在心底祈祷司传宗、刘宏伟和所有青藏高原上的官兵们有个幸福的归宿！

苏北大平原 ◎ 因为杨

五月的大平原。

五月的苏北大平原。

五月的京杭运河边的苏北大平原。

我没有见过六月、七月、八月、九月、十月、十一月和十二月的苏北大平原,也没见过一月、二月、三月和四月的苏北大平原,只见过五月的苏北大平原,因为这是迄今为止我与这片梦一般的大平原唯一的相逢。

停泊在古码头上的现代游艇,正如长到南北的京杭运河之于横到东西的水闸。漂移在京杭运河中的重载船队,更像坚硬的堤岸之于柔软清波。教科书里说,这片有过太多沉重史实的平原,那些苦难艰涩,连带从地里渗出来的每一滴水都很苦咸。铭记于文字的那些绝望坎坷,即便逃难至千里之外,能品尝的依然只有辛辣。真的来到泗阳,梦一般的苏北大平原,猛然化作童话撞入我的胸怀,用那种对历史的浪漫深深感化于我，又将那些浪漫不再的历史铮铮地牵动我的每一根心弦。

苏北大平原的五月，本该牡丹红透原野、茉莉香浸天际，那红的牡丹不见消失却似消失，那香的茉莉依旧弥弥却难沁心底，只是由于一种杨的出现，珠圆玉润的圆润顿成运河畔百代玛瑙，流光溢彩的光彩迸出苏北大平原近世琉璃。

做了群山的树便做了雄伟，做了平原的树便做了壮阔。

站在杨树博物馆旁那棵三人合抱粗的苍茫大杨树下，我想起一个关于杨的贬义词。那被爱情视为天敌，被婚姻当作杀手，能使浮生红尘一塌糊涂的"水性杨花"原来也可以是世间美德。听说过戈壁人行走千里百里，只要停下脚步，就在地上插上一枝青春之杨，为自己种下来年的一片绿。抚摸过那种活着一千年不死，死了一千年不倒，倒了一千年不朽的沧桑之杨，就像抚摸时时刻刻在一起，却一生一世见不得面的命运。然而，真正年年岁岁、日日夜夜相厮守的是从泗阳到苏北再到大江南北五岳东西，从平原到山地再到房前屋后田边地头，平常得如同家人的惬意之杨。这样的杨比如父母，高也高得、低也低得。这样的杨比如兄弟，干也干得、淹也淹得。这样的杨比如爷爷奶奶，盐也盐得、碱也碱得。这样的杨比如子子孙孙，肥也肥得、瘦也瘦得。这才有了行走在黄河故道，找不见旧日铺天盖地的风沙。徘徊在盐池碱窝，闻不到先前茫茫死寂的气息。一个媚眼或许成就一段情爱，一个灵感或许创造一部诗篇，一句闲话或许改变某种人生，在一切还是皆有可能面前，一种名叫杨的树已经在改变泗阳、改变苏北、改变大平原以远的山水世界。真的有些不可思议,在苏北大平原核心地带的泗阳,二十世纪七十年代初还是不毛之地。就因为二十株杨的意外出现,经过四十年的栽种与繁殖,那一株株挺拔的躯干,那一片片飘扬的绿叶,竟然覆盖了这片土地的百分之五十五。奇迹是信念的果实,信念是奇迹的种子。生长是普通的!我们是孩子时如此,我们的孩子也是如此。有雨露阳光就好,春风吹几吹,该长的长,该粗的粗。长成却是非凡的!非凡到成与不成只在一念之差。那漂洋过海来到中国的其他四十株杨,就这样被其他地方的一念之差化成了枯枝。

因为杨,相关林海的赞美不再专属于莽莽群山。

因为杨,相关林海的注释需要添上湿地与荒滩。

因为杨,一眼望穿的辽阔里有了舒曼爱恋的林荫小道。

因为杨,一马平川的迷糊中有了寻觅奇妙的呼啸林涛。

天山戈壁胡杨千载,乌苏里江白桦无限;洞庭鄱阳天水相共芦苇,塞外漠北苍茫只见红柳。平原、平原、大平原,苏北、苏北,老苏北,因为有了杨,一切的可能都成美妙,就像童年与林鸟一同飞上林梢。